KB153850

지금은 나를 변화시키는 순간!!

나를 변화시키는 스위치

The switch that changes me

| 나린 이정순 | 지음

나린 이정순

경북 문경 출생으로 국문학을 공부하였으며 인향문단 등 다양한 문학 단체활동을 하였습니다. 도서출판 그림책 편집위원으로 활동하고 있으며 인향문단 수석편집위원과 "들풀문학" 편집위원장을 역임하였습니다. 들풀문학 대상을 수상하였고, "인생한줄 웃음한줄" "금비나무 레코드가게" "새날을 기다리며" 등 많은 도서를 기획, 편집, 출판하였습니다.

지금은 나를 변화시키는 순간입니다. 자신의 삶을 더욱 행복하게 만들어야 합니다. "나를 변화시키는 스위치"는 이러한 의도에서 집필하였습니다. 자신의 삶을 어떻게 만드느냐는 어떤 다른 요인을 탓하기에 앞서 자신에게 달려있는 문제입니다. 많은 책을 읽으며 좋은 부분을 메모하였고 또 이런 좋은 부분을 어떻게 하면 알리고 실천할 수 있는지 많은 고민을 하였습니다.

The switch that changes me

나를 변화시키는 스위치

"나를 변화시키는 스위치"는 개인적인 변화나 성장을 나타내는 개념이며 자신의 삶을 어떻게 생각하고, 행동하며, 태도를 취하는 지에 대한 나를 향한 물음입니다.

긍정적인 태도 스위치

긍정적인 태도를 취하고, 주변 상황을 긍정적으로 바라보는 것은 큰 변화를 가져올 수 있습니다. 불필요한 부정적인 생각과 태도를 바꾸는 것이 중요합니다.

학습과 성장 스위치

끊임없이 배우고 성장하려는 의지를 가지세요. 새로운 기술, 지식, 경험을 통해 스스로를 발전시킬 수 있습니다.

목표 설정과 계획 스위치

명확한 목표를 설정하고 그것을 달성하기 위한 계획을 세우세요. 목표를 가지고 일하는 것은 변화를 이루는 중요한 단계입니다.

자기 동기 부여 스위치

자신을 동기부여하고 자신에게 필요한 에너지와 열정을 부여하는 방법을 찾으세요. 왜 변화가 필요한지, 어떻게 당신의 삶을 더 나아지게 만들 수 있는지에 집중하세요.

건강과 웰빙 스위치

건강한 식습관과 운동을 통해 건강을 관리하고, 스트레스 관리 기술을 익히세요. 몸과 마음의 건강은 개인 변화에 큰 영향을 미칩니다.

긍정적인 관계 스위치

주변 사람들과 긍정적인 관계를 유지하고, 도움을 주고 받을 수 있는 지원 시스템을 구축하세요. 다른 사람들과의 상호작용은 변화에 도움이 될 수 있습니다.

시간 관리 스위치

시간을 효율적으로 관리하고, 우선순위를 정하며 작업에 집중하세요. 시간을 효과적으로 활용하면 더 많은 것을 이룰 수 있습니다.

이 스위치들은 개인적인 변화를 이루기 위한 출발점으로 도움이 될 수 있습니다. 어떤 스위치가 당신에게 가장 중요한지, 또 어떻게 그 스위치를 켜고 유지할지는 개인적인 상황과 목표에 따라 다를 수 있습니다. 개인적인 변화를 위해서는 자신을 잘 이해하고 필요한 조치를 취하는 것이 중요합니다.

지금은 나를 변화시키는 순간입니다. 자신의 삶을 더욱 행복하게 만들어야 합니다. "나를 변화시키는 스위치"는 이러한 의도에서 집필되었습니다. 자신의 삶을 어떻게 만드느냐는 어떤 다른 요인을 탓하기에 앞서 자신에게 달려있는 문제입니다. 많은 책을 읽으며 좋은 부분을 메모하였고 또 이런 좋은 부분을 어떻게 하면 알리고 실천할 수 있는지 많은 고민을 하였습니다. 이런 고민의 결과로 졸작이지만 이 책을 세상에 내놓습니다.

- 2023년 가을에

나를 변화시키는 스위치

CONTENTS

지금은 나를 변화시키는 순간!!

나를 변화시키는 스위치

The switch that changes me

자아 발견의 순간
나의 삶을 빛내주는
고독의 힘

영국의 문인 부르크가 미국으로의 여행을 준비하고 부두에 도착했습니다. 부두는 사람들로 붐볐지만, 부르크를 위한 전송객은 찾을 수 없었습니다. 외로움과 실망에 심장이 무겁게 느껴졌던 그 때, 그의 눈은 부두에서 놀고 있는 어린 아이에게 갔습니다. 부르크는 어린 아이에게 다가가며 말했습니다. "이리 와 봐라, 6실링을 줄 테니, 내가 배를 타고 떠날 때 내게 손을 흔들어 주면 좋겠어."
어린 아이는 뜻밖의 제안에 미소를 지었고, 기꺼이 6실링을 받았습니다. 그리고 부르크가 배를 타고 떠날 때까지 어린 아이는 손을 흔들어 주었습니다. 그 순간은 어린 아이와 부르크 사이에 약속의 순간이었습니다.

그런데 몇 년 후, 부르크는 이렇게 말했습니다.
"돈을 주고 손을 흔드는 것만으로는 나는 더욱 고독을 느꼈습니다."
그 순간의 소통은 그에게는 실제로는 아무 것도 주지 않았고, 고독함을 더욱 깊게 느끼게 했습니다. 하지만 부르크는 이러한 고독함을 긍정적으로 받아들였습니다. 그 고독함은 창작의 영감으로 이어졌고, 미국 여행 중 그는 더 많은 훌륭한 작품을 창작하게 되었습니다. 결국 그는 고독함을 통해 예술적 성취를 이룰 수 있었으며, 그의 작품은 많은 이에게 영감을 주었습니다. 이 이야기는 종종 고독함이 창작의 원동력이 될 수 있다는 점을 상기시켜 주며, 역설적인 교훈을 전합니다.

인간은 고독합니다. 인간은 착하지 못하고, 굳셈이 부족하며, 지혜롭지 못하고 여러 가지에서 비참한 모습을 보입니다. 비참과 부조리가 아무리 크더라도, 그리고 그것이 인간의 운명일지라도 우리는 고독을 이기면서 새로운 길을 찾아 앞으로 나아갈 결의를 가져야 합니다. 강한 사람이란 가장 훌륭하게 고독을 견디어 낸 사람이라고 할 수 있습니다. 지도자들은 그 위치에 대한 값비싼 대가를 지불해야 합니다. 그들은 고독한 사람들이라고 할 수 있습니다. 모세에게는 가까운 친구가 없었습니다. 여호수아도 마찬가지였습니다. 다윗도 이스라엘의 왕이 되었을 때, 가장 큰 전쟁을 치를 때, 그리고 가장 어려운 결정을 내릴 때에는 항상 홀로였습니다. 고독함 속에서 강한 사람은 성장하지만, 약한 사람은 쇠퇴합니다.

나를 변화시키는 스위치

고독은 인간 경험의 일부입니다. 우리는 모두 때때로 고독감을 느끼며 어려운 순간을 겪습니다. 그러나 고독은 우리가 극복할 수 있는 감정이며, 이를 통해 성장하고 새로운 길을 찾을 수 있습니다.

고독의 가치 : 고독은 종종 창의성과 자기 인식을 촉진시킬 수 있는 시간이 될 수 있습니다. 혼자 있는 시간을 통해 자신의 생각을 정리하고 목표를 설정하는 기회를 가질 수 있습니다.

고독과 리더십 : 많은 리더들이 고독한 순간을 겪습니다. 이는 책임과 압력을 짊어진 결과로 나타날 수 있으며, 이러한 순간을 통해 리더는 더 강하고 결단력 있는 인간으로 성장할 수 있습니다.

서로의 연결 : 고독감을 느낄 때, 다른 사람과의 연결을 찾는 것이 중요합니다. 가족, 친구, 또는 지지자들과의 소통은 고독을 완화시킬 수 있습니다. 또한 전문가의 도움을 받는 것도 좋은 방법입니다.

자기 돌봄 : 자기 자신을 돌보는 것은 고독을 극복하는데 도움이 됩니다. 건강한 식사, 충분한 휴식, 운동 및 명상과 같은 자기 돌봄 활동은 심리적 안녕을 증진시키는 데 도움이 됩니다.

문제 해결과 지혜 : 우리는 모두 미숙하고 완벽하지 않으며 실수를 저지를 때가 있습니다. 그러나 이러한 경험을 통해 우리는 성장하고 더 나은 결정을 내릴 수 있는 지혜를 얻을 수 있습니다.

고독은 불편한 감정이지만, 그것을 극복하고 성장하는 기회로 바꿀 수 있습니다. 자기 자신을 이해하고 돌아보는 것은 이러한 순간을 더 쉽게 극복하는 데 도움이 될 것입니다.

성공하는 사람 VS 실패하는 사람

성공하는 사람은 자신의 고독을 독특한 힘의 원천으로 여깁니다. 그들은 고독을 통해 자신과의 깊은 대화를 나누고, 독립적인 사고와 창의적인 아이디어를 발전시키는 시간으로 활용합니다. 이러한 과정에서 고독은 그들의 열정과 목표 달성을 위한 원동력이 됩니다. 마치 "슬픔도 힘이 된다."는 말처럼, 고독 또한 자신을 더 나은 사람으로 만드는 과정의 일부로 여깁니다.

반면, 실패하는 사람은 고독을 부정적인 감정에 빠져 빠져들기 마련입니다. 그들은 고독을 슬픔과 외로움의 원천으로만 인식하며, 이를 스스로를 허물거리로 여기는 경향이 있습니다. 이런 마음가짐은 자신을 둘러싼 부정적인 감정을 더욱 강화시키고, 실패와 좌절을 겪게 됩니다.

따라서 성공을 향한 길에서 고독은 필연적으로 함께하는 동반자입니다. 그러나 고독은 우리가 어떻게 다루고 활용하는지에 따라 우리의 삶과 성공 여부에 큰 영향을 미칩니다. 고독을 힘으로 활용하는 사람은 스스로를 발전시키고, 문제를 해결하며, 성취의 즐거움을 맛보는 데 도움이 됩니다. 한편, 고독에 빠져 자신을 더욱 깊이 빠뜨리는 사람은 부정적인 감정과 실패의 압박으로 삶을 지치게 만들 수 있습니다.

그래서 우리는 고독을 즐기며, 자신을 발전시키고 창의적으로 생각하는 기회로 활용하는 데 주의를 기울여야 합니다. 이러한 태도 변화와 관점 전환이 성공과 행복을 향한 길에서 중요한 역할을 합니다.

새로운 삶을 살고 싶다면 먼저 자신부터 변화
나로부터 시작하여 나에게서 끝나는
변화의 힘

전쟁고아가 부잣집 양자로 되어 그의 삶은 대전환이 일어났습니다. 허기와
불안함으로 가득한 일상에서 벗어나, 눈부신 부유함과 안락함이 그를 감싸
며 마치 동화 속 주인공처럼 살게 되었습니다. 부자의 집에서는 멋진 의상과
풍성한 음식이 줄지어 있었으며, 고급 장난감으로 가득 차 있어 꿈에 그치지
않는 일상을 누릴 수 있었습니다. 그러나 이 새로운 삶에서도 뭔가 부재함과
고민이 느껴졌습니다.

과거의 힘들고 더러운 환경에서 느꼈던 흔들림 없는 희망과 단단한 의지는
어디로 갔을까요? 냄새 나고 지저분한 거리, 아무데서나 먹고 자던 옛날의
기억은 그를 다시 찾아왔습니다. 부자의 세상에서는 이전과 달리 불편함을
느끼며, 이런 불편함을 통해 그의 과거를 그리워하는 순간들이 자주 찾아왔
습니다.

그래서 어느 날, 깨끗하고 화려한 침대를 떠나 마구간으로 돌아갔습니다. 지
저분한 환경과 악취 속에서 자는 것이 오히려 그에게는 익숙하고 편안했습

니다. 이곳은 그에게 과거의 소중한 기억을 회상하게 해주었고, 그 과거로 돌아가는 데 도움이 되었습니다.

하지만 이 아이가 끝까지 이런 과거의 습관을 고수한다면, 그의 미래는 어떻게 될까요? 이것은 깊은 고민을 필요로 합니다. 삶은 변화와 성장의 여정이며, 과거의 기억은 소중한 자산이지만, 미래를 위해 새로운 경험과 환경을 받아들이는 것도 중요합니다. 그의 미래는 그가 자신의 가치와 목표를 재평가하고, 과거와 현재를 조화롭게 어우러지게 하는 데 달려 있습니다. 이런 선택과 변화를 통해 그는 미래에 더 풍요로운 삶을 찾을 수 있을 것이며, 그 자체로도 그의 이야기가 될 것입니다. 이 아이의 이야기는 우리 모두에게 과거와 미래, 그리고 변화와의 관계에 대한 생각을 하게 만들고 있습니다.

나를 변화시키는 스위치

우리가 변하기 전엔 아무 것도 변하지 않습니다. 당신이 변하지 않는 한, 이미 갖고 있는 것 말고는 아무 것도 얻을 수 없습니다. 행복이나 지혜를 얻기 원하는 자는 계속 자신을 변화시켜야 합니다. 그리고 꿈을 갖고 배우며, 변화를 도모하기에 너무 늦은 때란 없습니다. 지금부터라도 새로운 삶을 살고 싶다면 먼저 자신부터 변화시켜야 합니다.

지속적인 개발 : 인간은 지속적으로 성장하고 발전해야 합니다. 새로운 경험을 통해 배우고, 과거의 실수와 경험을 토대로 미래를 준비할 수 있습니다.

자기 발견과 변화 : 자신을 더 잘 이해하고 더 나은 버전으로 변화하는 것은 개인적인 만족감과 성취를 가져옵니다. 자기 발견을 통해 자신의 강점과 약점을 알아내고 그에 따라 행동할 수 있습니다.

꿈과 목표 설정 : 꿈을 향해 나아가고 목표를 설정하면 더 큰 동기부여를 얻을 수 있습니다. 변화는 종종 목표 달성을 위한 필수 요소입니다.

시간의 중요성 : 변화를 도모하는 것은 언제든 시작할 수 있습니다. 너무 늦은 때는 없습니다. 당장 시작하면 새로운 길을 효과적으로 개척할 수 있습니다.

자기 도전 : 변화는 편안함을 벗어나 자신을 도전하는 것을 의미합니다. 이것이 희망과 성장을 가져올 수 있는 방법입니다.

마지막으로, 변화를 추구할 때 지속적으로 자기를 평가하고 적응할 수 있도록 유연하게 대처하는 것이 중요합니다. 삶의 여정에서 변화와 학습은 끊임없이 이루어지며, 이것이 우리가 더 나은 사람으로 성장할 수 있는 방법 중 하나입니다.

성공하는 사람 VS 실패하는 사람

성공하는 사람은 세상의 모든 일이 자신의 내면에서 시작하여 자신의 내면에서 끝난다는 사실을 깨달았습니다. 그들은 자신이 변화하면 세상도 변화할 수 있다는 것을 이해하며, 자신의 내면에서 비롯된 역동적인 힘을 믿습니다. 이를 통해 그들은 끊임없이 자기 계발과 성장에 힘쓰며, 자신 내면의 자원을 최대한 활용하고자 합니다. 그들은 자신의 내면에서 모든 일을 시작하고, 그것을 끝내기 위해 노력하는 사람입니다.

한편, 실패하는 사람은 자신의 내면에 있는 장애물들을 무시하고 외부의 장애물만을 해결하려고 합니다. 그 결과로 자신의 내면에서 비롯된 부정적인 감정과 장애물들을 그대로 방치하며, 자신의 내면의 미화나 변화를 두지 않습니다. 이로 인해 그들은 종종 자신의 부정적인 감정들에 휘둘리며, 삶의 공포와 불안에 갇혀 실패로 이어질 수 있습니다.

따라서 우리는 성공을 향해 나아가는 과정에서 자신의 내면과 관계를 개선하고, 내면의 장애물들을 인식하고 극복하는 것이 중요하다는 것을 기억해야 합니다. 자아개발과 내면의 변화를 통해 우리는 더 나은 삶과 성공을 향한 길을 열어갈 수 있습니다.

내면의 힘과 창조성
다양한 가치와 특별한 가치를 지니는
존재의 힘

밭 중앙에 서 있는 전신주는 언제나 밭주인으로부터 부정적인 반응을 받아 왔습니다. 경작 시와 파종 시에 방해가 되며, 전신주의 그림자가 드리워진 지역에서는 식물이 자라지 않았습니다. 이로 인해 전신주는 자신의 존재가 쓸모없는 것으로 여겨 우울해했습니다. 그러나 어느 날, 한 사람이 그의 곁 으로 찾아와서 그의 존재 이유와 가치에 대해 감동적인 이야기를 전했습니다. 이 사람은 말했습니다.

"너는 결코 무용지물이 아니야. 너는 밭에 직접적인 필요성을 갖지는 않지 만, 그럼에도 불구하고 너에겐 큰 사명이 있어. 넌 수십 킬로미터나 떨어진 발전소에서 전기를 받아 깊은 산 속의 민가로 전달하는 중요한 임무를 수행 하고 있어. 캄캄한 곳에서 어둡게 지내야 했던 사람들은 너 덕분에 빛을 얻 고 살아갈 수 있게 되었어. 너는 이 세상 어떤 곳에서도 필요로 하는 중요한 존재야."

전신주는 그 말에 마음을 열었습니다. 이제 자신의 고유한 역할과 가치를 깨달은 그는 더 이상 우울해하지 않았고, 오히려 자신의 임무를 자랑스럽게 수행했습니다. 밭주인의 부정적인 반응도 더 이상 신경 쓰지 않았습니다.

전신주의 내면의 힘과 창조성은 새로운 방향으로 향했습니다. 그는 자신이 하는 일이 작지만 중요하다는 것을 깨달았고, 그 가치를 믿었습니다. 그 결과로, 그의 노력은 더 큰 가치와 의미를 찾아주는 것처럼 느껴졌습니다.

이 이야기는 우리 모두에게 가르쳐주는 것이 있습니다. 때로는 우리가 하는 일이 작아 보일지라도, 그 일이 다른 사람들에게 얼마나 큰 영향을 미칠 수 있는지 모릅니다. 우리는 내면의 힘과 창조성을 믿고, 자신의 고유한 가치를 발견하는 것이 얼마나 중요한지를 깨달아야 합니다. 모든 존재는 다양한 가치와 특별한 가치를 지니고 있으며, 그 가치를 발휘하는 것은 우리의 삶을 더 의미 있게 만들어줄 것입니다.

나를 변화시키는 스위치

창조 속의 모든 것은 그대의 내면에 존재하고, 그대의 내면에 있는 모든 것은 창조 속에 존재합니다. 가장 작은 것으로부터 가장 큰 것에 이르기까지 만물은 동등한 것으로써 내면에 존재합니다. 하나의 원자 속에서는 대지의 모든 요소들이 발견됩니다. 한 방울의 물속에는 바다의 모든 비밀들이 담겨 있습니다. 이성의 동작 한 가지 속에는 존재의 모든 법칙을 뒷받침하는 모든 움직임들이 발견됩니다. 남도 그대만큼 할 수 있는 일이라면 하지를 말아야 합니다. 남도 그대만큼 할 수 있는 말이라면 말하지 말아야 합니다. 쓰는 것도 마찬가지입니다. 오직 그대 자신 속에 존재하는 것에 충실하여야 합니다. 그렇게 함으로써 그대 자신을 없어서는 안 될 존재로 만들어야 합니다.

내면의 힘 : 우리는 종종 자신의 내면에 무한한 잠재력과 창조성이 있다고 믿어야 합니다. 내면의 자원과 능력을 활용하여 어떠한 과제나 목표를 달성할 수 있습니다.

모든 것은 연결되어 있다 : 자연 및 우주의 모든 것은 상호 연결되어 있으며, 작은 것에서부터 큰 것까지 모든 것이 동등하게 중요합니다. 이것은 생태학적 관점에서도 적용됩니다. 작은 변화가 큰 영향을 미칠 수 있음을 의미합니다.

자기 자신을 찾기 : 자기 자신을 찾고 내면의 진리를 이해하는 것은 자아 인식과 심리적 안녕을 구축하는 데 중요합니다. 이를 통해 더 나은 삶을 살고 다른 사람에게도 영감을 줄 수 있습니다.

겸손과 자기 일관성 : 자기 자신을 알아가고 자신의 역량을 믿는 것은 중요하지만, 이를 겸손하게 가지고 무슨 일이든 가능하다고 생각하지 않는 것도 중요합니다. 자기 일관성을 유지하면 자신과 주변 환경에 더 나은 균형을 가져올 수 있습니다.

자기실현 : 내면의 힘을 발휘하여 자신의 꿈과 목표를 실현하는 것은 믿음과 행동의 결합을 요구합니다. 쓰임새 있는 행동과 노력을 통해 실제로 변화를 이룰 수 있습니다.

마지막으로, 내면의 힘을 발견하고 활용하는 것은 삶을 더 의미 있게 만들고 성취를 이루는 데 도움이 됩니다. 이는 지속적인 자기 발전과 긍정적인 변화를 추구하는 데 중요한 가치입니다.

성공하는 사람 VS 실패하는 사람

성공하는 사람은 항상 자신의 존재와 자신이 달성하고자 하는 목표에 대해 깊이 생각하는 습관을 가지고 있습니다. 그들은 자신에게 다음과 같이 속삭이며 자신을 격려합니다. "내 삶을 어떻게 더 의미 있고 가치 있는 삶으로 만들 수 있을까? 나는 이 세상에 태어나서 먹고 살기만 하는 것이 아니라, 내가 할 수 있는 뜻 깊고 가치 있는 일들이 얼마나 많은지 고민해야 한다. 내가 가진 믿음과 신념을 실현할 수 있다." 그들은 자신의 삶을 자신만의 길로 개척하고, 더 높은 목표를 향해 나아갑니다.

한편, 실패하는 사람은 자신의 존재와 목표에 대해 진지하게 생각하지 않는 경향이 있습니다. 그들은 자신의 삶을 허송세월에 보내며 진정한 가치나 목표를 깨닫지 못합니다. 이로 인해 자신의 가치와 자신을 스스로 강화하지 못하고, 삶의 가치를 하락시키는데 기여할 수 있습니다.

따라서 우리는 성공을 향해 나아가는 과정에서 자아 인식을 높이고, 더 높은 목표를 설정하며 자신을 발전시키는 것이 중요하다는 것을 기억해야 합니다. 자신의 존재와 목표에 대한 깊은 생각과 자아 인식을 통해 우리는 뜻 깊고 가치 있는 삶을 창조할 수 있습니다.

시련은 내 삶의 일부
새로운 시작을 만들어내는
역경의 힘

1999년 스페인에서 열린 세계 육상 선수권 대회에서의 100m 허들 경기는 놀랍고 감동적인 순간들로 가득 찼습니다. 그 중에서도 특히 1위와 3위를 차지한 선수들, 디버스(Diaz)와 엔퀴스트(Enquist)의 레이스 후 감격적인 포옹은 기억에 남는 순간 중 하나였습니다. 이 이야기는 양 선수의 엄청난 인내와 결단력, 그리고 친구로서의 지지를 강조합니다.

디버스는 경기에서 우승하여 1위 자리에 올랐지만, 그의 마음은 더욱 따뜻한 순간으로 향했습니다. 그는 엔퀴스트에게 우승 자리를 내주며 "그대가 자랑스럽다."고 울먹였습니다. 이 순간은 승리와 패배 이상으로, 우정과 인내의 승리를 상징했습니다.

그러나 더욱 감동적인 부분은 양 선수의 개인적인 역경을 극복한 이야기입니다. 엔퀴스트는 유방암으로 한쪽 가슴을 도려내는 대수술을 받은 뒤, 의사로부터 경기 출전이 어렵다는 판정을 받았습니다. 그럼에도 불구하고 엔퀴스트는 항암 주사를 맞고 경기에 출전하여 3위에 입상했습니다. 이것은 그의 끈질긴 의지와 용기를 대표하는 순간이었습니다. 디버스 역시 10년 전 갑상선 종양으로 운동 불가 판정을 받았습니다. 그러나 불구하고 그는 강인한 정신력과 끈질긴 노력을 통해 이날까지 세계 최고의 스프린터로 거듭났습니다. 눈알이 튀어나오고 시력이 약화되는 등의 고난을 극복하며 그가 얻은 성공은 우리에게 끊임없는 희망과 동기부여를 제공합니다.

이 이야기는 역경 속에서도 포기하지 않고 희망을 찾아 나아가는 인간의 놀라운 힘을 보여줍니다. 양 선수의 용기와 인내는 우리 모두에게 영감을 주며, 어떤 어려움이든 극복할 수 있는 힘이 우리 안에 있다는 것을 상기시킵니다.

나를 변화시키는 스위치

나무에 가위질을 하는 것은 나무를 사랑하기 때문이라고 할 수 있습니다. 부모에게서 야단을 듣지 않고 자란 아이는 훌륭한 사람이 될 수 없다고 합니다. 겨울의 추위가 심할수록 이듬해 봄의 나뭇잎은 한층 더 푸르다고 합니다. 사람도 역경을 겪지 않고서는 큰 인물이 되기 어렵다고 할 수 있습니다. 사랑하는 자녀일수록 엄격함이 필요합니다. 큰 인물로 성공하기 위해서는 역경 속에서의 교육이 필수적입니다. 시련은 인간을 강하게 만듭니다. 시련 없는 삶은 없습니다.

역사상 위대한 업적을 남긴 사람들은 보통 극한 고통을 겪었을 때 삶의 풍성한 성과를 이루었습니다. 존 버니언은 얼음장 같은 감옥 속에서 천로역정을 썼습니다. 파스퇴르는 반신불수 상태에서 질병에 대한 면역체를 개발했습니다. 프란시스 파크맨은 시력이 약했지만 '미국사'라는 20권의 대작을 썼습니다. 에디슨은 청각장애자였지만 축음기를 발명했고 밀턴은 시력이 약했지만 영국 최고의 시인으로 칭송받았습니다. 프랭클린 루즈벨트는 지체장애자였지만 미국의 대통령이 되었습니다.

어려움과 역경은 종종 인간을 더 강하게 만들고 큰 성취를 이룰 수 있는 기회로 변할 수 있습니다. 역사적으로도 많은 위대한 인물들이 어려움을 극복하고 업적을 이루었습니다. 이러한 사례들은 우리에게 몇 가지 중요한 교훈을 제공합니다.

인내와 끈기 : 어려운 시기에는 끈기를 가지고 인내심을 유지하는 것이 중요합니다. 많은 위대한 인물들은 실패와 어려움을 극복하면서도 끈기를 유지했습니다.

자기 동기부여 : 자신에게 열정과 목표를 부여하는 것은 어려움을 극복하고 더 나아가는 원동력이 됩니다. 이러한 동기부여는 업적을 이루는데 중요한 역할을 합니다.

긍정적인 마인드셋(Mindset) : 어려움을 긍정적으로 대처하는 마인드셋은 중요합니다. 어려운 상황에서도 가능성을 찾고 자신을 믿는 것이 중요합니다.

다양성과 포용성 : 위대한 인물들은 다양한 배경과 능력을 가진 사람들로부터 영감을 받았고, 포용성을 보여주었습니다. 다양성은 혁신과 창조성을 촉진할 수 있습니다.

사회적 영향력 : 위대한 인물들은 종종 자신의 업적을 통해 사회적인 변화를 이끌어냈습니다. 그들은 자신의 경험을 공유하고 다른 이들을 돕는 역할을 했습니다.

이러한 교훈을 통해 우리는 어려움을 극복하고 성공적으로 나아갈 수 있는 방법을 배울 수 있으며, 자신과 주변 사람들에게 긍정적인 영향을 미칠 수 있습니다.

마인드셋(Mindset)은 개인이나 집단의 태도, 사고 방식, 신념 및 태생적인 성향을 나타내는 용어입니다. 이 용어는 개인의 생각, 행동 및 결정에 영향을 미치는 중요한 역할을 합니다. 마인드셋은 일반적으로 긍정적인 마인드셋과 부정적인 마인드셋으로 나눌 수 있으며, 어떤 마인드셋을 채택하느냐는 개인의 성공과 만족도에 영향을 미칠 수 있습니다. 연구와 경험을 통해 마인드셋을 개선하고 성장하는 것이 가능하며, 이를 통해 개인적인 목표를 달성하거나 어려움을 극복하는 데 도움을 줄 수 있습니다.

성공하는 사람은 시련을 두려워하지 않고 받아들이며, 그것을 극복할 수 있는 능력을 키우는 사람입니다. 그들은 시련이 삶의 일부라는 것을 이해하고, 어려움을 극복할 때 비로소 삶의 열매를 맛보고 의미를 찾을 수 있다는 것을 알고 있습니다. 그들은 시련을 피하지 않고 오히려 그것을 학습과 성장의 기회로 받아들입니다.

한편, 실패하는 사람은 시련이 닥쳤을 때 그것을 피하려는 경향이 있습니다. 그들은 어려움을 회피하고자 시도하며, 시련을 피하면 어려움이 사라진다고 오해합니다. 이러한 태도는 오히려 어려움을 악화시키고 극복하기 어렵게 만들 수 있습니다.

따라서 우리는 성공을 향해 나아가는 과정에서 시련과 어려움을 피하지 않고 받아들이며, 그것을 극복할 수 있는 능력을 키워야 합니다. 시련을 통해 배우고 성장하며, 삶의 의미와 열매를 찾을 수 있는 것은 시련을 받아들이는 용기와 인내력을 발휘할 때입니다.

남과 자신에 대한 극한
남도 죽이고 자신도 죽이는
분노의 힘

그 날, 산시성의 한 마을인 산젠은 그 어느 때보다도 어둡고 참혹한 기억으로 남았습니다. 그 마을은 평화롭게 흘러가던 일상이 한 순간에 극적으로 변화한 장소였습니다. 이 이야기는 한 남자의 극한 분노와 복수의 정점에서 벌어진 충격적인 사건에 관한 것입니다.

그 남자는 예전에는 광산 폭발물 전문가로 일하며 자신의 능력을 세계에 알린 인물이었습니다. 그러나 그의 삶은 아내가 자신을 떠나 다른 남자와 함께 떠나간 날로부터 엎어지기 시작했습니다. 아내의 배신은 그의 마음을 열린 상처로 채웠고, 분노는 불타오르게 만들었습니다.

어둠에 휩싸인 그의 마음은 고통과 복수로 가득 차올랐습니다. 결혼식장이 그의 목표가 되었습니다. 그는 자신의 광산 폭발물 전문가로서의 지식을 활용하여 조용하게 폭탄을 설치했습니다. 결혼식이 진행되는 그 날, 폭탄을 폭파시켰습니다.

폭발음과 함께 결혼식장은 지옥같은 장면으로 변했습니다. 36명의 무고한 이들이 목숨을 잃었고, 30여 명이 부상을 입었습니다. 그러나 더욱 참담한 사실은 그 남자 자신 또한 그 폭탄의 희생자 중 하나로 남아, 목숨을 잃었다는 것입니다.

이 사건은 분노와 복수의 극한을 경험한 한 남자의 이야기로 남았습니다. 그의 행동은 자신과 다른 이들에게 큰 상처를 안겼으며, 많은 목숨들이 그의 손에 의해 끊어졌습니다. 이 이야기는 감정과 행동이 어떻게 극단적으로 변질될 수 있는지를 생각하게 합니다. 또한, 우리는 감정을 통제하고 다른 이들에게 도움을 청하는 방법을 배워야 합니다. 이러한 극한 상황에서 우리는 서로를 지지하고 이해해야 합니다. 그렇게 해야만 비슷한 비극을 예방하고 더 나은 세상을 만들 수 있을 것입니다.

나를 변화시키는 스위치

모든 악에 대한 저항은 노여움으로 하지 말고 평온한 태도로 하여야합니다. 비록 내가 정당하더라도 노여움으로 대하지 말아야합니다. 노여움으로 대한다면 악을 정화하지 못하게 됩니다. 그리고 결과적으로 악을 이기지 못하게 됩니다. 악에 대해서 가장 강한 것은 평온한 태도입니다. 악을 이기고 싶은가? 그렇다면 인내심을 갖고 침착한 태도로 대처하여야 합니다. 분노를 조절하지 못하면 심각한 위기를 겪게 됩니다. 자기중심적인 생각은 불평등한 취급을 받았다고 느끼게 하며, 분노의 감정을 일어나게 만듭니다. 분노는 한때의 광기입니다. 그러므로 이 감정을 억제하지 않으면 당신은 분노에 사로잡힐 것입니다.

당신이 말하는 것처럼, 평온한 태도와 인내심은 어려움과 악에 대처하는 중요한 자세입니다. 분노와 노여움은 종종 문제를 악화시키고 상황을 해결하기 어렵게 만들 수 있습니다. 여기에 몇 가지 관련된 생각을 덧붙이겠습니다.

감정의 자제 : 감정을 조절하고 통제하는 능력은 강한 리더십과 성숙한 인격을 향상시키는 데 중요합니다. 분노를 통제하고 조절하는 연습은 중요한 기술입니다.

타인의 관점 이해 : 다른 사람의 행동을 이해하려고 노력하면 분노와 노여움을 감소시킬 수 있습니다. 상황을 다른 관점에서 바라보고 타인의 동기와 상황을 이해하려는 노력은 갈등을 해소하는 데 도움이 됩니다.

건설적인 대화 : 분노 대신 건설적인 대화와 협력을 통해 문제를 해결하려는 노력은 상황을 개선하는 데 도움이 됩니다. 상호 존중과 공감을 통해 해답을 찾을 수 있습니다.

스트레스 관리 : 분노와 노여움은 종종 스트레스의 결과일 수 있습니다. 스트레스 관리 기술을 배우고 실천함으로써 감정적 안정을 유지할 수 있습니다.

자기 개선 : 분노와 노여움을 억제하고 인내심을 키우기 위해 개인적인 발전에 투자하는 것도 중요합니다. 명상, 심리 치료, 혹은 감정 지능 향상을 위한 공부 등이 도움이 될 수 있습니다.

평온한 태도와 인내심은 갈등 해결과 개인적 성장에 도움을 주는 중요한 도구입니다. 이러한 자세를 통해 우리는 더 효과적으로 어려운 상황을 극복하고 긍정적인 변화를 이룰 수 있습니다.

성공하는 사람 VS 실패하는 사람

성공하는 사람은 분노를 자신의 큰 적으로 생각하며, 그것이 자신뿐만 아니라 주변 사람들에게도 해로운 영향을 미친다는 사실을 이해합니다. 그들은 분노가 부정적인 힘으로 작용하여 삶을 방해하는 것을 방지하기 위해 감정을 통제하고 조절하는 방법을 습득합니다. 또한 분노를 긍정적인 에너지로 바꾸어 문제를 해결하고 성공을 이루는 데 활용합니다.

반면 실패하는 사람은 분노를 제어하지 못하며, 분노가 부정적인 방향으로 흐름으로써 자신의 삶을 낭비하게 됩니다. 그들은 분노를 통제하지 못하면서 불필요한 갈등과 문제를 초래하고, 결국 자신과 주변 사람들에게 해를 끼치게 됩니다.

따라서 분노와 같은 감정을 효과적으로 다루고 관리하는 것은 성공과 실패의 경험을 크게 좌우할 수 있습니다. 분노를 긍정적인 방향으로 활용하고, 자기 통제와 감정 관리 기술을 향상시키는 것이 중요합니다. 이를 통해 성공에 한 발짝 더 가까이 다가갈 수 있습니다.

삶의 미소를 잃어버리게 하고
삶을 더욱 초라하게 만드는
굴복의 힘

한 마을에 세 마리의 쥐가 살았습니다. 이 쥐들 중 한 마리는 하수구로 흘러내려오는 밥알과 음식물 찌꺼기를 건져 먹으면서 살았습니다. 특히 추운 겨울, 그곳에서 더러운 물속에서 먹을 것을 찾기 위해 물 속에 잠기곤 했습니다. 그러나 그런 힘들고 어려운 삶 속에서도 그 쥐는 달달한 미소를 잃지 않았습니다. 물에 젖어 얼어붙는 털, 추위와 고통을 견디면서도, 쥐는 언제나 미소를 지으며 자신의 삶을 살아갔습니다. 하지만 어느 날, 그 쥐는 그곳에서 죽었습니다. 다른 한 마리의 쥐는 자신의 삶을 다르게 살았습니다. 온몸에 똥을 뒤집어쓴 채, 똥통에서 똥 냄새를 풍기며 지냈습니다. 주변에서는 냄새 때문에 멀리하려고 했지만, 그 쥐에게는 그곳이 편안한 곳이었습니다. 그는 그 냄새와 함께 자신의 삶을 굴복하며 살아갔습니다. 또 다른 한 쥐는 쌀 창고에 살았습니다. 풍부한 쌀을 먹고, 편안하게 쉴 수 있는 곳에서 살았습니다. 이 쥐는 마음껏 행복하게 살아갔습니다.

그러나 하수구에 사는 쥐와 똥통에 있는 쥐는 굴복한 삶을 선택했습니다. 불편하고 더러운 환경을 견디면서도 그곳을 떠나지 못했습니다. 그들은 삶의 미소를 잃어버리고, 삶을 더욱 초라하게 만든 굴복의 희생자로 남았습니다.

이 이야기는 때로는 어려운 환경에서도 미소를 지으며 희망을 찾는 것이 중요하다는 교훈을 주는 이야기입니다. 불편한 상황에서도 용기를 가져 더 나은 삶을 찾아나가야 한다는 메시지를 전합니다.

나를 변화시키는 스위치

자신이 살고 있는 곳이 하수구 같거나 똥통같이 더럽고 냄새나는 곳이거든 다른 곳으로 가야합니다. 사람에게도 가는 길이 정해져 있지 않습니다. 그곳을 떠나면 금방 죽을 것 같아도 떠나야 합니다. 불행에 굴복하는 일이 있어서는 안 됩니다. 그보다도 대담하게 적극적이며 과감하게 불행에 도전해야 합니다. 산다는 것은 죽는 위험을 감수하는 일이며, 희망을 가진다는 것은 절망의 위험을 무릅쓰는 일이고, 시도해본다는 것은 실패의 위험을 감수하는 일입니다. 그러나 모험은 받아들여져야 합니다. 왜냐하면 인생에서 가장 큰 위험은 아무 것도 감수하지 않는 일이기 때문입니다. 시도하지 않는 곳에 성공이 있었던 예는 결코 없습니다. 안될 것이라고 의심해서는 안 됩니다. 주저 말고 한 번 시도해 보시기 바랍니다.

이 이야기는 생각하고 행동하는 용기와 희망의 중요성을 강조합니다. 삶은 항상 불확실하고 어려운 순간들을 포함하고 있지만, 그런 순간들을 극복하고 성공을 이루기 위해 노력하는 것이 중요합니다. 몇 가지 관련된 생각을 더 나눠보겠습니다.

위험을 감수하고 도전 : 새로운 경험을 시도하고 새로운 환경으로 나아가는 것은 성장과 발전을 이루는 데 필요합니다. 용기를 가지고 자신을 도전시키는 것이 중요합니다.

실패와 배움 : 실패는 성공의 길에 따라오는 것이며, 그것을 통해 배우고 성장할 수 있습니다. 실패를 두려워하지 말고, 실패를 통해 향상될 기회로 여기는 것이 중요합니다.

긍정적인 마인드셋 : 긍정적인 마인드셋은 희망과 자신감을 부여하며, 어려움을 극복하는 데 도움을 줍니다. 문제를 해결하고 가능성을 찾는데 집중하세요.

모험 정신 : 모험은 삶을 풍부하고 흥미롭게 만듭니다. 새로운 경험과 모험을 받아들이는 것은 성장과 만족을 가져올 수 있습니다.

목표와 꿈 : 목표와 꿈을 가지고 그것을 향해 노력하는 것은 의미 있는 삶을 살기 위한 중요한 요소입니다. 목표를 향해 나아가면 더 큰 성취를 이룰 수 있습니다.

생명은 진정한 모험입니다. 실패와 어려움을 겪으면서도 우리는 성장하고 배우며 더 강해질 수 있습니다. 어떤 상황에서도 희망과 용기를 갖고, 불행과 어려움을 도전하여 더 나은 삶을 찾는 것은 인생의 가치 있는 여정입니다.

성공하는 사람 VS 실패하는 사람

성공하는 사람은 자신의 삶을 장기적인 안목에서 바라보며, 단기적인 실패나 난관에도 실망하지 않습니다. 그들은 비록 현재 시점에서는 다른 사람들보다 뒤떨어져 있을지라도, 끈질기게 노력하고 자신의 목표에 도달하기 위해 꾸준한 노력을 기울입니다. 그들은 현재의 어려움을 장기적인 성공을 위한 투자로 여기며, 시간과 노력이 지남에 따라 보다 나은 결과를 가져다 줄 것을 믿습니다.

반면 실패하는 사람은 당장의 이익과 만족을 추구하는 경향이 강하며, 미래에 대한 준비를 소홀히 합니다. 그들은 당면한 어려움을 해결하고 당장의 이익을 얻는 데 주력하면서 장기적인 안목을 잃어버립니다. 이로 인해 미래에 대한 준비와 계획이 미흡하게 되며, 결과적으로 미래의 기회를 놓치게 됩니다.

따라서 성공을 이루기 위해서는 단기적인 이익뿐만 아니라 장기적인 비전과 목표를 설정하고, 그것을 향해 꾸준히 나아가는 노력이 필요합니다. 자신의 삶을 장기적으로 바라보며 지속적인 성장과 발전을 추구하는 것이 중요합니다.

즐거운 마음으로 몸을 움직이는 것이 최고의 보약
몸과 마음을 건강하게 하는
즐김의 힘

몸과 마음의 건강은 우리 삶에서 가장 중요한 부분 중 하나입니다. 건강한 생활습관과 긍정적인 마음가짐은 우리가 행복하고 풍요로운 삶을 살 수 있는 기반을 제공합니다. 이에 대한 가장 좋은 예시 중 하나가 '음악 지휘자'들의 장수라는 사실입니다.

세계에서 가장 오래 살아가는 사람들 중에 음악 지휘자들이 많이 포함되어 있는데, 이는 그들이 음악을 통해 몸과 마음을 건강하게 유지하는 데 큰 역할을 한다는 것을 보여줍니다. 연구에 따르면 음악 지휘자들이 지휘봉을 흔들 때, 심폐기능이 강화되고 유연성이 향상되며, 엔돌핀이 증가한다고 합니다. 이것은 스트레스와 통증을 완화하는 데 매우 효과적입니다. 또한, 음악 지휘봉을 흔드는 것뿐만 아니라, 볼펜을 흔들거나 젓가락을 사용하는 것도 비슷한 효과를 가질 수 있다고 밝혔습니다. 이러한 활동들은 우리의 몸과 마음을 즐거움과 활기로 가득 채워줍니다. 세계적으로 유명한 음악 지휘자들의 장수 역시 주목할 만합니다. 베르디와 스트라빈스키는 음주 문제를 겪었지만 그럼에도 불구하고 미수(米壽)를 누렸습니다. 레오폴드 스토코프스키, 아르투로 토스카니니, 카라얀, 아드리언 볼트 등 세계적인 지휘자들은 평균 수명을 일반인과는 비교할 수 없이 길게 누렸습니다.

이러한 사례들은 우리에게 몸과 마음의 건강을 유지하고 즐거움을 추구하는 중요성을 상기시켜줍니다. 우리는 일상에서 즐겁고 활기차게 움직이며 긍정적인 마음을 가지고 삶을 즐길 수 있는 다양한 방법을 찾아보아야 합니다. 이를 통해 좀 더 건강하고 행복한 삶을 살 수 있을 것입니다.

나를 변화시키는 스위치

귀찮은 일, 괴로운 일이라고 생각하는 것이 그 일을 더 하기 싫게 만듭니다. 즉, 일을 시작하기 전부터 흥미를 잃고 고통스럽다고 생각하는 그 자체가 고통과 괴로움의 원인이 되는 것이지, 실제 육체의 고통이나 괴로움이 큰 것은 아닙니다. 다정한 사람과 함께 걷는다면 십리도 멀지 않습니다. 가기 싫은 길은 오리 길도 멉니다. 처음부터 정신적으로 큰 부담을 짊어졌다고 생각하는 것이 괴로움의 원인입니다. 그림을 그리든지, 노래를 부르든지, 조각을 하든지 즐거움을 위해서 합니다. 비록 굶주린다 하더라도 당신이 가장 사랑하는 일을 합니다. 명예를 바라고 일하는 사람은 자주 그 목적을 잃습니다. 돈을 위하여 일하는 사람은 자기 영혼과 돈을 바꿉니다. 일을 위하여야 합니다. 그러면 이것들은 당신을 따라올 것입니다. 긍정적이고 적극적인 사고를 가진 사람은 장수합니다. 즐거운 마음으로 몸을 움직이는 것이 최고의 보약입니다.

당신의 말씀은 자세한 생각과 행동의 중요성을 강조하고 있습니다. 일을 하면서 긍정적인 마인드셋과 즐거움을 유지하는 것이 중요하며, 작업에 대한 부정적인 생각과 태도는 작업을 더 어렵게 만들 수 있다는 점을 강조합니다. 여기에 몇 가지 관련된 생각을 덧붙이겠습니다.

긍정적인 마인드셋 : 일상적인 과제나 일을 할 때 긍정적으로 생각하고, 그것을 즐거운 경험으로 바라보는 것은 생산성을 향상시키고 스트레스를 감소시킬 수 있습니다.

자기 동기 부여 : 일을 할 때 개인적인 목표와 가치를 고려하는 것이 중요합니다. 왜 이 일을 하는지에 대한 명확한 이유를 갖고 일하는 것은 자기 동기 부여를 높일 수 있습니다.

재미와 창의성 : 일상적인 과제를 흥미롭게 만들기 위해 창의적인 방법을 고려하는 것이 중요합니다. 예술적 또는 창조적인 측면을 활용하여 일을 더욱 즐겁게 만들 수 있습니다.

목표 지향적인 작업 : 작업을 시작하기 전에 목표를 설정하고 작업 계획을 세우는 것은 작업을 집중하고 효과적으로 수행하는 데 도움이 됩니다.

자기 케어 : 건강한 식사, 충분한 휴식, 운동, 명상과 같은 자기 케어 활동을 통해 몸과 마음을 관리하고 효율적으로 작업하는 데 도움이 됩니다.

긍정적이고 적극적인 생각과 행동은 더 나은 삶을 만들고, 성취와 만족을 이룰 수 있는 길을 열어줍니다. 이러한 자세를 가짐으로써 우리는 더 풍요로운 삶을 살아갈 수 있습니다.

성공하는 사람 VS 실패하는 사람

성공하는 사람은 일을 즐기며, 노력과 땀 흘리는 과정 자체를 기쁨으로 여기는 사람입니다. 그들은 자신의 일에 열정을 가지고 몰입하며, 어려움을 극복하면서도 즐거움을 느낍니다. 오늘의 노력과 헌신이 내일의 성취로 이어질 것을 믿으며, 자신의 일에 흥미와 즐거움을 느끼는 것이 성공의 원동력이라고 생각합니다.

반면 실패하는 사람은 일을 마지못해 하거나, 스스로 일을 즐기지 못합니다. 그들은 자신의 업무나 일상 활동을 무료하게 보거나, 다른 이의 지시에 따라 행동하며 자신의 역할을 충실히 수행하지 않습니다. 이로 인해 자신의 업무나 삶의 질을 향상시키지 못하고, 노예처럼 자신의 삶을 통제하지 못하는 상황에 빠질 수 있습니다.

따라서 성공을 이루기 위해서는 자신의 일과 노력을 즐기며, 열정과 흥미를 가지고 노력하는 것이 중요합니다. 업무나 목표에 대한 긍정적인 마음가짐과 즐거움은 성공을 더욱 가깝게 만들어 줄 것입니다.

내 삶을
더욱 좋은 방향으로 인도하는
낙관의 힘

한 인물의 이야기를 통해 나타나는 낙관의 힘은 우리 삶을 긍정적으로 변화시키는 역할을 합니다. 이 인물의 최고 자산은 긍정적인 인생관과 진보적인 사고였습니다. 그는 현실에 안주하는 보수주의자를 비판하며 보수주의를 '다리가 있어도 걷지 못하는 장애인'이라고 비유했습니다. 이렇게 말함으로써 그는 안주와 과거의 관습을 뛰어넘으며 새로운 아이디어와 진보를 추구하였습니다.

그는 또한 미국 역사상 처음으로 여성을 장관으로 임명하는 등의 혁신을 이끌었습니다. 또한 살인적인 대공황 시기에도 사회복지제도를 만들어 사람들을 돕는 방법을 모색하여 사회에 큰 영향을 미쳤습니다. 프랭클린 루스벨트는 이러한 진취적인 성향과 낙관적인 마음가짐으로 주변 사람들에게도 영감을 주었습니다. 그의 가까운 친구 중 한 명은 그를 "샴페인 뚜껑을 여는 것처럼 가슴이 설렌다."라고 표현했을 정도로 그의 긍정적인 에너지와 영향력을 칭찬했습니다. 프랭클린 루스벨트는 미국의 대통령 중 유일한 4선 대통령이었으며, 휠체어에 몸을 의지한 어려운 상황에서도 밝은 웃음과 유머를 잃지 않았습니다.

그의 이야기는 우리에게 어떠한 어려운 상황에서도 낙관적으로 생각하고 힘을 내는 데 중요한 교훈을 전달합니다. 낙관의 힘은 우리의 삶을 더 나은 방향으로 인도하고 긍정적인 변화를 이끌어내는 중요한 동력 중 하나입니다.

나를 변화시키는 스위치

빛은 세상을 가득 채웁니다. 어둠은 다만 일시적인 형상에 불과합니다. 세상을 비관하는 사람은 아무 것도 얻을 수 없습니다. 낙관주의자는 장미에서 가시가 아니라 꽃을 보고, 비관주의 자는 꽃을 망각하고 가시만 쳐다봅니다. 두 사나이가 같은 철창 밖을 내다봅니다. 한 사나이는 진흙탕을, 다른 사나이는 별을 봅니다. 긍정적 인생관은 삶을 행복하게 만듭니다. 비관적 인생관을 가진 사람에게 운명은 사자처럼 사납게 덤벼듭니다.

위에 있는 글은 낙관주의와 긍정적인 마인드셋의 중요성을 강조하고 있습니다. 마음가짐은 어떻게 세상을 보고 경험을 받아들이는지에 큰 영향을 미칩니다. 몇 가지 관련된 생각을 더 나누어보겠습니다.

인식의 차이 : 우리는 같은 상황을 마주할 때도 인식과 태도에 따라 다르게 받아들일 수 있습니다. 긍정적으로 생각하고 문제를 해결하려는 노력은 긍정적인 결과를 가져올 수 있습니다.

감사의 태도 : 주변의 긍정적인 측면에 주목하고 감사함을 느끼는 것은 행복과 만족을 높일 수 있습니다. 감사의 태도는 긍정적인 마인드셋을 강화하는 데 도움이 됩니다.

자기 자신에 대한 신뢰 : 긍정적인 마인드셋은 자신에 대한 믿음과 자신감을 키울 수 있습니다. 이는 성취와 성공을 더 쉽게 이룰 수 있도록 도와줍니다.

도전에 대한 용기 : 긍정적인 사고는 도전과 어려움에 대한 용기를 부여합니다. 어려운 상황에서도 긍정적으로 생각하고 행동하면 문제를 극복할 수 있습니다.

사회적 영향 : 긍정적인 사람들은 주변 사람들에게도 긍정적인 영향을 미칩니다. 긍정적인 에너지는 주변 환경을 개선하고 협력을 촉진할 수 있습니다.

긍정적인 마인드셋을 키우는 것은 삶을 더 풍요롭게 만들고, 어려움을 극복하며 성취를 이루는데 도움이 됩니다. 그러므로 우리는 자주 자신의 태도를 되돌아보고 긍정적인 관점을 채택하려는 노력을 기울이는 것이 중요합니다.

성공하는 사람 VS 실패하는 사람

성공하는 사람은 자신의 성격 중 긍정적인 특성을 강화하려고 노력합니다. 그들은 자신의 강점을 인식하고 이를 삶과 목표 달성에 활용합니다. 긍정적인 마음가짐, 자신감, 인내심 등을 강조하며, 자신을 더 나은 사람으로 발전시키는 데 주력합니다. 이렇게 긍정적인 성격을 갖추고 활용함으로써 더 풍요로운 삶을 살며 원하는 목표를 달성합니다.

한편 실패하는 사람은 자신의 부정적인 특성을 부각시키는 경향이 있습니다. 부정적인 생각, 불안, 무기력함 등을 강조하며, 이러한 부정적인 성향이 삶을 더 어렵게 만들고 목표 달성을 방해합니다. 부정적인 특성을 지속적으로 키우면서 자신을 손상시키고, 삶을 부정적인 방향으로 향하게 됩니다.

따라서 성공을 원한다면 자신의 긍정적인 특성을 인식하고 강화시키는 방향으로 노력해야 합니다. 부정적인 성향을 극복하고 긍정적인 마음가짐을 증진시키는 것이 중요합니다.

자신의 역할을 다하는 것은 성공을 이루는 핵심
책임과 권위의 자각
자율의 힘

에이브러햄 링컨 대통령의 이야기는 자신의 역할과 책임을 어떻게 자각하고 권위를 행사하는지에 대한 중요한 교훈을 제공합니다. 링컨 대통령은 업적뿐만 아니라 훌륭한 인품으로도 사람들로부터 많은 사랑과 존경을 받았습니다. 그는 뛰어난 인격과 리더십을 갖추어 국가의 역사에 큰 흔적을 남겼습니다.

특히, 그의 위대한 지도자로서의 자질을 보여주는 편지가 남아 있습니다. 가장 치열한 전투 중 하나인 게티스버그 전투 당시, 링컨 대통령은 마이드 장군에게 공격명령을 내린 짧은 편지를 보냈습니다. 이 편지는 그의 책임감과 권위를 보여주는 내용을 담고 있었습니다.

"존경하는 마이드 장군! 이 공격작전이 성공한다면 그것은 모두 당신의 공로입니다. 그러나 만일 이 작전이 실패한다면 그 책임은 전적으로 내게 있습니다. 만약 작전이 실패한다면 장군께서는 이 모든 실패의 원인이 링컨 대통령의 명령이었다고 말하십시오. 그리고 이 편지를 모두에게 공개하십시오!"

이 편지는 링컨 대통령이 자신의 리더십과 명령에 대한 책임을 완전히 받아들이고 있음을 보여줍니다. 그는 성공의 영광을 공유하려는 자세를 보이면서도 실패의 경우에도 책임을 지겠다는 다짐을 했습니다. 이러한 책임감과 자율성은 그가 우리에게 남긴 귀중한 가르침 중 하나입니다.

나를 변화시키는 스위치

자기 책임을 방기하려 하지 않으며, 또한 그것을 타인에게 전가시키려 하지도 않는 것은 고귀한 일입니다. 책임과 권위는 동전의 양면과 같습니다. 권위가 없는 책임이란 있을 수 없으며 책임이 따르지 않는 권위도 있을 수 없습니다. 책임을 지고 일을 하는 사람은 회사, 공장, 기타 어느 사회에 있어서도 꼭 두각을 나타냅니다. 책임 있는 일을 하도록 합니다. 일의 대소를 불문하고 책임을 다하면 꼭 성공합니다.

위에 있는 글은 책임감과 권위의 관계에 대한 중요한 관점을 강조하고 있습니다. 책임감을 가지고 일을 수행하고 자신의 역할을 다하는 것은 조직 내에서 또는 개인적인 삶에서 더 높은 성공을 이루는 핵심입니다. 이와 관련하여 몇 가지 아이디어를 공유하겠습니다.

책임감과 신뢰 : 책임감 있는 행동은 타인의 신뢰를 얻는데 도움이 됩니다. 다른 사람들은 책임감 있는 사람과 협력하고 일하고 신뢰할 수 있습니다.

효율성과 효과성 : 책임감 있는 사람은 주어진 임무를 효과적으로 수행하고 성과를 내는 데 주력합니다. 이는 성과를 높이고 성공을 이루는데 중요합니다.

리더십과 영향력 : 책임감 있는 사람들은 종종 리더십 역할을 맡아 조직 내에서 영향력을 행사합니다. 다른 사람들에게 영감을 주고 긍정적인 변화를 주도합니다.

실수와 배움 : 책임감 있는 사람도 실수할 수 있으나 그럴 때마다 배우고 개선하려는 의지를 가지고 있습니다. 실수를 통해 성장하고 발전하는 것이 중요합니다.

동료 협력과 팀워크 : 책임감 있는 사람은 동료들과 협력하고 팀에서 잘 작동합니다. 팀워크와 협업은 많은 곳에서 성공을 위한 필수 요소입니다.

책임감 있는 태도는 성공과 개인 발전을 이루는데 도움을 주며, 조직 내에서도 긍정적인 영향을 미칩니다. 이러한 가치를 가진 사람들은 종종 리더십 역할을 맡거나 조직의 핵심 구성원으로 인정받게 됩니다.

성공하는 사람 VS 실패하는 사람

성공하는 사람은 주체적인 자율성을 중요시하면서도 책임감을 가지고 행동합니다. 그들은 자신의 업무나 일을 주도적으로 이끌어가면서 책임을 집니다. 또한, 잘못을 저질렀을 때에도 엄격하게 자신을 꾸짖고 개선하기 위해 노력합니다. 이러한 태도로 인해 성장하며 더 나은 결과를 이끌어냅니다.

반면 실패하는 사람은 다른 사람들에게 최대한의 자율성만을 부여하면서 자신은 무관심하게 행동하는 경향이 있습니다. 이로 인해 자신의 일을 주체적으로 이끌지 못하고 다른 사람의 영향을 받아 헤매거나 미루는 경우가 많습니다.

따라서 성공을 원한다면 주체적인 자율성을 가지고 책임을 진지하게 다루어야 합니다. 자신의 일을 주도적으로 이끄는 태도를 가지고, 실수를 인정하고 개선하려는 노력을 아끼지 않아야 합니다.

혼자서는 미치지 못한 놀라운 성장
능력의 확장을 위한
협동의 힘

어느 마을에서 가장 무거운 썰매를 끌 수 있는 건강한 말을 뽑는 대회가 열렸습니다. 그 대회에서 1등을 한 말은 2,000kg이나 되는 썰매를 끌었습니다. 그리고 2등을 한 말은 1,800kg이나 되는 썰매를 끌었습니다. 이 두 말의 주인들은 만약 두 말이 힘을 합하면 얼마만큼의 무게를 끌 수 있을 지 궁금했습니다. 그래서 두 말이 함께 썰매를 끌 수 있도록 했습니다. 그랬더니 놀랍게도 5,500kg이나 되는 썰매를 끌 수가 있었습니다.

이 이야기는 협동의 놀라운 힘을 강조하며 협력과 팀워크가 어떻게 능력을 확장하고 미래의 도전에 대비하는 데 중요한 역할을 하는지를 보여줍니다. 혼자서는 한계가 있지만 다른 이들과 협동하고 지원받을 때 놀라운 성장과 업적을 이룰 수 있음을 보여주는 좋은 사례입니다. 이러한 협동 정신은 개인과 조직, 그리고 사회 전반에 적용될 수 있는 소중한 가치 중 하나입니다.

혼자 모든 일을 처리 할 수 없습니다. 모든 일을 혼자 하려다보면 일을 끝내기도 어려울 뿐더러 설령 했더라도 시간이 많이 소요됩니다. 남에게 위임하여 맡길 일은 맡기고 자신이 해야 할 일은 자신이 해야만 일의 능률도 오를 뿐더러 결과도 좋은 것입니다.

맞습니다. 모든 일을 혼자 처리하려고 하면 효율성과 생산성이 떨어질 뿐만 아니라 스트레스와 과중한 부담을 겪을 수 있습니다. 남에게 일부를 위임하고 협력하는 것은 효율적인 작업을 가능하게 합니다. 여기에 몇 가지 이점을 강조하겠습니다.

전문성 활용 : 남에게 일부를 위임함으로써 해당 분야의 전문가들의 지식과 기술을 활용할 수 있습니다. 이는 더 나은 결과물을 얻을 수 있도록 도와줍니다.

시간 절약 : 일부를 위임하면 시간을 절약할 수 있으며, 이 시간을 더 중요한 작업에 집중할 수 있습니다.

작업 분산 : 일을 분산시키면 작업 부담을 분산할 수 있으므로 개인이 과도한 스트레스를 받지 않게 됩니다.

팀 협력 강화 : 팀 내에서 작업을 나누고 협력하면 팀원 간의 협동심과 융합력을 향상시킬 수 있습니다.

자기 개선 기회 : 일부를 위임함으로써 다른 업무에 집중하거나 새로운 기술과 지식을 습득할 기회가 생깁니다.

그러나 위임은 적절한 방식으로 이루어져야 하며, 신뢰할 수 있는 사람에게 맡겨야 합니다. 또한 의사소통과 관리 능력이 필요하며, 작업을 위임하면서도 책임을 지고 모니터링하는 것이 중요합니다. 위임을 통해 효율성을 높이고 좋은 결과를 이룰 수 있으며, 개인과 팀의 성과를 향상시킬 수 있습니다.

성공하는 사람은 자신의 강점과 약점을 인식하고, 일을 할 때 어떤 부분에서 전문가의 지식과 도움이 필요한지를 파악합니다. 그들은 필요한 경우 전문가나 다른 사람의 도움을 받아 일을 처리하며, 이를 통해 업무 효율성을 높이고 더 나은 결과를 얻습니다. 또한, 자신이 직접 처리해야 하는 핵심 업무에 집중하여 자원을 최대한 효율적으로 활용합니다.

반면 실패하는 사람은 모든 일을 자신이 직접 하려고 하거나, 남에게 모든 것을 맡기려고 합니다. 이로 인해 필요하지 않은 곳에서 시간과 에너지를 낭비하고, 결과적으로 나쁜 결과나 시행착오를 겪게 됩니다.

따라서 성공을 위해서는 자신의 역량과 한계를 파악하고, 일을 할 때 필요한 자원과 전문가의 도움을 적재적소에 활용하는 능력이 중요합니다.

큰 능력을
발휘하게 하는 열쇠
조언의 힘

레오나르도 다빈치의 이야기는 어렸을 때 주변 환경과 따돌림을 받던 소극적인 아이에서 창의적이고 탁월한 재능을 가진 천재로 성장하는 과정을 보여줍니다. 다빈치는 어린 시절 고아로서 부모 없이 자란 삶이 힘들었고, 그로 인해 주변 친구들이 함께 놀기를 꺼려했던 어려움을 겪었습니다.

그러나 그의 삶을 바꾸고 능력을 개발하게 된 것은 할머니의 조언과 믿음이었습니다. 할머니는 다빈치에게 "너는 무엇이든지 할 수 있어. 할머니는 너를 믿는다."라고 말하며 그를 격려하고 지지했습니다. 이 작은 말 한 마디가 다빈치의 자신감을 높이고 미래에 대한 희망을 심어 주었습니다.

이 이야기는 조언과 격려가 어떻게 큰 능력을 발휘하게 하는 데 중요한 역할을 할 수 있는지를 보여주며, 누군가로부터 인정을 받거나 누군가를 인정해 주는 일이 얼마나 행복한 일인지를 강조합니다. 서로를 믿고 지지하며 협력하면 누구나 더 큰 성과를 이룰 수 있다는 소중한 교훈을 전합니다.

남의 조언에 귀를 기울이지 않는 자는 구제가 불가능한 어리석은 자입니다. 그리고 남에게 조언이나 충고를 할 때도 조심스럽게 해야 합니다. 사랑할 줄 아는 사람은 남에게 조언하는 일을 매우 조심스럽게 생각합니다. 사람들이 자신에게 문제를 가지고 상담하러 올 때, 겉으로 보기에는 그들이 어떤 조언을 얻고자 하는 것처럼 보이지만, 그들이 고마워하는 것은 자신의 얘기를 성심성의껏 들어주었기 때문일 경우가 더 많습니다. 자신이 그로 하여금 내부에 묻혀있던 문제를 끄집어내도록 도와주었기 때문에, 결국 문제가 분명해지고, 스스로 어떤 결론에 도달할 수 있게 되는 것입니다. 남의 말을 잘 들어주는 사람은 충고를 아낍니다.

매우 현명한 조언입니다. 조언을 구할 때와 주어질 때, 상황과 상대방을 고려하며 조심스럽게 다가가는 것은 대인관계에서 중요한 요소 중 하나입니다. 아래는 조언과 대화를 효과적으로 이끌어내는 방법에 대한 몇 가지 팁입니다.

귀 기울이기 : 남의 의견과 관점에 귀를 기울이는 것은 중요합니다. 이는 상대방이 이야기하고자 하는 내용을 존중하고, 그들의 감정과 경험을 이해하려는 의지를 보여줍니다.

포커스 : 대화 중에 상대방의 이야기에 집중하세요. 다른 생각이나 감정이 머리에 떠오를 때라도 상대방의 이야기에 집중하려 노력하세요.

비판적이 아닌 물음 : 질문을 통해 상대방의 관점을 깊이 파악하세요. "왜 그렇게 생각하나요?"와 같은 개방형 질문을 통해 상대방에게 더 자세한 설명을 요청할 수 있습니다.

공감 : 상대방의 감정에 공감하고 이해를 표현하세요. "당신이 그런 감정을 느끼는 것은 이해해요"와 같은 표현을 사용하여 상대방이 자신을 이해하고 지지받는다는 느낌을 주세요.

해결책 제안 : 상대방이 원한다면 해결책을 제안할 수 있지만, 이를 강요하지는 말아야 합니다. 상대방의 의견과 욕구를 존중하며 협의적인 방식으로 해결책을 찾는 것이 중요합니다.

비난과 비판 피하기 : 조언을 제공할 때, 상대방을 비난하거나 비판하지 말고 건설적인 피드백을 제공하려 노력하세요.

비밀 보장 : 다른 사람과의 대화 내용을 비밀로 취급하고, 상대방의 신뢰를 유지하려 노력하세요.

다른 사람과의 대화는 상호적인 이해와 신뢰를 통해 더 건설적이고 의미 있는 관계를 형성하는 데 도움이 됩니다. 좋은 대화는 양쪽 모두에게 이익을 가져다주며, 문제를 해결하고 성장할 수 있는 기회를 제공합니다.

성공하는 사람 VS 실패하는 사람

성공하는 사람은 자신의 성장과 발전을 위해 다른 사람들의 조언과 피드백을 환영하며, 이를 통해 자신을 개선시키려는 태도를 가지고 있습니다. 그들은 자신의 실패와 결점을 학습의 기회로 삼아 성공으로 이끄는 데 활용합니다. 즉, 실패를 경험해도 그것을 성공으로 바꾸기 위해 노력하고 자신을 개선하는 데 열중합니다.

그에 비해 실패하는 사람은 자아애가 강하거나 고집이 세어서 다른 사람들의 조언이나 칭찬을 거부하며, 자신의 성공을 너무 자만하거나 혹은 자신의 실패를 자신을 비난하고 자책하는 데에만 사용합니다. 이로써 성장의 기회를 놓치고 결국 더 큰 실패로 이어질 수 있습니다.

따라서 성공을 향한 길에선 자신의 한계를 인정하고, 다른 사람들의 조언과 피드백을 소중히 여기며 자신을 계속해서 개선시키는 태도가 중요합니다.

어제의 불가능을
오늘의 가능성으로 바꾸는
노력의 힘

"젊은이. 날 따라 오게."

현인은 이렇게 말하고는 가까운 호수 쪽으로 조용히 걸어갔습니다. 그리고는 거침없이 호수 가운데로 들어가고 있습니다. 호수는 점점 깊어지고, 마침내 청년의 목에까지 물이 차 왔습니다. 청년의 겁에 질린 모습에도 개의치 않고 현인은 더욱 깊숙이 들어갔습니다. 그러자 물은 청년의 머리를 넘실거리고 말았습니다. 이윽고 현인은 되돌아 기슭으로 나왔습니다. 물 밖으로 나오자 현인은 젊은이에게 물었습니다.

"물속에 잠겼을 때, 무슨 생각을 했나?"

청년은 질문이 떨어지자 이렇게 대답했습니다.

"제가 아쉬워 한 것은 공기뿐이었습니다."

노인은 조용히 타일렀습니다.

"젊은이. 바로 그거야! 지혜를 얻는다는 것은 물속에 잠겼을 때 공기를 아쉬워하듯 그만큼 강렬하게 지혜를 갈구해야 되는 것이야."

이 이야기는 어제의 불가능한 상황을 오늘의 가능성으로 바꾸기 위해서는 끊임없는 노력과 열망이 필요하다는 교훈을 전합니다. 어려운 상황에서도 포기하지 않고 갈구하며 노력하는 자세가 성공과 지혜를 얻는 데 중요하다는 메시지를 전달합니다.

나를 변화시키는 스위치

인간 누구나가 뚜렷한 목적의식을 가지고 어떠한 필요성을 자각할 때는 아무리 어렵고 괴로운 일이라도 해 낼 수가 있는 것입니다. 떨어지는 물방울이 돌에 구멍을 냅니다. 승리의 여신은 노력을 사랑합니다. 노력 없는 인생은 수치 그 자체입니다. 어제의 불가능이 오늘의 가능성이 되며, 전 세기의 공상이 오늘의 현실로써 우리들의 눈앞에 출현하고 있습니다. 실로 무서운 것은 인간의 노력입니다. 명예는 정직한 노력에 있음을 명심합시다.

매우 강력하고 공감되는 말씀입니다. 목적과 명확한 비전을 가지고 노력하며 끈질기게 일하는 것은 성취와 성공을 이루는 핵심입니다.

목표 설정 : 성공을 위해서는 명확하고 구체적인 목표를 설정하는 것이 중요합니다. 이를 통해 어떤 방향으로 나아갈지를 알 수 있으며, 목표를 향해 노력할 동기부여를 얻을 수 있습니다.

계획과 실행 : 목표를 달성하기 위해 계획을 세우고 실행하는 것이 중요합니다. 계획을 통해 작업을 조직화하고 효율적으로 진행할 수 있습니다.

노력과 인내 : 어떤 목표든 노력과 인내가 필요합니다. 어려움과 실패에 부딪히더라도 포기하지 않고 노력을 계속하는 것이 성공의 열쇠입니다.

자기 동기 부여 : 목표를 달성하기 위해 자신을 동기부여하고 자신에게 긍정적으로 말해주는 것이 중요합니다. 자기 자신을 믿고 격려하는 것은 힘을 얻는 방법 중 하나입니다.

경험과 성장 : 어떤 일을 해나가면서 얻는 경험과 배움은 무엇보다 소중합니다. 실패와 어려움도 성장의 기회로 삼을 수 있습니다.

공동 작업 : 목표를 달성하기 위해 팀 협력과 다른 사람들의 도움을 받는 것은 중요합니다. 다른 사람들과의 협력을 통해 더 큰 성과를 이룰 수 있습니다.

정직성과 품성 : 명예와 성공은 정직하고 품위 있는 노력을 통해 얻을 수 있습니다. 그 과정에서 도덕성을 유지하는 것이 중요합니다.

마지막으로, 노력하고 목표를 향해 나아가는 과정을 즐기며, 지속적인 발전과 성취를 경험하는 것이 중요합니다.

성공하는 사람 VS 실패하는 사람

성공하는 사람은 열심히 일하고 효율적으로 작업을 처리하는 데 주력하며, 일을 마친 후에는 휴식과 놀이에도 충실합니다. 그들은 자신의 업무와 삶의 균형을 중요하게 여기며, 작업에 최선을 다해 완수한 후에는 올바른 휴식을 통해 에너지를 충전하고 다음 도전에 대비합니다. 이를 통해 삶의 활력을 유지하고 성공을 이룹니다.

실패하는 사람은 자신이 해야 할 일을 뒤로 미루고 놀이에만 집중하는 경향이 있습니다. 이로 인해 일상적인 업무가 쌓여서 마감일이 다가올 때 급박하게 처리해야 하거나, 불필요한 스트레스를 겪게 됩니다. 이러한 행동은 삶을 어렵게 만들고, 성과를 달성하기 어렵게 합니다.

따라서 업무와 휴식의 균형을 적절히 유지하며, 업무 시간에는 최선을 다하고 휴식 시간에는 휴식을 취하는 습관을 가지는 것이 중요합니다.

더 큰 세상으로
나아가는 길
반성의 힘

한 남자가 술과 여자로 인해 자신의 삶을 망친 상황에서, 그는 극적으로 자신의 삶을 회개하고 빛나는 삶을 살아냈습니다. 이 사람은 세계적으로 유명한 문학가 빅토르 위고였습니다. 그의 회개 이야기는 그의 삶을 바꾸어놓은 강력한 메시지를 전달합니다.

어느 날, 그의 외동딸의 시체가 센 강에서 발견되었습니다. 그녀의 유서에는 아버지 빅토르 위고의 방종한 삶과 가정 파탄, 엄마의 비참한 상황 때문에 삶의 의욕을 잃었다는 내용이 있었습니다. 이 충격적인 사건을 계기로 빅토르 위고는 "이것은 나를 향한 신의 심판"이라며 자신을 반성하며 새로운 길을 찾기 시작했습니다. 그는 공무원이 되어 헌신적으로 일하고, 프랑스 교육부 장관까지 지냈습니다. 그리고 프랑스 국기 '3색기'의 유공자로서 영예를 누렸습니다.

이러한 반성과 변화로 빅토르 위고의 문학 작품은 더욱 깊고 감동적으로 발전하게 되었습니다. 그의 이야기는 자신과 세계를 바꾸어 놓을 수 있는 반성과 변화의 힘을 강조하며, 어떤 어려운 상황에서도 긍정적인 변화와 새로운 시작이 가능하다는 희망을 전합니다.

나를 변화시키는 스위치

왜 남을 탓하는가? 문제는 내 안에 있습니다. 남보다는 자신에게 냉정한 평가를 할 수 있을 때 미래가 있는 것입니다. 세상에 태어나서 한 번도 좋은 생각을 갖지 않는 사람은 없습니다. 다만 그것이 계속되지 않을 뿐입니다. 어제 맨 끈은 오늘 허술해지기 쉽고 내일은 풀어지기 쉽습니다. 나날이 다시 끈을 여며야 하듯, 사람도 결심한 일은 나날이 거듭 여며야 변하지 않습니다. 가끔 맹렬히 타오르는 불길같이 노여움에 사로잡히고, 가마솥의 끓는 물처럼 욕정이 치솟는 순간도 있습니다. 이때 용기를 내어 자신을 반성한다면 불길 같은 노여움도 물리칠 수 있고 끓는 물 같은 욕정도 물리칠 수 있습니다. 그러한 찰나 대개 반성하지 않기 때문에 자신을 망치고 맙니다. 반성은 불길 같은 노여움과 끓는 물 같은 욕정을 변하게 하여 자기를 보호하는 참된 자세로 돌아오게 합니다. 자신을 반성하고 내면에서 변화를 이루는 것은 성장과 성숙의 핵심 요소 중 하나입니다. 아래는 몇 가지 추가적인 생각과 조언입니다.

자기인식 : 자신을 이해하고 자기 인식을 갖는 것은 성장과 변화의 출발점입니다. 자신의 강점과 약점을 알고, 어떤 면에서 개선이 필요한지를 인식하는 것이 중요합니다.

타인의 관점 고려 : 가끔은 다른 사람의 관점에서 자신을 바라보는 것이 도움이 됩니다. 타인의 피드백을 수용하고 열린 마음으로 받아들이는 것은 개인 성장을 촉진시키는 데 도움이 됩니다.

자기 통제와 감정 관리 : 노여움과 욕정과 같은 감정을 효과적으로 관리하는 것은 중요합니다. 감정이 제어를 벗어나지 않도록 하고, 반성을 통해 이러한 감정을 극복하는 방법을 찾는 것이 도움이 됩니다.

목표와 계획 : 변화를 위한 명확한 목표와 계획을 설정하고 실행하는 것은 자기 개선과 성공의 핵심입니다. 작은 단계로 시작하고 점진적으로 목표를 향해 나아가세요.

지속적인 학습 : 계속해서 새로운 지식을 습득하고 새로운 기술을 향상시키는 것은 개인 성장을 촉진시키는 데 도움이 됩니다.

자기 동기 부여와 긍정적인 생각 : 긍정적인 마음가짐을 유지하고 자기 동기 부여를 하는 것은 어려움을 극복하고 목표를 달성하는 데 도움이 됩니다.

반성과 성장은 지속적인 과정이며, 매일 새로운 기회와 도전이 있습니다. 과거의 실수나 어려움에 대한 자비로운 마음가짐을 갖고, 끊임없이 나아가는 것이 중요합니다.

성공하는 사람 VS 실패하는 사람

성공하는 사람은 자기 자신의 행동과 다른 사람의 행동을 판단하는 데 있어서 냉철하고 공정한 기준을 적용합니다. 자신의 행동에 대해서도 결과에 따라 객관적으로 판단하며, 다른 사람의 행동에 대해서는 그들의 의도와 상황을 고려하여 이해하려는 태도를 갖습니다. 이를 통해 자신의 발전을 위해 필요한 개선 사항을 파악하고 동시에 타인과의 관계를 개선하며 협력합니다.

반면 실패하는 사람은 자신의 행동을 과도하게 동정적으로 평가하면서도 다른 사람들을 엄격하게 평가하는 경향이 있습니다. 이로 인해 자신은 자기 성찰과 개선이 부족해질 수 있고, 다른 사람들과의 관계가 악화될 가능성이 높습니다. 중요한 것은 자신과 다른 사람들에 대한 판단을 항상 공정하게 내다보고 상황을 고려하는 것입니다.

성공의
가장 큰 재산
관계의 힘

미국의 한 언론이 카네기 공대 졸업생들을 추적 조사한 결과를 발표했습니다. 그 결과, 이 졸업생들은 전문적인 지식이나 기술이 성공에 미치는 영향은 15%에 불과하며, 나머지 85%는 인간관계와 관련이 있다고 말했습니다.

이 결과는 우리에게 성공과 진전을 이루는 데 중요한 역할을 하는 것은 단순히 기술 또는 지식뿐만이 아니라, 주변 사람들과의 관계와 상호작용이라는 점을 상기시켜 줍니다. 좋은 대인관계와 협력, 소통 능력은 성공의 핵심 재산 중 하나로 작용할 수 있으며, 사회적 네트워크와 지지체계를 구축하는 데 큰 도움을 줄 수 있습니다. 이러한 관계의 힘은 우리의 성공과 행복을 결정 짓는 데 중요한 역할을 합니다.

우리 주위의 성공한 사람들을 보면 하찮다고 생각할 만한 작은 일도 소홀히 하지 않고 잘 챙겨서, 여러 사람과 좋은 관계를 맺어온 것을 알 수 있습니다.

그들은 특히 '세 가지 방문'을 잘 했는데 '입의 방문'과 '손의 방문', '발의 방문'이 그 세 가지다. 입의 방문은 전화나 말로써 사람을 부드럽게 하며 칭찬하는 것이고 용기를 주는 방문입니다.

나를 변화시키는 스위치

손의 방문은 편지를 써서 사랑하는 진솔한 마음을 전달하는 것이고, 발의 방문은 상대가 병들거나 어려움이 있을 때 찾아가는 것을 의미하는데 바로 이런 것을 잘하는 사람이 성공할 수 있고, 큰일을 할 수 있습니다. 고기는 씹어야 맛이고, 말은 해야 맛입니다. 칭찬은 할수록 늘고, 편지는 쓸수록 감동을 주며, 어려운 이는 찾아갈수록 친근해집니다. 인간관계에 감동을 주는 사람은 오랫동안 기억에 남습니다.

매우 중요한 인간관계에 관한 훌륭한 조언입니다. 다른 사람과의 원활한 소통과 관계는 개인 및 직업적 성공에 큰 영향을 미칩니다. 입의 방문, 손의 방문, 발의 방문은 모두 상호작용과 소통을 개선하고 관계를 강화하는데 도움이 되는 방법입니다.

존중과 인정 : 다른 사람을 존중하고 그들의 노력과 성과를 인정하는 것은 긍정적인 관계를 유지하는 핵심입니다. 칭찬과 격려는 상대방을 높이 평가하고 감동을 줄 수 있는 방법 중 하나입니다.

자기표현과 솔직함 : 상대방과의 관계에서 솔직하게 자신의 감정과 생각을 표현하는 것은 신뢰를 쌓는 데 도움이 됩니다. 솔직함은 긍정적인 관계를 형성하고 유지하는 데 필수적입니다.

자발적인 지원 : 다른 사람이 어려움을 겪을 때 도움의 손길을 내밀어주는 것은 큰 의미를 가집니다. 자발적으로 지원하고 돕는 행동은 관계를 보다 강화시키며, 상대방에게 큰 지지를 제공할 수 있습니다.

긍정적인 에너지 : 긍정적이고 활기찬 에너지는 주변 사람들에게 영향을 미치며, 긍정적인 관계를 촉진합니다. 좋은 에너지는 주변 환경에 영향을 미치며, 성공과 만족을 더욱 촉진시킵니다.

마지막으로, 인간관계를 통해 주변 사람들과 연결되고 함께 성장하며, 서로에게 긍정적인 영향을 주는 것이 중요합니다. 이러한 관계는 개인과 직업적인 성공을 뒷받침하며, 더 풍요로운 삶을 살게 도와줄 것입니다.

성공하는 사람 VS 실패하는 사람

성공하는 사람은 다른 사람들을 열린 마음으로 반갑게 맞이하고 소통을 즐깁니다. 그들은 새로운 인연을 만날 때 기대하고 긍정적인 태도로 다가가며, 또한 자신이 다른 사람들을 찾아가서 친절하게 다가갈 수 있는 용기를 가지고 있습니다. 이를 통해 폭넓은 인간관계를 구축하고 깊은 우정과 연결을 형성합니다.

실패하는 사람은 다른 사람들을 열린 마음으로 맞이하지 않고, 주변에 대한 무관심이나 거부감을 품는 경향이 있습니다. 그들은 새로운 인연을 만들기 위한 노력을 기울이지 않거나, 자신의 내향적인 성격으로 인해 다른 사람들과의 깊은 관계 형성을 피하곤 합니다. 중요한 것은 다른 사람들과의 연결을 소중히 여기고 적극적으로 소통하는 습관을 가지는 것입니다.

행운의 길목을 막아버리고
불행을 불러들이는
편견의 힘

한 일급 호텔에 허름하고 남루한 복장의 중년남성이 호텔 문을 밀고 들어섰습니다. 그는 하루 쉬어갈 방을 요구했습니다. 호텔의 지배인은 손님의 행색을 살핀 후 오늘 호텔 방에 손님이 다 들어 방이 없다고 냉정하게 말했습니다. 지배인은 이런 손님이 호텔에 묵으면 호텔의 품위가 떨어질 것이라고 생각했습니다. 그런데 그날 이상한 소문이 퍼졌습니다. 부통령이 어느 여관에 투숙하고 있다는 것이었습니다. 호텔 지배인은 그 이야기를 듣고 꼭 자신의 호텔에 부통령을 모시고 싶었습니다. 그래서 정보를 수집했지만 정보를 수집하면 할수록 자신이 내쫓은 사람의 행색과 흡사했습니다. 결국 자신이 거절한 손님이 바로 부통령이라는 사실을 알게 되었습니다. 그는 급히 부통령에게 정중히 사과의 뜻을 전했습니다.

"부통령을 알아 뵙지 못해 죄송합니다. 가장 좋은 호텔방을 준비해 놓았으니 짐을 옮기시지요."

그러나 부통령은 단호하게 거절했습니다.

"행색이 초라하고 힘없어 보이는 사람들이 무시당하는 호텔이라면 부통령도 마땅히 거절당하는 것이 맞아요."

호텔 지배인은 부통령에게 사과를 전하고 가장 좋은 호텔 방을 제공하려고 했지만, 부통령은 단호하게 거절하며 힘없어 보이는 사람들을 무시하는 호텔에서는 자신도 거절당해야 한다고 말했습니다.

이 이야기는 편견과 선입견이 행운과 기회를 가로막고, 불행을 초래할 수 있다는 교훈을 전합니다.

나를 변화시키는 스위치

꽃이 나비와 벌을 구분할까? 꽃은 편견이 없습니다. 왜, 편견을 가질 필요가 없을까. 꽃은 벌이든 나비든 그 겉의 행색은 중요하지 않습니다. 중요한 것은 벌이든 나비든 꽃의 번식을 위해 수정을 시켜주느냐 그렇지 않느냐가 중요할 뿐입니다. 또한 벌과 나비도 꽃의 종류는 중요하지 않습니다. 어떻게 하면 꿀을 많이 채취하느냐만 중요합니다. 꽃의 모양이나 향기 또는 색깔을 골라 가며 꿀을 채취하다가는 겨우내 먹을 꿀을 모으기도 전에 겨울의 매서운 칼바람을 맞게 될 것입니다. 벌과 나비는 겨울바람에게 목숨을 잃습니다.

편견을 당하는 사람은 겨울바람에 내놓인 벌과 나비와 같습니다. 그래서 사람들에게 가장 위험한 것이 편견입니다. 외형으로 인간을 판단하는 것은 매우 위험한 발상입니다. 어쩜 한 사람의 인생을 송두리째 빼앗는 것과 같습니다. 겉모습으로 사람을 보지 말고 마음으로 봐야합니다. 그럼, 사람을 제대로 볼 수 있습니다. 겉모습이나 외적 특징을 기반으로 사람을 판단하는 것은 오해와 편견을 불러일으키며, 더 나아가 상호 이해와 협력을 방해합니다.

인간관계를 형성하고 유지하는 과정에서 다음과 같은 원칙을 염두에 두는 것이 중요합니다.

평등과 존중 : 모든 사람은 동등하며, 각자의 고유한 가치를 가지고 있습니다. 모든 개인을 존중하고 그들의 의견과 경험을 존중해야 합니다.

이해와 인내 : 다른 사람의 관점을 이해하려고 노력하고, 다른 의견을 수용하려고 노력하는 것이 중요합니다. 이를 통해 오해와 갈등을 예방할 수 있습니다.

열린 소통 : 소통은 양방향으로 이루어져야 하며, 진정한 이해와 관계 형성에 중요한 역할을 합니다. 감정과 생각을 솔직하게 표현하고 듣는 것이 중요합니다.

편견 극복 : 편견과 선입견을 인식하고 극복하기 위한 노력을 기울이는 것이 중요합니다. 자신의 편견을 인식하고 개선하려는 의지를 갖는 것이 중요합니다.

공감과 도움 : 다른 사람들에게 공감하고 필요한 경우 도움을 제공하는 것은 긍정적인 인간관계를 형성하는 데 도움이 됩니다.

이러한 가치와 원칙을 실천하면, 더 인류애 넘치고 연대감 있는 사회를 구축할 수 있으며, 겉모습이 아닌 내면을 보고 서로를 이해하고 지지하는데 기여할 수 있습니다.

성공하는 사람 VS 실패하는 사람

성공하는 사람은 자신의 편견이나 잘못된 태도를 고치기 위해 열린 태도를 갖고 노력합니다. 그들은 다른 사람들과의 관계를 중요하게 여기며, 자신의 편견이나 부정적인 태도가 다른 사람들과의 소통과 관계에 어떻게 영향을 미치는지를 이해하려고 합니다. 이를 통해 자신의 편견을 극복하고 더 나은 인간관계를 형성하며 어디를 가든 환영받을 수 있는 사람이 됩니다.

반면 실패하는 사람은 자신의 편견이나 잘못된 태도를 부정하거나 인정하지 않고, 고치려는 노력을 기울이지 않는 경향이 있습니다. 이로 인해 다른 사람들로부터 배타를 당하거나 소통과 관계에서 어려움을 겪을 수 있으며, 어디를 가든 환영받기 어려운 상황에 처할 수 있습니다. 중요한 것은 자신의 편견을 인정하고 개선하기 위한 노력을 아끼지 않는 것입니다.

남을 이롭게 함으로써
내가 더 이로운 삶
양보의 힘

유럽의 종교개혁자로 유명한 루터(Martin Luter : 1483~1546)와 쯔빙글리
(Ulrich Zwingli : 1484~1531)는 종교개혁에 대한 견해가 틀렸습니다. 이
두 사람은 종교개혁에 대해 토론을 할 때마다 서로의 다른 의견으로 심하게
대립했습니다. 이 두 사람은 한치의 양보도 없어 종교개혁은 지리멸렬한 상
태였습니다. 이런 상황에서 이 둘은 마지막 담판을 지으려 토론장소인 산에
지어진 성으로 향하였습니다. 루터가 산을 오르며 쯔빙글리에게 말했습니
다.
"이제까지 우리의 견해 차이로 인해 너무도 많은 분쟁과 대립이 있었어. 어
떻게 이 문제를 해결할까?"
"너무 오래되었어. 종교개혁을 위해서라면 합의점을 찾을 필요가 있어."
이 둘이 산등성이를 막 오를 때의 일이었습니다. 두 마리의 염소가 외나무다
리 위에서 서로 지나가려고 대립하고 있었습니다. 이 두 염소는 하필이면 외
나무 다리 중간에서 만나 서로 가지못할 상황이었습니다. 아무래도 싸움이

벌어져 그 상황을 해결할 것 같은 상황이었습니다. 루터와 쯔빙글리는 이 상황을 예의주시했습니다. 루터가 두 마리의 염소를 보며 말했습니다.

"무슨 일이 벌어지고 있어? 이런 상황에서 싸움을 하는 것은 아니겠지?"

쯔빙글리가 대답했습니다.

"이 염소들의 모습이 우리에게 교훈을 주고 있어. 이런 상황에서 싸우지 않고 해결하는 방법을 찾아야 해."

그러나 염소들의 싸움은 벌어지지 않았습니다. 한 마리의 염소가 다리위에 엎드리자 다른 한 마리의 염소가 엎드린 염소의 등을 타고 다리를 건넜습니다. 엎드렸던 염소도 바로 일어나 다리를 건넜습니다.

루터가 말했습니다.

"아, 이 염소들은 서로 양보하고 조화롭게 해결했어. 우리도 마찬가지로 양보해야 해."

쯔빙글리도 동의하였습니다.

"우리도 견해 차이로 분열되기보다는 협력해야 해."

루터와 쯔빙글리는 이 모습을 보고 깨달았습니다. 두 사람은 그 동안의 대립을 청산하는 악수를 나누었습니다.

이 이야기는 양보의 힘과 협력의 중요성을 강조하고 있습니다. 루터와 쯔빙글리는 종교개혁을 둘러싼 의견차로 대립하고 분쟁을 일으키고 있었지만, 마침내 이러한 대립을 양보와 협력으로 해결했습니다.

나를 변화시키는 스위치

쓸데없는 고집을 부리는 것보다 겸손한 태도를 지니며 양보하는 마음을 가져야 합니다. 이것은 인격을 쌓는 데에 절대로 필요한 것이며 마음의 양심이 됩니다. 좁은 벼랑길을 걷다가 다른 사람을 만나면 걸음을 멈추고 다른 사람을 먼저 가게 해야 합니다. 세상을 살아가는데 한 걸음 양보함은 곧 몇 걸음 나아가는 바탕이 됩니다. 남을 이롭게 함은 바로 나를 이롭게 하는 바탕이 됩니다. 그러나 무슨 일이든 생각하지도 않고 양보하는 것은 어리석은 행동입니다. 양보도 해야할 때와 하지 말아야 할 때가 있습니다. 이를 구분하여 행동하는 사람이 지혜로운 사람입니다.

겸손과 양보는 인간관계를 개선하고 성장하는 데 중요한 역할을 합니다.

이러한 마음가짐은 더 나은 커뮤니케이션과 협력을 촉진하며, 상호 이해와 긍정적인 인간관계를 형성하는 데 도움이 됩니다. 양보와 겸손을 통해 성숙한 인격을 발전시키는 몇 가지 핵심 원칙에 대하여 알려드립니다.

상황 판단 : 양보와 양보하지 말아야 할 때를 판단하는 것은 중요합니다. 양보는 때로는 필요하며, 때로는 상황을 악화시킬 수도 있습니다. 현재 상황과 상대방의 요구를 고려하여 결정해야 합니다.

대화와 공감 : 대화를 통해 서로의 의견을 이해하고, 양보할 수 있는 가능성을 모색하는 것이 중요합니다. 공감과 이해가 서로를 더 가깝게 이끕니다.

자기 존중감 유지 : 양보와 겸손은 자기 존중감을 잃지 않으면서 다른 사람을 존중하고 이해하는 것과 관련이 있습니다. 자신을 희생하지 않고도 양보를 할 수 있어야 합니다.

반대 의견 다루기 : 다른 사람의 반대 의견을 받아들이고 이에 대한 오픈 마인드를 유지하는 것이 중요합니다. 다양한 의견을 존중하며, 해결책을 찾을 때 상호 협력이 중요합니다.

성장과 개선 : 겸손한 자세는 지속적인 성장과 개선을 가능하게 합니다. 자신의 한계를 인정하고 다른 사람으로부터 배울 점을 찾는 것은 더 나은 버전의 자신을 형성하는 데 도움이 됩니다.

양보와 겸손은 복잡한 인간관계에서 상호 이해와 조화를 찾을 수 있도록 도와주며, 더 나은 세상을 만들기 위한 핵심 가치 중 하나입니다.

성공하는 사람은 자신의 기본 원칙이 깨지지 않는 범위 내에서 협상과 양보를 통해 좋은 결과를 도출해냅니다. 그들은 타인과의 협상을 통해 상호 이익을 찾아내고 자신의 원칙을 유지하면서도 타협점을 찾는 데 능숙합니다. 이를 통해 자신의 양보가 더 큰 이익을 가져올 수 있다고 판단할 때, 양보를 하며 더 많은 것을 얻고 성장하는 데에 집중합니다.

반면 실패하는 사람은 자존심과 원칙에 과도하게 집착하여 양보를 꺼리거나 두려워합니다. 이로 인해 다른 사람들과의 협상에서 제대로 결과를 도출해내지 못하며, 결국 더 큰 것을 잃어버리는 결과를 초래할 수 있습니다. 중요한 것은 자신의 원칙을 유지하되, 그 범위 내에서 협상과 타협을 통해 더 나은 결과를 찾는 데 열린 자세를 갖는 것입니다.

더 좋은 관계를
만들어가는
온화의 힘

그림자 속에서 태어난 작은 원숭이들은 헝겊으로 만든 엄마와 철사로 만든 엄마 사이에서 선택을 해야 했습니다. 이 이상한 실험은 하아로우라는 동물 심리학자의 업적 중 하나로, 미국 위스콘신 대학에서 이루어졌습니다. 이 실험은 우리에게 더 나은 관계를 형성하는 데 온화함과 부드러움이 얼마나 중요한지를 가르쳐줍니다.

아기 원숭이들은 엄마를 본 적이 없었습니다. 그들은 처음으로 부드러운 헝겊 엄마와 차가운 철사 엄마 사이에서 선택해야 했습니다. 그 중에서 어느 엄마를 더 선호할까요? 실험은 그들의 선택을 알아보는 것이었습니다. 철사 엄마에게는 가슴에 우유를 담은 병이 있었습니다. 아기 원숭이들은 배가 고파지면 가끔 철사 엄마에게 가서 우유를 먹곤 했습니다. 하지만 그 외에는 대부분의 시간을 부드러운 헝겊 엄마 옆에서 보냈습니다. 이 실험을 통해 밝혀진 것은 아주 간단하지만 강력한 것이었습니다. 원숭이들도 부드러움과 온화함을 원하며, 심지어 배고플 때라도 부드러운 헝겊 엄마와 함께 있기를 선호했습니다.

하아로우의 실험은 우리에게 중요한 가르침을 전달합니다. 우리는 부드러움과 온화함을 소중히 여기며 상호작용할 때 더 나은 관계를 형성할 수 있다는 것을 알아야 합니다. 이것은 인간뿐만 아니라 동물들도 마찬가지입니다. 실험은 우리에게 무엇이 진정으로 중요한지를 생각하게 만들며, 더 나은 세상을 만들기 위해 부드러움과 온화함을 키우는 것이 얼마나 핵심적인지를 상기시켜줍니다.

나를 변화시키는 스위치

인간관계도 그렇습니다. 누구든 날카롭고 딱딱하고 매정한 사람보다 부드럽고 온화한 사람을 서로 찾습니다. 같은 재능, 같은 기술, 같은 능력을 가진 사람이라도 사회에서 원하는 사람은 온화한 마음을 가진 사람입니다. 부드럽고 온화한 사람에게 친구가 있고, 이웃이 있기 마련입니다. 온화한 마음이 있는 곳에 훈훈한 인간관계가 형성되고 성공하는 사회생활이 있습니다.

부드럽고 온화한 태도는 인간관계의 품질을 크게 향상시키며, 더 나은 협력과 이해를 유도합니다. 부드러운 마음가짐은 다음과 같은 이점을 제공합니다.

품위와 예의 : 부드럽고 온화한 사람들은 품위와 예의를 갖추고 있어 다른 사람과의 상호 작용에서 좀 더 존중받을 가능성이 큽니다.

갈등 해결 : 부드러운 태도는 갈등 해결을 쉽게 만들어줍니다. 논리적으로 논쟁하기보다 상대방의 의견을 경청하고 합의점을 찾으려는 의지를 보여주는 것이 갈등을 완화하는 데 도움이 됩니다.

신뢰와 친밀감 : 부드럽고 온화한 사람들은 주변 사람들로부터 더 많은 신뢰와 친밀감을 얻습니다. 이는 더 강한 인간관계를 형성하는 데 도움이 됩니다.

성공과 협력 : 현대 사회에서는 협력이 필수적입니다. 부드러운 마음가짐은 협력을 촉진하며, 팀에서의 성공을 증진하는 데 도움이 됩니다.

건강과 안녕함 : 부드럽고 스트레스를 줄이고 건강한 삶을 살 수 있도록 도와줍니다. 강한 감정이나 분노를 관리하고 피해자가 되지 않도록 도와줍니다.

마지막으로, 부드럽고 온화한 태도는 사회적 습관을 형성하고, 더 나은 세상을 구축하는 데 기여할 수 있습니다. 인간관계에서 더 나은 소통과 이해를 통해 사회적 조화와 긍정적인 변화를 이룰 수 있습니다.

성공하는 사람 VS 실패하는 사람

성공하는 사람은 자신을 둘러싼 모든 사람에게 존중과 관심을 기울이며, 그들의 가치를 평등하게 인정합니다. 그들은 누구에게든 문을 열어두고 다른 이들과의 상호작용을 통해 성장하려 노력합니다. 그래서 성공한 사람들은 주변 사람들과 협력하며, 어려운 상황에서도 다른 이들의 지원과 도움을 받을 수 있는 능력을 가집니다.

실패하는 사람은 자신의 자아를 지키기 위해 자신의 위치에 따라 다르게 행동합니다. 강력한 사람들 앞에서는 속죄와 어기심의 모습을 보이며, 약한 사람들 앞에서는 무례하고 위압적으로 나타납니다. 결과적으로 그들은 다른 이들로부터 배타적으로 여겨지며, 어떤 어려움이든 혼자서 처리해야 하는 상황에 처하게 됩니다. 이러한 태도로 인해 실패한 사람들은 주변의 지원을 받지 못하고 자신만의 한계에 봉착하게 됩니다.

따라서, 성공을 원한다면 다른 사람들과의 관계를 평등하게 존중하고 협력적으로 다가가는 것이 중요하며, 자신의 위치나 상황에 따라 태도를 변화시키지 않아야 합니다. 배타적인 태도보다는 협력과 공감의 마음가짐이 성공을 향한 길을 열어줄 것입니다.

생존의 비밀을
알려주는 길
배움의 힘

한 코넬 대학교 심리학 교수는 두 마리의 개구리를 가지고 흥미로운 실험을 진행했습니다. 이 실험은 생존의 비밀과 배움의 힘에 대한 이야기입니다.

첫 번째 실험에서는 15도의 비교적 차가운 물이 들어있는 비이커에 개구리 한 마리를 넣었습니다. 그리고 비이커 밑에는 아주 작은 알코올 램프를 놓아 1초에 화씨 0.017도씩 데워지도록 했습니다. 15도는 개구리에게 적합한 온도였습니다. 온도가 서서히 상승하면서도 개구리는 아무런 반응을 보이지 않았습니다. 비이커 밖으로 뛰어나갈 기회는 언제든 있었지만, 이 개구리는 제자리에서 기다리고 있었습니다. 온도는 천천히 올라가고 있었지만 개구리는 무척이나 무반응이었습니다. 결국, 첫 번째 개구리는 온도가 높아져 끓는 물에 의해 끓여져 죽게 되었습니다.

두 번째 실험에서는 45도의 비교적 뜨거운 물이 들어 있는 비이커에 다른 개구리를 넣었습니다. 45도는 개구리에게는 매우 높은 온도였습니다. 이번에는 결과가 달랐습니다. 개구리는 뜨거운 물에 닿자마자 바로 뛰어나왔습니다. 두 번째 개구리는 생존을 위해 무엇인가를 배웠던 것이었습니다.

이 실험을 통해 우리는 중요한 교훈을 얻을 수 있습니다. 지식과 경험이 없는 상황에서는 문제에 대처하기 어렵습니다. 두 번째 개구리는 뜨거운 물에 대한 경험이 없었지만, 그 순간의 감각과 직감을 믿고 즉각적으로 행동했습니다. 첫 번째 개구리는 무지로 인해 자신도 모르는 사이에 위험에 빠져 죽은 반면, 두 번째 개구리는 학습과 경험을 통해 생존했습니다. 이는 우리에게 중요한 가르침을 제공합니다. 우리는 끊임없이 배우고 경험을 쌓아가며, 무지로 인한 위험을 최소화하고 삶의 어려움에 대처할 수 있는 힘을 길러야 합니다. 위에서 언급한 코넬 대학교 심리학 교수의 개구리 실험은 생존과 배움의 힘에 대한 강력한 교훈을 제시합니다. 이 실험은 개구리를 통해 인간뿐만 아니라 모든 생물에게 적용되는 중요한 원칙을 보여줍니다.

나를 변화시키는 스위치

따라서 이러한 실험은 무지로 인한 무반응이 아니라 배움과 경험을 통해 우리의 대응 능력을 향상시킬 수 있다는 것을 강조합니다. 우리는 주어진 상황에서의 정보를 주의 깊게 관찰하고, 그것을 통해 더 나은 결정을 내리고 위험을 피할 수 있습니다. 또한, 이러한 실험은 학습과 교육이 얼마나 중요한지를 강조하며, 지식과 경험을 통해 무지를 극복하고 더 나은 삶을 살아가는데 도움이 된다는 메시지를 전달합니다.

누가 가장 똑똑한 사람인가? 모든 경우, 모든 사물에서 무엇인가를 배울 줄 아는 사람이 똑똑한 사람입니다. 배우지 않는 사람은 비이커 속의 개구리처럼 자기도 모르게 자기 자신을 죽이는 사람입니다. "네가 지식을 소유하면 모든 것을 소유한다."라는 격언이 있습니다. 갖고 있는 이 세상의 모든 소유물들을 다 빼앗길 수도 있습니다. 그러나 그가 소유한 지식은 그 누구도 결코 빼앗아 갈 수 없습니다. "배움", 그것이 바로 생존의 비밀입니다. 지식과 학습은 인간의 생존과 성장에 필수적인 부분입니다. 똑똑한 사람은 끝없이 배우고 성장하며 자신의 경험과 지식을 향상시킵니다. 아인슈타인은 "배움은 어린 시절에 시작해서 평생 계속되어야 합니다."라고 말한 바 있습니다. 그리고 지식은 힘과 자아를 향상시키는 열쇠입니다. 무엇이든 배우고 이해하는 것은 우리를 더 나은 결정을 내릴 수 있는 능력과 자신감을 부여합니다. 지식은 또한 다른 사람과의 상호 작용에서 유익하며, 문제 해결과 창의적인 아이디어 개발에 도움이 됩니다. 끊임없이 배우고 지식을 공유하는 것은 개인적인 성장과 사회적 발전에 기여하는 중요한 가치이며 누구나 새로운 것을 배우고 개선하려는 의지를 갖고, 지식을 추구하며 자기 계발에 힘을 쏟아야합니다.

배우고 지식을 습득하는 것은 생존과 성장에 필수적인 부분입니다. 이를 통해 개인은 자기 계발을 이루고 미래의 도전에 대비할 수 있으며, 사회는 발전과 진보를 이룰 수 있습니다. 지식과 배움의 중요성을 강조하며 몇 가지 포인트를 더 생각해보겠습니다.

연속적인 변화 : 현대 사회는 빠른 속도로 변화하고 있습니다. 기술, 경제, 사회 구조 등 다양한 측면에서 변화가 일어나고 있습니다. 이러한 환경에서는 끊임없이 새로운 지식을 습득하고 적응하는 능력이 중요합니다.

문제 해결 능력 강화 : 배운 지식은 문제를 해결하는 데 큰 도움이 됩니다. 새로운 도전과 어려움이 있을 때, 이전의 경험과 학습을 기반으로 문제를 분석하고 해결책을 찾을 수 있습니다.

창의성과 혁신 : 지식과 학습은 창의성과 혁신의 기반이 됩니다. 새로운 아이디어와 방법을 개발하려면 기존의 지식을 기반으로 새로운 연결고리를 찾아야 합니다.

자기 개발 : 개인은 자기 자신을 계속해서 향상시키는 데 노력해야 합니다. 이것은 직업적 성장과 개인적 성숙에 큰 도움이 됩니다.

사회적 기여 : 배운 지식을 공유하고 다른 사람들에게 도움을 주는 것은 사회적으로 의미 있는 행동입니다. 이를 통해 지식이 확산되고 사회적 발전이 이루어집니다.

자기 자신의 목표 달성 : 배움은 개인의 목표를 달성하는 데 필수적입니다. 어떤 분야에서든 높은 목표를 이루기 위해서는 해당 분야에 대한 지식과 기술을 습득해야 합니다.

요약하면, 배우고 지식을 습득하는 것은 우리 개인적인 성장과 사회적 진보에 기여하는 중요한 요소입니다. 항상 호기심을 갖고 새로운 것을 배우며, 자기 자신과 사회에 가치를 더할 수 있는 방법을 찾아 나가야 합니다.

성공하는 사람 VS 실패하는 사람

성공하는 사람은 다른 사람들의 지식과 경험을 존중하며, 자신이 얼마나 많은 것을 아냐보다 얼마나 많이 배울 수 있는지에 집중합니다. 그들은 끊임없이 성장하려는 자세를 가지며, 자신이 쌓은 지식을 향상시키고 활용하기 위해 노력합니다. 따라서 그들은 항상 자신의 삶을 더 높은 차원으로 발전시키는데 주력합니다.

반면에 실패하는 사람은 자신이 아는 것을 과대평가하며, 작은 지식을 간혹 전문가의 수준으로 오해하는 경향이 있습니다. 이로 인해 그들은 새로운 지식을 습득하거나 발전시키는 데 소홀하게 되며, 결국 자신의 삶을 정체시키거나 후퇴시키는 결과를 초래할 수 있습니다. 항상 겸손하게 배우고 성장하려는 자세가 부족한 것이 주요 원인 중 하나입니다.

따라서, 성공을 원한다면 자신의 한계를 인정하고, 다른 사람들로부터 배울 것이 많다는 자각을 갖는 것이 중요합니다. 자신의 지식을 지속적으로 업그레이드하고 성장의 문을 열어두면 더 나은 결과를 이루는데 도움이 될 것입니다.

병을 치료하고
인생의 암세포를 이기는
웃음의 힘

한 의사가 있었습니다. 그의 이름은 노먼 카슨슨이었습니다. 그는 현대 의학의 모든 지식과 기술을 다 동원해도 해결할 수 없는 불치병에 가까운 환자를 진료하게 되었습니다. 환자는 희망을 잃은 듯한 표정으로 그의 진료실로 들어왔습니다. 병은 점점 악화되고 있었고, 다른 의사들의 치료도 효과가 없었습니다.

노먼 카슨슨 의사는 환자의 병을 치료하기 위해 최선을 다하려 노력했습니다. 그러나 시간이 흘러도 환자의 상태는 호전되지 않았습니다. 노먼 의사는 환자의 무기력한 모습을 보며 한 가지 생각이 떠올랐습니다. 그것은 웃음의 힘입니다.

의사는 마지막 수단으로 환자에게 특별한 처방을 내렸습니다. 그는 환자에게 집에 가서 실컷 웃어보라고 했습니다. 처음에는 환자와 가족들은 이 의사의 처방을 의아해했지만, 절망 속에서는 무엇이든 시도해볼 용기가 있었습니다. 그래서 환자는 집으로 돌아가서 웃음을 찾기 시작했습니다.

환자는 처음에는 어색하게 웃음을 찾아냈지만, 시간이 지날수록 웃음 속에 숨겨져 있던 행복한 기억과 감정들이 새록새록 떠올랐습니다. 그리고 어느 날, 놀라운 일이 일어났습니다. 환자의 상태가 조금씩 호전되기 시작했습니다.

노먼 카슨슨 의사는 이 경험을 통해 웃음이 얼마나 중요한 역할을 하는지를 깨달았습니다. 그는 웃음이 인간의 신체와 정신에 어떤 영향을 미치는지 연구하고, 그 결과로 웃음치료법을 개발했습니다. 웃음은 엔돌핀을 분비하고, 암세포를 꺼내는 데 도움이 된다는 것을 밝혀냈습니다. 노먼 카슨슨 의사는 웃음치료학자로서 유명해졌고, 그의 웃음치료법은 많은 환자들에게 희망과 기쁨을 안겨주었습니다. 그는 웃음의 힘을 통해 병을 치료하고, 인생의 어둠을 밝히는 데 기여한 위대한 의사로 남았습니다. 그의 이야기는 웃음의 힘을 믿고, 힘든 순간에도 긍정적인 마음을 유지하는 데 영감을 주었습니다.

나를 변화시키는 스위치

마음속에서 즐거운 듯이 만면에 웃음을 띄웁니다. 어깨를 쭉 펴고 크게 심호흡을 합니다. 그리고나서 노래를 부릅니다. 노래가 아니면 휘파람이라도 좋습니다. 휘파람이 아니면 콧노래라도 좋습니다. 그래서 자신이 사뭇 즐거운 듯이 행동하면 자신이 침울해지려 해도 결국 그렇게 안 됩니다.

노먼 카슨슨의 이야기는 웃음의 힘이 우리 건강과 심리적 상태에 미치는 긍정적인 영향을 보여줍니다. 웃음은 스트레스를 감소시키고 행복감을 증진시키는데 도움이 되며, 생리적으로도 엔돌핀과 같은 긍정적인 화학물질을 분비시킵니다. 그리고 노먼 카슨슨의 이야기는 우리가 어떻게 생각하고 행동하는지가 우리의 건강과 행복에 큰 영향을 미칠 수 있다는 것을 강조하며 마음속에서 긍정적인 태도와 웃음을 유지하는 것은 어려운 상황에서도 우리가 더 나아가고 슬기롭게 대처할 수 있도록 도와준다는 것을 알려줍니다.

따라서 웃음과 긍정적인 태도를 유지하는 것은 우리의 삶을 더 풍요롭게 만들고, 건강과 행복을 증진시키는 중요한 부분이며 이러한 관점으로 볼 때, 웃음은 우리 삶에 있어 매우 유용한 도구입니다.

네, 웃음은 우리 건강과 심리적 상태에 긍정적인 영향을 미칩니다. 노먼 카슨슨의 이야기는 웃음이 얼마나 강력한 치유력을 가지고 있을 수 있는지를 잘 보여줍니다. 몇 가지 웃음이 가져오는 긍정적인 영향을 더 자세히 살펴보겠습니다.

스트레스 감소 : 웃음은 스트레스 호르몬인 코르티솔의 분비를 감소시키는 데 도움을 줄 수 있습니다. 스트레스 감소는 우리 신체와 마음에 큰 이점을 제공하며, 심리적인 안정을 증진시킵니다.

엔돌핀 분비 : 웃음은 엔돌핀과 같은 기쁨과 행복을 느끼게 하는 화학물질의 분비를 촉진합니다. 이는 우리를 기분 좋게 만들고 긍정적인 마음 상태를 유지하는 데 도움이 됩니다.

면역 시스템 강화 : 웃음은 면역 시스템을 강화하는데 도움이 될 수 있습니다. 긍정적인 감정은 면역 기능을 향상시키고 질병에 대한 저항력을 높일 수 있습니다.

사회적 관계 강화 : 웃음은 다른 사람과의 사회적 상호작용에 도움을 줍니다. 웃음을 공유하면 사람들과의 연결이 강화되고, 친밀감과 유대감을 형성하는 데 도움이 됩니다.

평소 행복 : 웃음은 우리의 일상을 더 행복하게 만듭니다. 긍정적인 태도와 웃음을 유지하면 일상적인 어려움과 도전에 대처하는 데 도움이 되며, 긍정적인 마음으로 일을 처리할 수 있습니다.

요약하면, 웃음은 우리의 신체와 마음에 많은 이점을 제공하는 강력한 도구입니다. 우리의 건강을 지키고 긍정적인 마음 상태를 유지하기 위해 웃음을 즐기고 주변 사람들과 나누는 것은 매우 중요합니다.

성공하는 사람은 자신을 비굴하게 만들지 않으면서도 자기 자신을 풍자하고 다른 사람들을 웃게 만드는 능력을 지녔습니다. 그들은 자기 자신을 두려워하지 않고 가벼운 마음으로 자신을 놓아주며, 이로써 많은 사람들에게 웃음을 선사하고 세상을 밝게 만드는데 기여합니다.

실패하는 사람은 자신의 자아를 너무 신경 쓰기 때문에 다른 사람들에게 자신을 웃음의 대상으로 여겨지는 것을 허용하지 못하는 경향이 있습니다. 이로 인해 그들은 다른 이들에게 웃음을 주지 못하며, 주변을 어둡게 만드는 결과를 초래할 수 있습니다.

따라서, 성공을 원한다면 자기 자신을 너무 심각하게 여기지 않고 유머 감각을 키우며 다른 이들과 함께 웃음을 공유하는 데 열린 자세를 가지는 것이 중요합니다. 웃음을 통해 긍정적인 에너지를 주고받으면 주변 환경도 밝아지며, 협력과 연대감을 촉진할 수 있을 것입니다.

생각하지도 못한
좋은 결과를 끌어내는
태도의 힘

한 회사에서 같은 나이의 두 기술자가 집을 짓는 일을 하고 있었습니다. 이 두 사람은 곧 은퇴를 앞두고 있었고, 그들에게 마지막 일을 부여받았습니다. 회사 사장은 말했습니다.

"재료를 마음껏 사용해서 좋은 집을 지어보세요. 이것이 여러분이 은퇴 전에 해야 할 마지막 일입니다."

한 명의 기술자는 항상 성실하고 책임감 있는 사람이었습니다. 그는 은퇴가 다가오더라도 최선을 다해 집을 건설했습니다. 반면 다른 한 명은 불평과 불만을 가지며 대충 대충 집을 짓고 있었습니다. 은퇴가 가까워지자, 그는 더 이상 일하고 싶지 않았습니다.

은퇴일이 다가왔을 때, 회사 사장은 그 두 기술자에게 말했습니다.

"지금까지 회사에서의 공헌에 감사의 뜻으로, 여기 마지막으로 지은 집을 선물로 드리겠습니다."

그 순간, 두 기술자의 운명은 완전히 달라졌습니다. 성실하게 일한 기술자는 아름다운, 고품질의 집을 얻었지만, 대충 대충 일한 기술자는 낙후된, 가치 없는 집을 얻게 되었습니다.

이 이야기는 노력과 태도의 중요성을 강조합니다. 열심히 노력하고 최선을 다하면 생각지도 못한 좋은 결과를 얻을 수 있다는 교훈을 전달합니다. 대충 대충 하면 결과도 대충이 될 수 있으며, 어떤 일이든 최선을 다해야 한다는 중요한 가르침을 담고 있습니다.

나를 변화시키는 스위치

이 이야기는 노력과 태도가 어떻게 우리의 결과에 영향을 미치는지를 보여줍니다. 성실하게 일하고 책임감을 가지며 최선을 다하면 어떤 일이든 더 나은 결과를 얻을 수 있습니다. 또한 불만과 부정적인 태도로 일을 대충하는 것은 결과를 저하시킬 수 있습니다. 우리는 이러한 이야기에서 노력과 긍정적인 태도의 중요성을 배울 수 있으며, 노력과 열정을 가지고 더 나은 결과를 창출하는 데 집중해야 함을 상기시켜줍니다. 생각하지도 못한 좋은 결과를 끌어내는데는 우리의 태도와 노력이 결정적인 역할을 합니다.

아무리 사소한 태도라도 평소에 무시해 버리면, 정말로 그 자세가 필요할 때는 엉뚱한 태도를 보이게 됩니다. 따라서 평소에 어떤 일을 하더라도 최선을 다해 그 일을 하는 태도가 중요합니다. 태도는 우리의 성공과 결과에 큰 영향을 미치는 중요한 요소 중 하나입니다. 이야기에서처럼 두 기술자의 태도가 그들의 결과에 큰 차이를 만들었습니다. 올바른 태도는 다음과 같은 방식으로 좋은 결과를 가져올 수 있습니다.

몰입과 전념 : 일을 할 때 완전히 몰입하고 최선을 다하는 태도는 성공의 핵심입니다. 성실한 노력과 전념이 결과물의 품질을 높이는 데 도움이 됩니다.

긍정적인 마인드셋 : 긍정적인 태도는 어려움을 극복하고 문제를 해결하는 데 도움을 줍니다. 어떤 상황에서도 긍정적인 면을 찾고 자신을 격려하는 것은 성공을 가로막는 장애물을 극복하는 데 도움이 됩니다.

책임감 : 자신의 일에 대한 책임감을 가지는 것은 중요합니다. 결과물에 대한 자부심과 책임감은 품질을 향상시키고 성과를 개선합니다.

창의성과 개선 : 좋은 태도를 가진 사람은 항상 어떻게 더 나은 방법으로 일을 할 수 있는지 고민하며 개선을 시도합니다. 창의적인 해결책을 찾아내는 것은 결과물을 향상시키는 데 도움이 됩니다.

협력과 소통 : 팀 내 협력과 소통 또한 중요합니다. 다른 사람과 원활하게 협력하고 의사 소통을 통해 목표 달성에 기여할 수 있습니다.

지속적인 학습 : 새로운 지식과 기술을 습득하며 지속적으로 학습하는 태도는 개인과 조직의 성장을 촉진합니다.

성취감 : 작은 목표를 달성하고 성취감을 느끼는 것은 자신감을 높이고 동기부여를 제공합니다. 이는 큰 목표를 향해 나아가는 원동력이 됩니다.

결과적으로, 좋은 태도는 우리가 어떤 상황에서든 더 나은 결과를 이끌어 낼 수 있도록 도와줍니다. 태도는 우리의 선택이며, 어떤 상황에서도 긍정적인 태도를 유지하고 최선을 다하는 것은 우리의 성공과 만족도를 향상시키는 데 큰 도움이 됩니다.

성공하는 사람 VS 실패하는 사람

성공하는 사람은 자신이 맡은 모든 일에 최선을 다하고, 어떤 일이든 두려워하지 않습니다. 그들은 자신이 처음 시도하는 일이라도 미리 실패를 예상하거나 두려워하지 않으며, 최선을 다해 그 일을 수행합니다. 이러한 태도로 그들은 어떤 상황에서도 결과를 도출하는 사람입니다.

한편, 실패하는 사람은 약속을 너무 많이 하지만 이를 지키지 않습니다. 그들은 약속을 그저 현재 상황을 회피하기 위한 수단으로 남발하는 경향이 있으며, 결국 이러한 약속을 어겨 다른 사람들로부터 신뢰를 잃게 됩니다. 이러한 태도로 인해 그들은 다른 이들과의 협력과 신뢰를 쉽게 잃게 되는데요.

따라서, 성공을 원한다면 어떤 일이든 최선을 다하고, 약속을 지키는 데 진정한 책임감을 가져야 합니다. 신뢰는 성공과 협력의 핵심이며, 약속을 어기지 않고 최선을 다하는 습관은 성공에 가까워지는 길입니다.

지금은 어렵더라도
발전의 기회를 가져다주는
문제의 힘

한 아버지가 있었습니다. 그는 자신의 외아들을 둔 수의사로, 일상적으로 사랑과 책임을 가지고 아들을 키우고 있었습니다. 그러던 어느 날, 아들이 자전거를 타고 놀다가 큰 부상을 입었습니다. 아들이 타고 있던 자전거의 바퀴가 딱딱한 고형고무로 만들어져 있어, 작은 충격만으로도 아들은 심하게 다쳤습니다. 아버지는 아들의 상처를 치료하면서 좀 더 안전한 타이어가 없을까 고민했습니다.

그러나 이 문제는 쉽게 해결되지 않았습니다. 아무리 생각해도 새로운 타이어 디자인을 개발하는 것은 어려운 과제였습니다. 하지만 아버지는 어떤 날, 아들이 공을 들고 와서 그 공에 공기를 넣어달라고 부탁하는 장면을 목격했습니다. 그때, 불현듯 그의 머리에 아이디어가 떠올랐습니다.

"자동차와 자전거에 공기타이어를 사용하면 훨씬 안전하고 안락할 텐데…"

그 순간, 그의 마음에 새로운 혁신적인 타이어 아이디어가 탄생했습니다. 그는 이 아이디어를 현실로 구현하기로 결심하고, 아들에 대한 무한한 사랑과 안전을 위한 열망으로 일을 시작했습니다. 그 결과, 세계 최초로 공기 타이어를 개발한 던롭이 탄생했습니다.

이 새로운 타이어는 뛰어난 성능과 안전성으로 빠르게 인기를 얻었고, 전 세계로 퍼져나갔습니다. 그리고 던롭은 자동차와 자전거 산업에 혁명을 일으키면서, 안전한 이동 수단을 만드는 데 큰 공헌을 하게 되었습니다.

이 이야기는 우리에게 어려운 문제에 직면했을 때도 사랑과 열정을 가지고 문제를 극복할 수 있다는 강력한 메시지를 전달합니다. 때로는 어려운 상황에서 비로소 혁신적인 아이디어가 떠오르며, 그것이 발전과 성공을 이끌어내기도 합니다. 아버지의 사랑과 아이의 요청이 만나 탄생한 공기 타이어는 그 예시 중 하나로, 세상을 더 안전하게 만드는 데 큰 역할을 하였습니다.

나를 변화시키는 스위치

그것을 대면합니다. 항상 그것을 대면합니다. 그것이 바로 모든 문제를 해결하는 길입니다. 그것을 대면합니다! 그것은 누구나 할 수 있는 것입니다! 승자는 문제 속에 뛰어듭니다. 패자는 문제의 변두리에서만 맴돕니다. 긍정적으로 생각하는 사람들에게는 문제란 단지 배움의 기회일 뿐입니다.

이 이야기는 문제에 대한 긍정적인 접근과 창의성의 중요성을 강조하는 멋진 사례입니다. 여기서 몇 가지 교훈을 얻을 수 있습니다.

사랑과 동기부여 : 이 아버지는 자신의 아들을 사랑하고, 아들의 안전을 위해 노력했습니다. 이런 동기부여는 문제 해결에 대한 열정을 불러일으키고 창의적인 아이디어를 발전시킬 수 있습니다.

문제 해결에 긍정적으로 접근 : 이 아버지는 문제를 부정적으로 보지 않았습니다. 대신에 문제를 발견하고 이를 해결하기 위해 노력했습니다. 긍정적인 사고는 문제를 도전으로 보고, 항상 개선의 기회로 삼을 수 있도록 도와줍니다.

창의성과 혁신 : 이 아버지는 자동차와 자전거에 사용되는 공기타이어와 같은 창의적인 아이디어를 생각해냈습니다. 이를 통해 새로운 제품을 개발하고 세계적으로 성공을 거두었습니다.

문제 해결자로서의 자세 : 승자는 문제에 직면하고 도전에 대처하는 사람들입니다. 이 아버지는 문제를 피하지 않고 대면하여 해결하였으며, 이러한 자세는 성공을 이루는 데 중요합니다.

배움의 기회로서의 문제 : 긍정적으로 생각하는 사람들은 문제를 배움의 기회로 여깁니다. 새로운 도전과 실패는 성장과 발전을 위한 기회로 간주됩니다.

이 이야기는 우리에게 어떤 문제가 닥쳐도 긍정적으로 생각하고 창의적으로 대처하며, 사랑과 동기부여를 가지고 노력하는 중요성을 상기시켜줍니다. 문제에 직면할 때 우리는 항상 어떤 창의적인 해결책을 찾을 수 있고, 이를 통해 더 나은 미래를 만들 수 있습니다.

성공하는 사람 VS 실패하는 사람

성공하는 사람은 어떤 문제가 발생했을 때 문제의 핵심 원인을 파악하고, 문제를 해결하기 위해 노력합니다. 그들은 곤란한 상황을 자신을 성장시키는 기회로 삼으며, 문제의 본질을 이해하고 이를 해결하는 방법을 찾아냅니다. 이러한 자세로 인해 성공하는 사람은 문제가 발생하더라도 더 나은 방향으로 나아가며 성장하게 됩니다.

한편, 실패하는 사람은 문제가 발생하면 주변을 돌아다니며 무엇을 해야 할지 결정하지 않고, 문제에 대한 두려움에 사로잡히는 경향이 있습니다. 이로 인해 문제를 해결하는 대신 작은 문제를 더 큰 문제로 만들거나, 문제의 핵심을 놓치는 경우가 많습니다.

따라서, 성공을 원한다면 어떤 상황에서도 문제를 해결하는 데 집중하고, 문제의 본질을 파악하여 대처해야 합니다. 문제는 성장과 발전의 기회로 바라보며, 두려움보다는 문제 해결에 집중하는 자세가 중요합니다.

싸우지 않고
지혜롭게 살아가는
생존의 힘

동물의 싸움에도 법칙이 있습니다. 동물들이 마구잡이로 싸우는 것 같아도 그들도 나름대로의 원칙을 가지고 자신의 생활들을 영위해 나가고 있습니다. 덩치가 크고 사나운 맹수들도 자기와 같은 동족과의 싸움에서는 절대로 생명에 치명적인 공격을 하지 않습니다. 맹수의 대표격인 사자도 자신의 영토 내에서 주도권 쟁탈전을 벌일 때는 다른 사자들과 치열하게 싸웁니다. 그러나 상대방의 사자를 죽이거나 중상을 입히지는 않습니다. 또 무서운 독을 가진 방울뱀은 독
이 나오는 송곳니를 갖고 있지만 같은 방울뱀과 싸울 때는 이 독을 사용하지 않습니다. 왜 그럴까? 그들 나름대로 싸움의 법칙을 가지고 둘 다 싸움에 진다고 해서 치명적인 목숨의 위험에서 벗어나기 위한 서로의 약속인 것입니다.

동물 세계에서의 이러한 법칙과 원칙은 우리에게 싸움이나 경쟁뿐만 아니

라, 협력과 공존의 중요성을 상기시켜 줍니다. 싸우지 않고도 자신의 목표를 달성하며, 다른 이들과 조화롭게 살아가는 것은 더 높은 수준의 지혜와 인간성을 나타낼 수 있습니다. 이러한 동물들의 예시는 우리가 더 나은 사회를 구축하고 더 지혜롭게 살아갈 수 있는 방향을 제시해 줍니다.

나를 변화시키는 스위치

싸움에 있어서는 한 사람이 천 사람을 이길 수도 있습니다. 그러나 자기 자신을 이기는 자야말로 가장 위대한 승리자입니다. 권세 있고 부귀한 사람들은 용처럼 다투고 영웅과 호걸들은 호랑이처럼 싸우는데, 냉정한 눈으로 바라보면 마치 개미떼가 비린내 나는 고깃덩어리에 모여드는 것과 같고, 파리떼가 다투어 피를 빠는 것과 같습니다. 시비의 다툼이 벌레처럼 일어나고 이해득실의 싸움이 고슴도치의 바늘처럼 일어서는데, 냉정한 마음으로 대해 보면 마치 도가니 속에서 쇠를 녹이고 끓는 물이 눈을 녹이는 것과 같습니다. 가장 지혜로운 사람은 싸우지 않고도 생존하는, 싸우지 않고도 이기는 사람입니다.

동물의 싸움에서 나타나는 법칙과 그에 대한 비유는 인간 사회에서도 유용한 교훈을 제공합니다. 여기에서 얻을 수 있는 주요 교훈은 다음과 같습니다.

싸움의 원칙 : 동물들 사이의 싸움에도 자신의 생존과 영토를 지키기 위한 원칙이 존재합니다. 이는 각종 사회에서 규칙과 법칙을 준수하며 공정하게 싸우는 것의 중요성을 강조합니다.

적대적 싸움과 협력 : 싸움은 종종 경쟁과 갈등을 유발하지만, 동물들은 종족 간의 치열한 경쟁과 싸움을 벌이더라도 치명적인 공격을 하지 않는 경우가 많습니다. 이것은 서로의 생명을 존중하고 상대방을 죽이지 않는 윤리적 원칙을 강조합니다.

자기 통제와 권세 : 맹수나 영웅들은 냉정한 자기 통제를 유지하면서도 필요할 때 힘을 발휘합니다. 이는 힘과 권력을 가진 사람들이 자기 통제하고 공정한 방식으로 행동해야 함을 나타냅니다.

시비와 이해득실 : 불필요한 다툼과 시비는 자원을 낭비하고 피해를 입힐 수 있습니다. 냉정한 판단과 협력은 더 나은 결과를 가져올 수 있습니다.

평화와 지혜 : 가장 지혜로운 사람은 싸우지 않고도 문제를 해결하고 생존하는 사람입니다. 대립보다는 협력과 대화를 통해 해결책을 찾는 것이 중요하다는 교훈을 제공합니다.

이러한 교훈은 우리가 개인적인 관계나 사회적 상황에서도 적용할 수 있습니다. 상호 존중, 협력, 자기 통제, 냉정한 판단, 평화적인 해결책 찾기 등은 문제 해결과 인간관계 구축에서 중요한 가치입니다. 동물의 행동에서 얻은 이러한 교훈은 우리가 더 나은 사회를 구축하고 지혜롭게 살아갈 수 있는 방향을 제시합니다.

성공하는 사람 VS 실패하는 사람

성공하는 사람은 현명하게 대처하여 함부로 싸우지도 않고, 너무 쉽게 타협하지도 않습니다. 그들은 자신이 진정으로 싸워야 할 때와 타협해야 할 때를 판단할 수 있는 능력을 가지며, 상황에 따라 강력하고 때로는 유연한 자세로 세상과 상호작용합니다. 이렇게 조절된 태도로 그들은 효과적인 의사결정을 내릴 수 있고, 성공을 위한 길을 효과적으로 개척합니다.

한편, 실패하는 사람은 어떤 것과 싸워야 하는지, 어떤 것과 타협해야 하는지를 파악하지 못하는 경향이 있습니다. 결과적으로 그들은 싸움이 필요 없는 상황에서 불필요한 갈등을 일으키거나, 타협이 필요한 상황에서 고집부리며 에너지와 시간을 낭비합니다. 이로써 자신의 삶을 어렵게 만들고 파산시키는 결과를 초래할 수 있습니다.

따라서, 성공을 원한다면 어떤 상황에서는 싸우고, 어떤 상황에서는 타협해야 할 필요성을 이해하고, 이에 따라 효과적으로 대처해야 합니다. 현명한 판단과 상황에 맞는 대응이 성공의 핵심입니다.

새로운 것을 받아들여
더욱 발전하는 여정
경험의 힘

에머슨은 어느 날 자신의 아들이 송아지 한 마리를 외양간으로 옮기려는 모습을 목격했습니다. 그러나 아들의 노력에도 불구하고 송아지는 주저하지 않고 제자리에서 움직이지 않았습니다. 송아지의 몸무게와 힘에 대한 무지한 아들은 송아지를 힘으로 끌어당기려 했지만, 그 결과는 먹히지 않을까 걱정스러울 정도로 부족한 것이었습니다.

이럴 때, 에머슨 부자는 늙은 가정부가 다가와서 도움을 제안하면서 무엇인가를 가르치려 했습니다. 그녀는 말했습니다.

"송아지를 다루는 것은 힘으로 하는 게 아닙니다. 허나 제가 송아지를 외양간으로 보내볼 텐데요."

가정부는 손가락 하나를 송아지의 입에 넣었습니다. 그런데 송아지는 마치 어미의 젖을 빨듯이 즉시 반응했습니다. 송아지는 그 손가락을 빨면서 가정부의 뒤를 따라왔습니다. 그리고 가정부는 조용하게 외양간으로 송아지를 안내했습니다.

에머슨 부자는 이 괴상한 장면을 지켜보며 놀라움을 금치 못했습니다. 그는 무릎을 치며 말했습니다.

"정말 놀랍군요! 송아지를 힘들게 다루려고 했는데, 이렇게 간단한 방법으로 외양간으로 보낼 수 있다니요. 오늘, 나는 참으로 큰 교훈을 얻었습니다. 어떤 문제든 다양한 해결책이 있고, 무엇보다도 가정부에게서도 교훈을 얻을 수 있다는 것을 깨달았습니다."

이 이야기는 우리에게 다음과 같은 교훈을 전달합니다. 첫째, 어려운 문제를 해결할 때 항상 같은 방식으로 접근할 필요는 없으며, 창의적인 아이디어와 지혜를 발휘하여 문제를 해결할 수 있습니다. 둘째, 다른 사람들에게서 배울 점이 많으며, 셋째 겸손함을 가지고 다른 사람들의 지혜와 경험을 존중하고 활용하는 것이 중요합니다. 에머슨 부자는 가정부로부터 이러한 교훈을 얻고, 그 경험을 통해 더 나은 사람으로 성장해 나갑니다.

나를 변화시키는 스위치

배우는 길에 있어서는, 이제 그만하자고 끝을 맺을 때가 없는 것입니다. 사람은 그 일생을 통하여 배워야 하고, 배우지 않으면 어두운 밤에 길을 걷는 사람처럼 길을 잃고 말 것입니다. 삶은 새로운 것을 받아들일 때만 발전합니다. 삶은 신선해야 하고 결코 아는 자가 되지 말고 언제까지나 배우는 자가 되어야합니다. 마음의 문을 닫지 말고 항상 열어 두도록 합니다.

에머슨의 이야기는 지식과 배움의 중요성을 강조하는 매우 의미 있는 메시지를 전달합니다. 여기에서 얻을 수 있는 주요 교훈은 다음과 같습니다.

새로운 접근법의 중요성 : 에머슨의 아들과 가정부의 접근법 비교에서 나타나듯이, 어떤 문제든 다양한 접근법과 시도가 필요할 수 있습니다. 새로운 시각과 방식을 적용하면 어려운 문제도 쉽게 해결될 수 있습니다.

학습과 성장 : 삶은 항상 배우고 성장하는 과정입니다. 배우지 않는다면 더 이상 발전하지 못하고, 새로운 경험과 지식을 받아들일 준비가 되어야 합니다.

열린 마음 : 마음을 열어 새로운 아이디어와 관점을 받아들이는 것이 중요합니다. 고집 또는 이미 알고 있다는 자만심은 성장과 발전을 막을 수 있습니다.

스승과 배움 : 늙은 가정부가 에머슨에게 가르쳐준 것은 중요한 교훈입니다. 배움은 종종 예상치 못한 곳에서 나타납니다. 다른 사람들과의 상호작용에서도 많은 것을 배울 수 있습니다.

지식의 지속성 : 지식은 끝없이 누적되는 것입니다. 항상 새로운 것을 배우고 개선하려는 자세를 갖는 것이 중요합니다.

이 이야기는 항상 배우고 발전하려는 태도의 중요성을 강조하며, 열린 마음으로 새로운 것을 받아들이고 다른 사람들로부터도 배우려는 자세를 장려합니다. 배우는 데는 끝이 없으며, 지식과 경험이 삶을 더 풍요롭게 만드는 핵심 요소라는 메시지를 전달합니다.

성공하는 사람 VS 실패하는 사람

성공하는 사람은 자신의 말뿐만 아니라 다른 사람의 의견과 말에도 경청하려고 노력합니다. 그들은 남들의 관점과 지식을 존중하며, 남들로부터 더 많은 것을 배우려고 합니다. 이러한 자세로 인해 그들은 다양한 시각과 아이디어를 수용하고, 그것을 자신의 지식과 경험에 통합하여 성장하려는 노력을 기울이는 사람입니다.

한편, 실패하는 사람은 자신의 의견과 말만을 중요시하며, 남들의 의견을 무시하거나 듣지 않는 경향이 있습니다. 이로 인해 그들은 다른 이들로부터 배우지 못하고 자신의 지식과 경험의 한계에 머물며 발전을 거듭하지 못하는 결과를 초래할 수 있습니다.

따라서, 성공을 원한다면 다른 사람들의 의견과 말에 대한 경청과 존중이 중요합니다. 다양한 시각과 지식을 수용하며, 자신의 지식과 경험을 풍부하게 하기 위해 노력하는 자세가 성공의 길을 열어줄 것입니다.

먼저 자신을 보고
남을 헤아리는
교훈의 힘

한 마을에는 나란히 서 있는 두 집이 있었습니다. 오른편 집에는 한 학자가 살고 있었고, 그는 책을 읽는 모습으로 알려져 있었습니다. 그 반면에 반대편 집에서는 부인이 뜨개질을 하며 시간을 보내고 있었습니다. 어느 날, 학자는 책을 읽다가 반대편에서 보이는 부인의 모습이 흐릿하게 보인 것을 알게 되었습니다. 시간이 지날수록 부인의 모습은 더욱 흐릿해지고, 그 이유를 알아보니 유리창이 더러워져 있었습니다. 이 더러운 유리창 때문에 학자는 부인을 흐릿하게만 볼 수 있었습니다. 그는 마음속으로 부인을 게으르다고 비난했습니다. 그렇게 더러운 상태에서 어떻게 살 수 있을까 생각했습니다. 그러나 어느 날, 집안을 청소하게 되면서 학자는 큰 깨달음을 얻었습니다. 집안을 깨끗이 청소하고, 그 중에 유리창도 닦게 되었습니다. 그리고 청소가 끝난 후에 학자는 큰 놀라움을 경험했습니다. 왜냐하면 이번에는 반대편의 부인의 모습이 너무 선명하게 보였기 때문이었습니다. 그동안 부인의 집의 유리창은 항상 깨끗했던 것이었고, 흐릿하게 보이던 것은 학자 자신의 집의 유리창이 더러웠던 결과였습니다.

이 이야기는 자신을 돌아보고 남을 판단하기 전에 우선 자신의 상태와 행동을 반성해야 한다는 교훈을 강조하는 이야기입니다. 이 이야기에서 우리는 자신을 돌아보고 남을 판단하기 전에 먼저 자신의 상태와 행동을 반성하고 개선해야 한다는 교훈을 얻을 수 있습니다. 종종 우리는 남을 비판하거나 판단할 때 자신의 시선을 바로 잡고 상황을 정확히 판단한 후에 할 필요가 있습니다.

나를 변화시키는 스위치

남이 나를 정중히 대해 주기를 바라거든 내가 먼저 남을 정중히 대해 줍니다. 자신을 좋게 말하지 않는다면 당신은 믿을 수 없는 사람이 될 것입니다. 또 자신을 나쁘게 말한다면 당신은 당신 말대로 취급받을 것입니다. 다른 사람을 헤아리려거든 먼저 스스로를 헤아려 봅니다. 남을 해치는 말은 도리어 스스로를 해치는 부메랑이 됩니다. 침을 튀기며, 피를 머금고 남에게 험담을 하자면 먼저 제 입이 더러워지는 법입니다. 비판받지 않으려거든 비판하지 말아야합니다

이 이야기와 인용문은 상당히 유용한 교훈을 담고 있습니다. 먼저 이야기에서 배울 수 있는 교훈은 다음과 같습니다.

타인을 비난하거나 비판하기 전에 자신의 행동과 태도를 살펴봐야합니다. 학자는 처음에 다른 집의 유리창을 비난했지만, 실제로 자신의 유리창이 더러웠음을 깨달았습니다. 이는 자신을 비판하지 말고 먼저 스스로를 살펴보라는 교훈으로 해석할 수 있습니다.

다른 사람에게 원하는 대우를 받기 위해서는 먼저 그런 대우를 해주어야 합니다. 상호 존중과 배려가 중요하며, 다른 사람을 정중하게 대해주면 그에 상응하는 대우를 받을 가능성이 높아집니다.

자신을 과도하게 칭찬하거나 비난하지 말아야 합니다. 과도한 자부심은 다른 사람들에게 거부감을 일으킬 수 있고, 자신을 비난하면 자신감을 상실하게 될 수 있습니다. 적절한 자기 인식을 갖는 것이 중요합니다.

다른 사람을 헤아리려면 먼저 자신을 이해하고 스스로를 개선하라. 자기 개발은 다른 사람과의 관계에서도 도움이 될 수 있습니다.

비난과 비판은 종종 자신에게 돌아올 수 있는 결과를 초래할 수 있습니다. 그러므로 부정적인 말과 행동을 피하고, 대신 긍정적이고 건설적인 태도를 가질 수 있도록 노력해야 합니다.

이러한 교훈은 상호 존중과 배려, 자기 인식, 긍정적인 태도를 강조하여 더 나은 대인관계를 구축하고 더 나은 사회 구성원이 되는 데 도움을 줄 수 있습니다.

성공하는 사람 VS 실패하는 사람

성공하는 사람은 자신의 실패를 분석하고 외부적인 요인을 찾기 전에 자신의 내부적인 문제점을 먼저 인식하려고 노력합니다. 그들은 실패를 교훈으로 삼아 반복하지 않도록 노력하며, 빠른 시간 내에 실패를 극복하려고 합니다. 또한, 자신의 실패를 성공을 위한 발전의 기회로 바라보며, 이를 성공의 밑거름으로 활용하려고 노력합니다.

한편, 실패하는 사람은 자신의 실패를 외부적인 이유나 변명으로 돌리는 경향이 있습니다. 이로 인해 그들은 실패의 책임을 떠넘기며, 내부 개선이나 교훈을 얻는 대신 실패를 반복하게 됩니다. 이러한 태도로 인해 그들은 자신의 삶을 실패와 변명으로 가득 채우게 됩니다.

성공을 원한다면 자신의 실패에 대한 책임을 받아들이고, 내부적으로 개선할 점을 찾는 데 집중해야 합니다. 실패는 성공으로 가는 길에서 중요한 교훈을 제공하며, 실패를 피하려는 대신 실패를 통해 성장하고 나아가는 데 기회로 삼아야 합니다.

성취의 길
생각하고 노력하는 사람에게 주어지는
방법의 힘

한 목장 옆에서 세 마리의 개구리들이 함께 살고 있었습니다. 이 세 개구리는 장난을 좋아해서 언제나 함께 놀고 떠들고 있었습니다. 그러던 어느 날, 그들은 더 큰 우유통에 빠지는 사고를 당하게 되었습니다. 세 마리 개구리 중에서 가장 나이가 많은 개구리는 빠진 우유통이 너무 깊어져서 이내 실망하고 아무 일도 하지 않았습니다. 두 번째 개구리도 우유통이 너무 깊어서 어떻게든 탈출할 방법이 없다고 생각하며 포기했습니다. 이 두 개구리는 곧 질식해서 죽어버렸습니다. 그러나 세 번째 개구리는 다르게 생각했습니다. 어떤 어려운 상황에서도 포기하지 않겠다고 결심하였습니다. 그래서 두 다리에 힘이 남아 있는 한 최선을 다해 헤엄을 치기 시작했습니다. 힘들고 절망적인 상황이었지만 그는 포기하지 않았습니다. 오랜 노력 끝에 개구리의 발은 무엇인가 딱딱한 것에 닿았습니다.

세 번째 개구리는 그 무엇인가 딱딱한 것 위에 올라서게 되었고, 그것이 바로 우유통에서 만들어진 버터였습니다. 그리고 버터 위에서 서서 밖으로 나오는 방법을 찾게 되었습니다.

이렇게 세 번째 개구리는 끈기와 노력으로 어려운 상황을 극복하고 무사히 탈출하였습니다.

나를 변화시키는 스위치

이 이야기는 끈기와 노력이 어떤 어려운 상황에서도 성취의 길을 열어주는 힘을 강조하는 이야기입니다. 이 이야기를 통해 우리는 어떤 어려운 상황에서도 포기하지 않고 끈기와 노력을 통해 문제를 해결할 수 있다는 교훈을 얻을 수 있습니다. 생각하고 노력하는 사람에게는 항상 방법이 있다는 것을 상기시켜주는 의미 있는 이야기입니다.

아주 작은 양의 철도 목적에 따라 적절한 모양으로 열쇠를 만들면 10톤이나 되는 문도 열 수 있습니다. 마찬가지로 적은 양의 생각, 노력, 시간도 올바르게 사용하면, 당신이 바라는 물질적, 정신적 보물을 가리고 있는 문을 열 수 있습니다. 인간으로 살아간다는 것은 곧 끊임없이 문제들에 부딪칩니다. 사람들의 삶이란 이런 문제에 부닥쳐 사랑하고 웃고 울고 애써 시도하고 일어나고 넘어지고 다시 일어나는 그 과정에 의미가 있는 것입니다.

이 글은 중요한 교훈을 전달하고 있습니다. 다음은 이 글로부터 얻을 수 있는 교훈입니다.

작은 노력이 큰 결과를 이끌어낼 수 있다 : 작은 양의 노력, 생각, 또는 시간도 제대로 활용하면 중요한 목표를 달성할 수 있습니다. 열쇠와 문의 비유를 통해, 어떤 일이나 목표를 위해 지속적으로 노력하는 중요성을 강조하고 있습니다.

인생은 도전과 문제의 연속 : 인생은 항상 어려움과 도전에 부딪치는 것입니다. 그러나 이러한 도전과 문제를 통해 우리는 배우고 성장할 수 있으며, 그것이 삶의 의미를 형성하는 과정입니다.

사랑하고 웃고 울고 노력하고 일어나는 것이 삶의 가치 : 삶은 다양한 감정과 경험을 포함합니다. 우리가 사랑하고 웃음을 누리고, 어려움에 대처하고 노력하며, 실패와 슬픔을 겪으면서 일어나는 것이 삶의 가치를 만드는 부분입니다.

이러한 교훈을 바탕으로, 우리는 삶의 여정을 더 의미 있게 만들고 자신의 목표를 달성하기 위해 작은 노력과 지속적인 노력의 중요성을 이해할 수 있습니다.

성공하는 사람 VS 실패하는 사람

성공하는 사람은 어떤 어려움에 부딪혔을 때 "더 좋은 해결 방법은 있을 것이다."라고 믿고, 그 어려움을 극복하려고 노력하는 사람입니다. 그들은 어떤 난관이라도 자신의 능력과 결단력으로 해결해 나가려고 합니다. 이러한 자세로 인해 그들은 어려운 상황에 처해도 굴복하지 않고, 자신의 운명을 스스로 개척하며 성공을 이루려는 사람입니다.

한편, 실패하는 사람은 어떤 문제가 발생했을 때 "이것이 유일한 방법이야, 항상 이렇게 했어."라고 생각하며 같은 패턴을 반복하는 경향이 있습니다. 이로 인해 그들은 어려움에 굴복하고, 자신의 운명을 스스로 개척하지 못하고 안정적인 영역에서만 머무르는 경향이 있습니다.

따라서, 성공을 원한다면 어떤 상황에서도 능동적으로 다양한 해결책을 찾고 시도하는 자세가 중요합니다. 어려움을 극복하고 새로운 길을 개척하는데 자신의 힘과 결단력을 발휘해야 합니다. 실패를 두려워하지 않고 새로운 가능성을 찾아가는 노력이 성공의 핵심입니다.

지금보다도 더 좋은
관계를 맺게 해주는
관심의 힘

한 유럽의 장군이 있었는데, 그는 많은 전투에서 승리를 거둬 유명한 장군으로 알려져 있었습니다. 어느 날 밤, 그 장군은 적의 기습을 대비하기 위해 병사들을 점검하러 나갔습니다. 그가 한 초소에 도착하니, 낮에 전투에서 피곤한 병사 한 명이 총을 옆에 놓고 앉아서 졸고 있었습니다. 이 상황에서 그 장군은 병사에게 엄격한 징계를 내려야 했을 것이지만, 그는 다르게 행동했습니다.

그 장군은 병사를 깨우치고 자신이 총을 들고 보초를 서서 대신 지키기 시작했습니다. 병사가 깨어나서 보초를 서는 사람이 장군임을 깨달았을 때, 그는 큰 놀라움과 감동을 느꼈습니다. 그리고 그 장군은 병사에게 위로의 말을 건넸습니다.

"낮에 힘들게 싸운 전투로 인해 얼마나 피곤한지 알아. 잠깐이라도 내가 대신 보초를 서 줄게."

이 사건 이후, 그 병사는 장군을 위해 충성하며 일생동안 그를 지지했습니다. 이 장군의 이름은 나폴레옹이었고, 그의 관심과 배려가 병사와의 더 좋은 관계를 형성하고, 이 관계를 통해 위대한 업적을 이룰 수 있었습니다.

이 이야기를 통해 우리는 관심과 배려가 얼마나 강력한 힘을 발휘할 수 있는지를 알 수 있습니다.

나를 변화시키는 스위치

사람이 사업적으로나 혹은 인간적으로 실패하는 많은 원인은 '실패하면' 이라는 자신의 모순된 생각에 몰두하고 있기 때문입니다. 자기 자신은 이웃 사람들에 대해서 무시하고, 친절한 일을 한 일이 없으면서, 이웃 사람들이 자신을 좋아하지 않는다고 불평합니다. 남이 당신에 게 관심을 갖게 하고 싶거든, 당신 자신의 눈과 귀를 닫지만 말고 다른 사람에게 관심을 표시합니다. 이 점을 이해하지 않으면 아무리 재간이 있고 능력이 있더라도 남과 사이좋게 지내기는 불가능합니다.

이 글은 사회적 관계와 성공에 대한 중요한 교훈을 담고 있습니다. 다음은 이 글에서 얻을 수 있는 교훈입니다.

자기 중심적 태도와 실패 : 자기 중심적이고 자기만을 생각하는 태도는 다른 사람들과의 관계를 악화시키고, 성공을 방해할 수 있습니다. 다른 사람들에게 무관심하거나 무례하게 행동하는 경우, 그들도 마찬가지로 우리를 불평하게 여길 수 있습니다.

상호 관심과 친절함 : 다른 사람들과의 관계를 개선하려면, 상호 관심을 표현하고 친절한 행동을 보여주어야 합니다. 다른 사람에 대한 관심을 나타내고 그들을 존중하며 돕는다면, 그런 행동이 상호 감동을 만들고 긍정적인 관계를 형성할 수 있습니다.

능력과 재능만으로는 부족 : 능력과 재능은 중요하지만, 사회적 관계 또한 성공에 중요한 역할을 합니다. 다른 사람들과 양호한 관계를 유지하면 협력과 지원을 받을 가능성이 높아지며, 이는 개인과 직업적 성공에 도움이 됩니다.

이러한 교훈을 토대로, 우리는 자기 중심적 태도를 버리고 다른 사람들과의 관계를 더 중요하게 생각하며 상호 존중과 친절함을 실천하는 방법을 찾을 수 있습니다. 이것은 성공과 행복을 향해 나아가는 과정에서 매우 중요한 역할을 합니다.

성공하는 사람 VS 실패하는 사람

성공하는 사람은 자신의 개인적인 기분에만 따르지 않고 주변 분위기를 파악하며 행동하는 경향이 있습니다. 그들은 상황과 상대방의 감정을 고려하여 적절하게 행동하며, 때와 장소에 따라 어떻게 행동해야 하는지를 잘 판단합니다. 이러한 능력으로 성공을 점진적으로 이루어 나가며 주변과의 조화를 이뤄냅니다.

한편, 실패하는 사람은 자신의 개인적인 기분에만 민감하고 주변 분위기를 무시하는 경향이 있습니다. 이로 인해 자신의 감정과 기분에 따라 행동하면서 주변 사람들과 조화를 이루기 어렵고, 실패를 초래하는 경우가 많습니다.

따라서, 성공을 원한다면 자신의 기분뿐만 아니라 주변 환경과 상황을 고려하며 행동하는 데 주의를 기울여야 합니다. 타인과의 관계를 존중하고 조절하는 데 노력하여 성공을 점차적으로 이루어 나가는 데 도움이 될 것입니다.

효율적인 순서
일을 헛수고로 만들지 않는
순서의 힘

한 뱃사공이 있었습니다. 그는 사람들을 건너편으로 운반하는 일을 하며 생계를 유지하고 있었습니다. 어느 날, 그는 건너편 마을에서 아는 사람을 만나 주막에서 술 한 잔을 마시게 되었습니다. 그동안 만나지 못한 친구와의 재회에 그는 술을 과도하게 마셨습니다.

술에 취해 집으로 돌아오는 길에도 뱃사공은 술에 홀린 채 열심히 노를 젓고 있었습니다. 그러나 술에 취한 상태에서 길을 잘못 들어가 버렸습니다. 그래서 뱃사공은 어느새 잠들고 말았습니다. 밤새 동안 노를 젓다가 숙취 상태에서 눈을 떴을 때, 그의 배는 여전히 나루터에 묶여 있었습니다.

뱃사공은 자신이 배의 줄을 풀지 않았다는 사실을 깨닫고 큰 실망감을 느꼈습니다. 그는 술로 인해 순서를 제대로 따르지 않아 헛수고로 노를 젓게 되었고, 결국 배는 제 위치에 그대로 묶여 있는 상황이었습니다.

이 이야기를 통해 우리는 효율적인 순서를 따르지 않으면 일을 헛수고로 만들게 되며, 어떤 일을 수행할 때 계획과 순서를 중요하게 고려해야 한다는 교훈을 얻을 수 있습니다.

나를 변화시키는 스위치

어떤 것을 잘 알기 위해서는 그것에 대해 철저히, 세부적으로 알아야 합니다. 그러나 그것은 끝이 없기 때문에 우리들의 지식은 늘 불충분하고 완전치 못한 것이 되는 것입니다. 그리고 지식은 사람에게 필요한 무기입니다. 그러나 무기를 잘못 쓰면 도리어 자신을 해치듯 지식도 진실의 뒷받침이 없다면 식자우환과 같이 몸을 망치기 쉽습니다. 진정한 지식은 꾸밈새 없는 순진한 마음에서 솟아나는 것입니다. 진실과 함께 있는 지식은 불행을 물리칠 수 있는 굳센 힘이 됩니다.

이 이야기는 중요한 교훈을 담고 있으며, 지식과 그 활용, 무책임한 행동에 대해 다루고 있습니다. 다음은 이 이야기로부터 얻을 수 있는 교훈입니다.

책임감과 목표 설정 : 뱃사공의 경우, 술에 취해 목표인 집에 돌아가는 것을 잊어버렸습니다. 이는 책임감을 가지고 목표를 설정하고 그것을 추진하는 중요성을 강조합니다.

노력의 헛수고 : 뱃사공은 밤새도록 노를 젓는 노력을 헛수고로 만들었습니다. 이는 목표를 달성하기 위한 노력이 목표를 설정하고 계획하고 실행하는 것과 함께 가야 할 길을 잘못 선택하는 경우, 노력이 헛되게 된다는 것을 보여줍니다.

지식의 한계 : 지식은 끝이 없으며 항상 배울 수 있는 것입니다. 그러나 지식은 우리가 어떻게 활용하는가에 따라 그 가치가 결정됩니다.

진리와 꾸밈 없는 마음 : 진리와 진정한 지식은 꾸밈 없는 순수한 마음에서 나온다는 점을 강조합니다. 솔직하고 순진한 접근은 지식을 더욱 효과적으로 활용할 수 있도록 합니다.

지식은 힘 : 지식을 올바르게 활용하면 어려움을 극복하고 목표를 달성할 수 있는 강력한 도

구가 됩니다. 그러나 이 지식을 남용하면 오히려 문제를 야기할 수 있습니다.

이러한 교훈을 토대로, 우리는 목표를 설정하고 책임감을 가지며 노력을 기울여야 하며, 지식을 적절하게 활용하고 솔직하고 순수한 마음으로 지식을 키워야 합니다.

성공하는 사람 VS 실패하는 사람

성공하는 사람은 어떤 일을 수행할 때 그 일의 핵심을 파악하고 잘 처리하는 경향이 있습니다. 그들은 일을 시작하기 전에 핵심 이슈를 정확히 이해하며, 이를 기반으로 일을 올바르게 수행하고 최상의 결과를 얻습니다. 이러한 자세로 그들은 업무를 효과적으로 관리하고 성공적으로 완료합니다.

한편, 실패하는 사람은 어떤 일을 할 때 핵심을 파악하지 못하거나 관련 정보나 작업을 흩어놓는 경향이 있습니다. 이로 인해 업무를 어렵게 만들고, 제대로 문제를 해결하지 못하며 최종 결과를 나쁘게 만들 수 있습니다.

따라서, 성공을 원한다면 어떤 일을 하더라도 핵심을 파악하고 이를 중심으로 일을 진행하는 습관을 기르는 것이 중요합니다. 핵심을 이해하고 집중하는 것은 업무 효율성을 높이고 성과를 개선하는데 큰 도움이 됩니다.

노력과 인내가 가져다주는
풍요로운 미래
내일의 힘

존 밀턴은 17세기 영국의 유명한 시인이자 사상가로, 그의 생애와 작품은 그의 강인한 인내와 헌신을 반영하고 있습니다. 밀턴은 "실락원"이라는 시를 쓸 때, 그의 개인적인 경험을 담아내며 우리에게 많은 교훈을 전달하려 했습니다.

그의 이야기는 매우 다정다감하고 정직한 사람으로 알려진 밀턴의 인격을 강조합니다. 그는 어머니 왕당파 부자의 집에서 자란 여성 매리와 결혼했습니다. 그러나 이 결혼은 행복한 것으로 시작하지는 않았습니다. 매리는 결혼한 지 단 한 달 만에 부모님 집으로 돌아갔습니다. 그녀는 밀턴의 엄격한 청교도적인 삶을 감당할 수 없었습니다. 매리는 말했습니다.

"나는 풍요롭고 자유분방한 분위기에서 성장했어. 밀턴의 엄격한 청교도적 삶은 견딜 수 없어."

그러나 밀턴은 인내심을 가지고 아내를 기다렸습니다. 2년 후, 매리는 밀턴에게 돌아와 눈물로 용서를 빌었습니다. 이때까지 매리의 가정은 완전히 몰락한 상태였고, 그 반면에 밀턴은 사회적으로 상당한 명성을 얻고 있었습니다. 아내는 모든 것을 잃은 후에야 남편에게 돌아왔습니다.

밀턴의 불행한 신혼시절은 "실락원"을 집필하는데 결정적인 소재가 됐습니다. 자신의 낙원을 잃음으로써 비로소 명작을 완성한 것이었습니다.

존 밀턴의 이야기는 힘들고 어려운 상황에서도 끈질기고 인내력을 가지며 미래를 향한 희망을 갖는 데서 영감을 받을 수 있습니다. 밀턴의 불행한 신혼시절은 그의 작품을 풍부하게 했으며, 이는 우리 모두에게 내일의 힘을 상기시켜줍니다.

나를 변화시키는 스위치

그렇습니다. 모든 일은 노력도 없이 비전도 없이 열매 맺지 못합니다. 오랜 인내와 기다림, 그리고 끊임없는 비전의 결과인 것입니다. 재산을 너무 욕심내지 말아야합니다. 재산보다는 희망을 욕심내야합니다.

어떠한 일이 있어도 희망을 포기하지 말아야 합니다.

사람은 희망에 속느니보다 절망에 속습니다. 그리고 스스로 만든 절망을 두려워합니다. 무슨 일이 실패하면 비관하고 이젠 앞길이 막혔다고 생각해 버립니다. 그러나 어떠한 실패 속에서도 아직 희망으로 통하는 길은 남아 있습니다. 희망의 봄은 달아나지 않고 당신이 오기를 기다리고 있다는 것을 알아야 합니다. 사람의 굳은 뜻으로 못할 일이 없습니다.

모든 성취와 성공은 노력과 비전 없이는 이루어지지 않습니다. 우리가 원하는 것을 얻기 위해서는 오랜 기간의 인내와 끊임없는 노력이 필요하며, 목표를 향한 비전을 가져야 합니다. 이러한 과정을 거쳐 비로소 원하는 열매를 맺을 수 있는 것입니다.

재산을 얻는 것에 대한 욕심은 종종 우리를 혼란스럽게 만들 수 있습니다. 그러나 우리는 재산보다는 희망을 추구해야 합니다. 희망은 어떤 어려움이든 극복할 수 있는 힘을 주며, 끊임없는 동기부여와 희망을 품는 것이 중요합니다. 우리는 희망을 잃지 말아야 합니다.

무엇이든 실패할 수 있습니다. 그러나 실패에도 불구하고 희망을 잃지 말아야 합니다. 우리는 종종 어떤 일이 실패하면 비관적으로 생각하고 앞길이 막힌 것으로 여기곤 합니다. 그러나 우리는 어떤 실패 속에서도 아직 희망의 길이 남아 있다는 것을 인식해야 합니다. 희망의 봄은 항상 우리를 기다리고 있으며, 우리는 그것을 찾아가야 합니다.

우리의 의지와 노력으로 할 수 없는 일은 없다는 것을 명심해야 합니다. 우리가 굳은 결심과 끈기를 가지고 어떤 도전에도 도전하면, 무엇이든 가능하다는 것을 기억해야 합니다. 희망을 품고 끊임없이 노력하며, 비전을 가져가야 우리의 목표를 달성할 수 있습니다.

성공하는 사람 VS 실패하는 사람

성공하는 사람은 당장에는 자신의 투자가 미미한 이익을 가져오더라도, 미래에 큰 이익을 얻을 수 있는 투자로 간주합니다. 그들은 장기적인 비전을 가지고 투자 결정을 내리며, 당장의 이익보다는 미래의 발전과 성공을 중요하게 생각합니다. 이를 통해 그들은 지속적으로 투자를 유지하고, 시간이 지남에 따라 큰 성과를 얻어냅니다.

한편, 실패하는 사람은 자신의 투자가 당장 큰 이익을 가져오지 않으면 손해나 속은 것으로 여깁니다. 이로 인해 그들은 단기적인 이익을 중시하고 미래를 고려하지 않는 경향이 있습니다. 이러한 태도로 인해 장기적인 기회를 놓치고, 미래의 큰 이익을 얻지 못하는 경우가 많습니다.

따라서, 성공을 원한다면 당장의 이익뿐만 아니라 장기적인 비전을 고려하며 투자와 노력을 지속해야 합니다. 미래를 위한 투자와 계획을 통해 더 큰 성과를 이루어내는 데 도움이 될 것입니다.

감사의 마법
삶을 더욱 행복하게 해주는
감사의 힘

멕시코 어떤 마을에는 온천과 냉천이 옆에서 가지런히 솟아나는 신기한 곳이 있었습니다. 이곳은 온천에서는 끓는 뜨거운 물이 나오고, 옆에 있는 냉천에서는 차가운 얼음물이 솟아올랐습니다. 이런 환상적인 자연환경 덕분에 마을 주민들은 빨래를 하기에 이상적인 장소였습니다. 빨래 광주리를 가지고 와서 온천에서 빨아서 냉천에서 헹구면 깨끗한 옷을 집으로 가져갈 수 있었습니다.

어느 날, 이 마을을 방문한 외국 관광객은 멕시코 사람에게 이곳의 주민들이 하나님께 감사하는 마음을 갖고 있을 것이라고 언급했습니다. 그러나 멕시코 안내원의 답변은 의외였습니다. 그는 이곳 주민들은 오히려 불평을 많이 한다고 말했습니다.

외국 관광객이 궁금해하며 "무슨 불평을 하나요?"라고 물었고, 안내원은 이야기를 이어갔습니다. "온천과 냉천의 물이 땅에서 나오는 것은 좋아요. 하지만 그 물을 사용해 빨래를 할 때 필요한 비누가 땅에서 나오지 않아서 주민들은 불평을 합니다."

이 이야기는 때로는 당연하게 갖고 있는 것에 대한 감사를 잊고, 부족한 부분에 대해 불평하는 인간의 본성을 반성하고, 삶에서 더 감사할 점을 찾는 것이 얼마나 중요한지를 가르쳐줍니다.

나를 변화시키는 스위치

인간의 행복의 원리는 간단합니다. 불만에 자기가 속지 않으면 됩니다. 어떤 불만으로 해서 자기를 학대하지 않으면 인생은 즐거운 것입니다. 불평과 잔소리의 한 마디 한 마디는 당신 집안에 무덤을 한 삽씩 한 삽씩 파들어 가는 것입니다. 행복이란 스스로 만족하는 점에 있습니다. 남보다 나은 점에서 행복을 구한다면, 영원히 행복하지 못할 것입니다. 왜냐하면 누구든지 남보다 한두 가지 나은 점은 있지만, 열 가지 전부가 남보다 뛰어날 수는 없기 때문입니다. 그러기 때문에 행복이란 남과 비교해서 찾을 것이 아니라, 스스로 만족할 수 있는 것이 중요합니다.

인간의 행복에 대한 원리는 매우 간단하면서도 깊은 인사이트를 제공합니다. 다음과 같이 이 내용을 더 자세하게 풀어볼 수 있습니다.

인간의 행복은 불만과 자기 학대를 피하면서 얻을 수 있습니다. 우리가 자신의 불만에 사로잡히거나 그것으로 자신을 고통스럽게 만들지 않으면 인생은 즐겁게 느껴집니다. 때로는 불평하고 잔소리하는 것은 우리 자신의 집안에 무덤을 파는 것과 같습니다. 각각의 불평과 불만은 우리의 내면을 부식하고 행복을 방해합니다.

행복은 스스로 만족하는 데에 있습니다. 다른 사람들과의 비교나 경쟁에서 행복을 찾는 것이 아니라, 우리 자신이 어떤 상황에서 스스로 만족하고 평화로움을 느낄 수 있는지가 중요합니다. 물론 누구나 남보다 뛰어난 한 두 가지 점을 가지고 있을 것입니다. 그러나 우리는 모든 부분에서 다른 사람보다 우월할 수는 없습니다.

따라서 행복은 남과의 비교에서 찾는 것이 아니라, 스스로의 내면에 있는 만족과 조화에서 발견할 수 있습니다. 이러한 자기 만족과 스스로를 받아들이는 마음가짐은 진정한 행복을 찾는 길이며, 무엇이든 더 나은 것을 추구하는 대신 현재의 순간과 자신을 소중히 여기는 것이 중요합니다.

감사의 마음은 인생을 더 풍요롭게 만들어주는 중요한 가치 중 하나입니다. 이야기에서처럼 간단한 일상적인 상황에서도 우리는 언제나 더 나은 면을 찾고 불평하지 않고 감사할 수 있는 태도를 가질 수 있습니다. 감사의 마음은 다음과 같은 이점을 제공합니다.

긍정적인 마음 : 감사의 마음은 우리를 더 긍정적으로 만듭니다. 우리가 가진 것에 집중하고 감사하는 습관은 우리의 기분과 태도를 개선하며 스트레스를 감소시킵니다.

인간관계 개선 : 감사의 표현은 우리의 대인관계를 강화합니다. 다른 사람에게 감사의 마음을 나타내면 그들도 우리에게 더 긍정적으로 반응할 가능성이 높아집니다.

스트레스 감소 : 감사의 마음은 스트레스를 감소시키는 데 도움이 됩니다. 어려운 상황에서도 긍정적인 측면을 찾고 감사하는 것은 우리가 문제를 더 잘 관리하고 대처하는 데 도움이 됩니다.

자아 만족도 증가 : 감사의 마음을 가지면 자신에게 대한 만족도가 증가합니다. 무엇을 가지고 있고 무엇을 이룬 것에 대한 인식은 우리가 더 자신감을 가지고 더 나은 삶을 살 수 있도록 도와줍니다.

다른 이에게 영감 : 우리의 감사의 마음은 주변 사람들에게 영감을 줄 수 있습니다. 우리가 긍정적인 예를 보이면 다른 이들도 우리를 따라 긍정적인 방향으로 나아갈 가능성이 높아집니다.

적은 것에서 더 많은 것을 발견 : 감사하는 습관을 가지면 우리는 삶에서 작은 것들을 더욱 가치 있게 여기고 더 큰 만족을 느낄 수 있습니다.

감사의 마음을 가지면 우리는 더 행복하고 만족스러운 삶을 살 수 있으며, 어려움을 극복하고 긍정적인 방향으로 나아갈 힘을 얻게 됩니다. 작은 것들에 감사하며 삶을 즐기고, 불평 대신 긍정적인 태도를 취하는 것은 우리의 인생을 더 풍요롭게 만드는 지름길 중 하나입니다.

성공하는 사람 VS 실패하는 사람

성공하는 사람은 자신이 가진 작은 소질이나 작은 재산에도 감사하는 마음을 가지고 있습니다. 그들은 작은 것들에 대해서도 높은 감사의 마음을 갖고, 어려운 시기에도 그들이 가진 것들을 소중히 여기며 풍요롭게 보전하고 가치 있게 만들어 나갑니다. 이러한 태도로 인해 그들은 자신의 능력과 보유한 것들을 최대한 활용하여 성공을 이끌어냅니다.

한편, 실패하는 사람은 자신이 가진 것들에 대한 감사의 마음이 부족하며, 불만을 가지는 경향이 있습니다. 그들은 자신의 능력을 충분히 발휘하지 못하고, 자신이 가진 것들마저 잃어버리는 경우가 많습니다.

따라서, 성공을 원한다면 작은 것들에 대한 감사와 소중히 여기는 태도를 갖추는 것이 중요합니다. 자신이 가진 것들을 최대한 활용하고 발전시키는 데 집중하면, 미래의 성공을 위한 기반이 마련될 것입니다.

프로의 마법
자신의 목적지에 끝내 이르게 하는
평정의 힘

미국 나이아가라 폭포로 향하는 강의 지류에 커다란 얼음 덩어리가 떠내려 오고, 그 얼음 덩어리에 동사한 양이 붙어 있습니다. 얼음 덩어리에 덧붙은 양은 곧 독수리에게 먹힐 운명을 안고 있습니다. 그때 창공에서 커다란 독수리 한 마리가 나타나 동사한 양을 먹기 시작합니다. 독수리는 죽은 양고기를 먹느라 폭포와의 거리를 잊고 있었습니다. 그러나 독수리는 폭포의 굉음을 듣고 정신을 차리게 되고, 폭포에 이르러 날개를 펴려는 순간 발톱이 양털 속에 깊이 박혀 움직일 수 없게 됩니다. 결국 독수리는 목적지에 도달하지 못하고 양과 함께 폭포에서 떨어져 산산조각이 나게 됩니다.

이 이야기는 목표를 향해 나아가는 도중 예상치 못한 어려움이나 장애물이 나타날 수 있음을 상기시키며, 목표를 달성하려면 주변 환경을 잘 살피고 냉정하게 판단하며 행동해야 한다는 교훈을 전합니다. 무모한 결정이 오히려 역효과를 낼 수 있다는 것을 보여줍니다.

프로는 자기 일에 일생을 걸며, 자기 일에 자부심을 가지며, 선견지명을 갖고 일을 하고, 실수를 최소로 줄이며, 목표를 중심으로 일하며, 목표를 향하여 전력투구하며, 결과에 책임을 지며, 보수나 수입이 성과에 따라서 주어지며, 자기 스스로와 싸우며, 능력 향상을 위해 항상 노력하는 사람입니다.

프로페셔널리즘은 일반적으로 일생을 통해 배우고 발전하며, 특정 분야에서 높은 수준의 전문성을 유지하는 개인이나 전문가를 나타냅니다. 다음은 프로페셔널의 특징과 가치에 대한 몇 가지 관점입니다.

전문성과 헌신 : 프로페셔널은 자기 일에 대한 뛰어난 전문성을 가지며 이를 유지하기 위해 지속적으로 노력합니다. 그들은 자기 분야에서 최고의 성과를 위해 끊임없이 일생을 헌신합니다.

선견지명과 계획 : 프로페셔널은 미래를 예측하고 준비하는 데에 노력합니다. 선견지명과 계획을 통해 문제를 미연에 예방하고 효율적으로 대처합니다.

실수 최소화 : 실수는 불가피한 것이지만, 프로페셔널은 실수를 최소화하기 위해 주의 깊게 일하고, 경험에서 배웁니다.

목표 중심적 : 목표는 프로페셔널의 일의 중심에 있습니다. 그들은 목표 달성을 위해 노력하고, 일을 계획하며 실행합니다.

결과 책임 : 프로페셔널은 자신의 결과물에 책임감을 가지며, 성과에 대한 책임을 집니다. 이는 일의 질과 성과를 높이는데 기여합니다.

보수와 성과 연결 : 대부분의 경우, 프로페셔널의 보수나 수입은 그들의 성과와 직접 연관됩니다. 이는 높은 동기부여 요소 중 하나입니다.

자기 개발과 도전 : 프로페셔널은 능력 향상을 위해 항상 노력하며, 자기 스스로와 경쟁합니다. 자기 개발은 지속적인 과정이며, 새로운 도전을 수용하는 태도를 가집니다.

프로페셔널은 자기 분야에서 높은 신뢰와 존경을 받는 개인이며, 그들의 특성과 가치는 다양한 직업과 분야에서 중요한 역할을 합니다.

성공하는 사람 VS 실패하는 사람

성공하는 사람은 상황에 따라 유연하게 움직이며 자신의 페이스를 유지하는 데 주의를 기울입니다. 그들은 언제는 빠르게 움직이고 언제는 느리게 움직이며, 상황에 따라 적절한 속도로 일을 처리합니다. 이로써 성급하게 서둘러 일을 망치지 않고, 너무 느리게 대응하여 기회를 놓치지 않는 성공을 이루는 사람입니다.

한편, 실패하는 사람은 조급함과 게으름 두 가지 속도를 고집하여 일을 엉망으로 처리하는 경향이 있습니다. 이로 인해 그들은 성급하게 서둘러 일을 망치거나, 너무 느리게 행동하여 중요한 시점을 놓치는 경우가 많습니다.

성공을 원한다면, 상황에 따라 적절한 속도로 행동하고, 조절 가능한 페이스를 유지하는 것이 중요합니다. 이를 통해 더 나은 결과를 얻고, 기회를 최대한 활용할 수 있을 것입니다.

집념의 기적
불가능을 가능하게 만드는
집념의 힘

미국의 소매상협회의 연구 결과, 물건을 판매하는 세일즈맨들 중 48%는 단한 번 권유한 후 포기하는 경향이 있었습니다. 두 번 권유하는 세일즈맨은 25%로 적은 편이었고, 세 번 권유하는 세일즈맨은 15%에 불과했습니다. 그러나 가장 놀라운 사실은 네 번 이상 권유하는 세일즈맨이 전체 판매량의 80% 이상을 차지하고 있었습니다. 즉, 단 12%의 세일즈맨이 88%의 판매량을 담당하는 것이었습니다.

이 결과는 집념과 꾸준한 노력이 어떻게 불가능을 가능하게 만들고, 성공을 이루는 데 얼마나 중요한 역할을 하는지를 보여줍니다. 많은 사람들이 초기의 거부나 실패에 머물러 포기하곤 합니다. 그러나 끈기 있게 노력하고 계속해서 노력하는 사람들이 종종 큰 성공을 거둔다는 것을 이 이야기는 명확히 보여줍니다.

꾸준히 참는 사람에게는 반드시 성공이라는 보수가 주어집니다. 잠겨진 문을 한 번 두드려서 열리지 않는다고 돌아서서는 안 됩니다. 오랜 시간 동안 큰 소리로 문을 두드려 보아야 합니다. 누군가 단잠에서 깨어나 문을 열어줄 것입니다. 밀어 붙여야 합니다. 세상의 어떠한 것도 끈기를 대신할 수 없습니다. 오직 끈기와 의지만이 모든 것을 가능하게 합니다. 의지, 이 하나가 모든 것을 가능하게 합니다. 노력과 인내는 성공을 이루는 핵심적인 가치 중 하나입니다. 꾸준히 참는 사람, 즉 끊임없이 노력하고 인내하는 사람에게는 반드시 성공이라는 보상이 주어집니다. 우리가 풀어야 할 문이 잠겨 있을 때, 처음 두드려보고 문이 열리지 않는다면 절망하지 말아야 합니다. 오랜 시간 동안 큰 소리로 문을 두드려 봅니다. 이러한 끈기 있는 노력과 인내는 결국 누군가가 우리를 듣고 도와줄 것입니다. 때로는 문을 열어주는 사람이 나타날 때까지 밀어붙여야 합니다.

우리는 성공을 위해 끈기와 의지의 힘을 경험합니다. 이것이 실력이나 재능과는 별개입니다. 실력과 재능은 중요하지만, 끈기와 의지가 없다면 그것들은 효과적으로 활용되지 못할 것입니다. 우리는 어떤 도전이든 극복할 수 있으며, 그것이 가능한 유일한 길은 끈기와 의지를 가지고 있음에 있습니다. 또한 의지는 모든 것을 가능하게 하는 열쇠입니다. 우리의 목표를 향해 끈질기게 나아가는 데, 어떤 어려움이든 극복하는 데 필요한 것은 바로 의지입니다. 의지가 있으면 우리는 어떤 어려움도 이길 수 있으며, 성공의 길을 열어갈 수 있습니다. 이런 점을 명심하며 끊임없이 노력하고 인내하며 우리의 목표를 향해 나아가야 합니다.

끈기와 의지는 성공을 이루는 데 매우 중요한 역할을 합니다. 이야기에서처럼 세일즈맨의 예시를 통해 보면, 성공은 종종 초기의 반응이 없거나 부정적인 결과를 만날 때도 있지만, 끈기와 의지를 가지고 계속해서 노력하고 꾸준히 시도하는 사람들이 결국 성공을 얻을 가능성이 높습니다.

끈기와 의지를 가지는 것은 다음과 같은 이점을 제공합니다.

문제 극복 : 끈기와 의지를 가지고 어려운 문제나 도전에 직면할 때, 우리는 더 많은 시간과 노력을 투자할 수 있으며, 이를 통해 문제를 극복할 수 있습니다.

목표 달성 : 끈기와 의지는 우리의 목표를 달성하는 데 필수적입니다. 어떤 목표든 어려울 때, 우리는 계속해서 노력하고 목표를 향해 나아가야 합니다.

성장 : 끈기와 의지를 가지고 어려움을 극복하면 우리는 개인적으로 성장하고 자신감을 향상시킬 수 있습니다. 이런 성장은 우리의 미래에도 도움이 됩니다.

자기효능감 : 끈기와 의지를 통해 성공을 이룰 때, 우리는 자신에게 대한 자신감을 증가시킵니다. 이는 미래의 도전에 대한 자신감을 강화시키는 데 도움이 됩니다.

인내와 인내력 : 끈기와 의지를 가지면 우리는 인내력을 키울 수 있습니다. 인내력은 어려움을 견뎌내고 긍정적으로 대처하는 데 도움이 됩니다.

많은 성취와 성공은 끈기와 의지를 통해 이루어집니다. 어떤 상황이든 끝까지 포기하지 않고 계속해서 노력하고 끈질기게 목표를 향해 나아가면, 우리는 어떤 어려움이든 극복할 수 있고 더 나은 결과를 얻을 가능성이 높아집니다. 이러한 끈기와 의지는 우리의 인생과 성공에 있어 중요한 역할을 합니다.

성공하는 사람 VS 실패하는 사람

성공하는 사람은 어떤 일이든 자신에게 이익이 있든 없든 수고를 아끼지 않습니다. 그들은 어떤 일이든 자신이 배울 수 있는 기회로 받아들이며 최선을 다하며 노력합니다. 이로써 그들은 세상으로부터 많은 것을 배우며, 이를 통해 성공에 대한 다양한 기회를 얻게 됩니다.

한편, 실패하는 사람은 자신에게 이익이 없다고 판단하면 수고하기를 꺼립니다. 이로 인해 그들은 자신에게 이익이 없는 일을 거부하며, 이를 통해 배울 수 있는 기회를 놓치고 성공의 기회마저 잃어버리는 경우가 많습니다.

따라서, 성공을 원한다면 어떤 일이든 자신에게 이익이 있든 없든 노력하고 배울 수 있는 기회로 삼아야 합니다. 노력과 자기계발은 성공으로 가는 길에 필수적인 요소이며, 이를 통해 더 많은 기회를 얻을 수 있습니다.

희망의 마술
불가능을 가능하게 만드는
희망의 힘

미국 대륙의 철도를 건설하는 대공사가 진행되고 있었습니다. 감독관 헨리 카이저(Henry Kaiser)는 아주 유쾌하게 공사를 진행시키는 능력을 갖고 있었습니다. 인부들은 거대한 산을 뚫어 터널을 만드는 공사를 하고 있었습니다. 그런데 폭우로 산사태가 일어나 건축 장비가 모두 진흙 속에 묻히고 말았습니다. 폭우가 걷히고 햇빛이 비칠 때 인부들은 비통한 분위기에 잠겼습니다.

"카이저, 우리는 이제 완전한 절망이다. 저 거대한 진흙더미가 보이지 않는가?"

카이저는 인부들을 둘러보고 밝은 표정으로 말했습니다.

"내 눈에는 그것이 보이지 않는다. 단지 푸른 하늘과 밝은 태양이 보인다. 그리고 저 진흙더미를 뚫고 힘차게 달리는 기차가 보인다."

인부들은 그의 말에 용기를 내어 공사를 완공했습니다.

이 이야기는 희망의 힘과 긍정적인 마인드가 어떻게 어려운 상황에서도 불가능을 가능하게 만들 수 있는지를 보여주고 있습니다.

미국 대륙의 철도 건설 대공사 중에 산사태로 건축 장비가 묻히는 상황에서 감독관 헨리 카이저는 낙관적인 태도로 일꾼들을 다시 희망과 열정으로 가득 채웠습니다. 인부들은 절망에 빠져 있을 때, 카이저는 희망의 상징을 그려내며 어떻게 산을 뚫어야 하는지 인도해주었습니다.

이 이야기는 우리에게 어떤 상황에서도 희망을 잃지 말고 긍정적으로 생각하며 도전하면 어떤 어려움도 극복할 수 있다는 강력한 메시지를 전달합니다. 또한 리더십과 영감을 주는 능력이 어려운 순간에서도 차별적인 결과를 이끌어내는 데 얼마나 중요한지를 보여줍니다.

나를 변화시키는 스위치

이 세상을 움직이는 힘은 희망입니다. 얼마 후 성장하여 새로운 종자를 얻을 수 있다는 희망이 없다면, 농부는 밭에 씨를 뿌리지 않습니다. 아이가 태어난다고 하는 희망이 없다면 젊은이는 결혼을 할 수가 없습니다. 이익을 얻게 된다는 희망이 없다면 장사꾼은 장사를 할 수가 없습니다. 세상의 일을 어떤 시각으로 보느냐에 따라 인생의 방향이 완전히 달라집니다. 어떤 절망적 상황에서도 희망을 잃지 않는 사람을 우리는 유능한 사람이라고 지칭합니다. 희망이 있는 사람은 현재의 고난만을 주시하지 않습니다. 오히려 그 고난의 터널을 꿰뚫어보고 그 고난 뒤의 열매를 생각하며 도전하는 사람입니다. 희망은 이 세상을 움직이는 끊임없는 동기와 원동력 중 하나입니다. 우리가 무엇인가를 시작하고 계속해 나가는 원동력이 희망이기 때문입니다. 희망 없이는 씨를 뿌리는 농부, 가정을 세우는 젊은이, 사업을 하는 장사꾼과 같은 다양한 분야에서의 노력과 투자가 이루어지지 않을 것입니다. 또한 희망은 우리가 미래를 바라보고 목표를 설정하고자 하는 원동력입니다. 아무리 어려운 상황에 처해 있더라도 희망을 잃지 않고 미래의 가능성을 생각하며 노력하는 것이 중요합니다. 특히 절망적인 상황에서도 희망을 유지하는 것은 강한 의지와 결단력을 가진 사람들을 더 뛰어나게 만듭니다.

희망을 가진 사람은 고난과 어려움을 극복하며, 미래의 성취를 향해 도전하는 용기를 갖게 됩니다. 그들은 현재의 어려움을 단지 일시적인 고난으로 바라보고, 고난의 터널 끝에 있는 열매를 향해 나아가는 것을 지향합니다. 따라서 우리는 희망을 잃지 않는 것이 중요하며, 어떤 어려움이든 끈질기게 이겨내고 미래를 향해 희망을 갖는 것이 성공과 행복을 찾는 길 중 하나임을 기억해야 합니다. 이런 마음가짐은 유능한 사람으로서의 길을 열어주며, 미래를 밝게 비춰줍니다. 희망은 인생에서 매우 중요한 역할을 합니다. 희망이 있는 사람들은 어려운 상황에서도 긍정적인 마음을 유지하고, 미래를 향한 목표를 설정하며 끊임없이 노력합니다. 희망은 다음과 같은 방식으로 우리의 삶에 긍정적인 영향을 미칩니다.

목표 설정 : 희망을 가진 사람들은 미래에 대한 목표를 설정하고 이를 향해 나아갑니다. 이러한 목표는 인생에서 방향을 제시하고 동기를 부여하는 역할을 합니다.

긍정적인 마음 : 희망을 가지고 있는 사람들은 어려운 상황에서도 긍정적인 마음을 유지합니다. 이는 스트레스와 우울을 감소시키고 더 나은 심리적 안녕을 유지하는 데 도움이 됩니다.

자기 효능감 : 희망은 자기 효능감을 높입니다. 자기 효능감은 어떤 일을 해낼 능력에 대한 자신감을 의미하며, 희망을 가진 사람들은 어려운 과제에 도전하는 데 더 자신감을 가집니다.

도전과 성장 : 희망은 도전을 받아들이고 성장하는 데 도움을 줍니다. 어려움을 통해 배우고 더 나은 사람이 되려는 의지를 부여합니다.

사회적 연결 : 희망을 가진 사람들은 자신과 주변 사람들, 그리고 미래 사이의 긍정적인 연결을 형성하는 데 도움이 됩니다. 이는 지지와 협력을 통해 어려움을 극복하는 데 도움이 됩니다.

많은 성공 이야기는 희망을 가지고 어려운 상황을 극복하고 더 나은 미래를 구축하는 것과 관련이 있습니다. 희망은 우리의 내면 동력이며, 어떤 상황에서도 포기하지 않고 계속해서 노력하게 만들어줍니다. 따라서 희망을 유지하고 미래에 대한 긍정적인 전망을 가지는 것은 우리의 삶을 더 풍요롭고 의미 있는 것으로 만듭니다.

성공하는 사람 VS 실패하는 사람

성공하는 사람은 삶의 바다에서 항상 목표와 계획을 가지고 눈앞의 어려움을 극복하는 사람입니다. 그들은 자신의 비전과 목표를 분명하게 설정하고, 이를 달성하기 위해 끊임없이 노력합니다. 어떤 어려움에 처하더라도 그들은 그것을 일시적인 도전으로 인식하고, 목표를 향해 나아가며 삶을 더 나은 방향으로 개척해 나갑니다. 그들은 삶을 더 풍요롭고 의미 있는 것으로 만들기 위해 힘쓰며, 자신의 꿈을 실현하기 위해 자신을 동기부여합니다.

반면에 실패하는 사람은 종종 계획과 목표가 부족한 채 삶을 살아갑니다. 처음에는 행운에 의해 어느 정도의 성과를 얻을 수 있을지 모르지만 결국에는 목표 없는 항해로 인해 삶의 바다에서 난파하게 됩니다. 이들은 미래를 계획하거나 목표를 설정하지 않아 자신의 삶을 방황하며 허비합니다. 그 결과, 삶의 방향을 찾지 못하고 실패에 빠지는 경우가 많습니다.

따라서 성공과 실패 사이의 핵심은 목표와 계획을 가지고 이를 추진하는 능력에 달려 있습니다. 성공하고자 하는 사람은 목표를 설정하고 그에 따라 계획을 세우며, 어려움을 극복하며 삶을 개척해 나가는 길을 선택합니다. 실패를 피하고자 하는 사람은 목표와 계획을 소홀히 하고 삶의 방황으로 이끌리는 결과를 초래합니다.

미래의 열쇠
빛나는 미래를 열게 해주는
준비의 힘

미국의 선박왕 토머스 달러는 스코틀랜드의 공장 지대에서 태어났습니다. 그는 12살 때 학업을 중단하고 공장에서 직공으로 일했습니다. 20살 때는 목재회사에 입사해 재목을 베는 일을 했습니다. 그는 30대 중반에 목재 운반선을 구입, 일약 세계적인 기선회사로 발돋움했습니다. 그가 선박을 구입할 것으로 예상한 사람은 아무도 없었습니다. 어느 날 한 기자가 그에게 질문을 던졌습니다.

"당신은 불리한 환경에서 어떻게 사업에 성공할 수 있었습니까. 그 비결을 좀 가르쳐 주시지요."

토머스 달러는 웃으면서 대답했습니다.

"저는 열두 살 때 공장에서 첫 월급을 받았어요. 그것을 고스란히 저축했어요. 처음부터 저축하는 습관을 들인 것입니다. 저는 저축한 돈으로 작은 목재운반선을 구입했지요. 사업에 성공한 비결은 저축에 있었습니다."

토머스 달러의 이야기는 미래를 준비하고 더 나은 삶을 찾기 위해 노력하고 저축하는 중요성을 강조합니다. 그는 어려운 환경에서 출발했지만 열심히 일하고 저축하는 습관을 들여 성공한 사례로서, 미래를 위한 준비의 힘을 보여줍니다.

또한 이 이야기는 목표를 향해 꾸준히 노력하고 저축하는 것이 성공의 첫걸음이 될 수 있음을 보여주며, 삶의 어려움을 극복하고 더 나은 미래를 창조하는 데 필요한 준비와 노력의 중요성을 강조합니다.

나를 변화시키는 스위치

오랫동안 땅에 엎드려 있던 새가 한 번 날기 시작하면 높이 난다고 합니다. 이와 마찬가지로 사람도 힘을 기르는 기간이 길면 길수록 한 번 일어선 후에는 힘차게 활동하게 됩니다. 먼저 핀 꽃은 먼저 집니다. 남보다 먼저 업적을 세우려고 조급하게 서둘지 말아야합니다. 사업의 생명이 오래 유지되려면 준비기간도 그만큼 길어야 합니다. 성공은 준비된 사람에게 찾아옵니다. 준비하는 사람에게는 기회의 문이 항상 열려 있습니다. 성공을 이루고 힘을 기르는 것은 시간과 노력이 필요하며, 서둘지 않고 꾸준한 노력을 기울이는 것이 중요합니다. 또한, 조급함보다는 준비를 잘 하는 것이 더 효과적일 때가 많습니다. 계획을 세우고 노력하며 기회를 기다리는 것은 성공에 가는 길에서 중요한 단계입니다. 이러한 원칙을 따르면 오랜 기간 동안 지속적인 성장과 성공을 이룰 수 있습니다. 시간과 노력을 투자하여 준비하고 기르는 것은 성공과 힘을 얻는 과정에서 중요한 부분입니다. 곧 바로 결과를 원하는 욕구보다는 오랜 기간 동안의 꾸준한 노력과 기다림이 실제로 성공으로 이어질 수 있습니다. 또한, 조급함보다는 계획, 준비, 기회를 인식하고 활용하는 것이 성과를 향한 효과적인 방법이 될 수 있습니다. 이러한 원칙을 기억하고 삶과 업무에 적용하면 지속적인 성장과 성공을 더 쉽게 달성할 수 있습니다.

준비는 성공을 이루는 핵심적인 요소 중 하나입니다. 준비가 없이는 어떤 목표도 달성하기 어려우며, 성공을 지속적으로 유지하기도 어렵습니다. 토머스 달러의 이야기에서 볼 수 있듯이, 절약과 준비를 통해 성공의 기회를 찾아내고 활용하는 것은 매우 중요한 역할을 합니다. 이와 관련하여 몇 가지 포인트를 강조해 보겠습니다.

긴장과 절약 : 토머스 달러는 어려운 환경에서도 긍정적인 성과를 이루기 위해 긴장과 절약을 통해 자금을 모았습니다. 이는 준비와 미래를 위한 계획을 수립하는데 도움이 되었습니다.

기회의 발견 : 삶에서 기회는 항상 존재합니다. 그러나 그것을 인식하고 활용하기 위해서는 준비가 필요합니다. 토머스 달러는 자금을 모아 선박을 구입하는 기회를 발견하고 활용한 좋은 예입니다.

꾸준한 노력 : 준비는 단기적인 노력이 아니라 장기적인 노력을 필요로 합니다. 오랜 시간 동안 꾸준하게 노력하고 준비를 유지하는 것이 중요합니다.

조급하지 않기 : 성공을 위해서는 조급함보다는 계획, 준비, 인내가 더 중요합니다. 결과를 즉각적으로 얻지 못해도 기다리고 노력하며 기회를 기다리는 것이 중요합니다.

인내와 투자 : 준비와 성공에는 인내와 투자가 필요합니다. 결과를 얻을 때까지 인내하며 노력하고 자원을 투자해야 합니다.

성장과 성공 : 준비는 성장과 성공을 위한 기반을 마련합니다. 오랜 기간 동안 노력하고 준비를 통해 성장하고 성공을 이룰 수 있습니다.

결론적으로, 준비는 미래를 위한 투자이며, 성공을 이루기 위한 중요한 요소입니다. 토머스 달러의 이야기는 노력과 준비가 어떻게 성공을 이끌어 내는데 중요한 역할을 하는지를 보여줍니다. 그러므로 우리는 자신의 목표와 꿈을 위해 준비를 하고 기회를 기다리며 끈질기게 노력하는 것이 중요하다는 것을 기억해야 합니다.

성공하는 사람은 소박한 삶을 실천하는 사람으로, 자신이 능력을 가지고 있다 하더라도 어려운 시기를 대비하여 여유분을 저축하는 경향이 있습니다. 그들은 미래를 대비하고, 불확실한 상황에 대비하여 자신의 자원을 지혜롭게 관리합니다.

한편, 실패하는 사람은 능력이 있다고 여겨 자신의 자원을 소비하는 경향이 있습니다. 이로 인해 어려운 시기를 대비하는 것을 소홀히 하고, 조금만 어려운 상황이 발생하면 자신의 상황을 더욱 어렵게 만들 수 있습니다.

따라서, 성공을 원한다면 소박한 삶의 원칙을 따르고, 여유분을 저축하는 습관을 기르는 것이 중요합니다. 불확실한 상황에 대비하여 자원을 관리하고, 미래를 대비하는 계획을 세우는 것이 성공의 한 요소입니다.

고통을 이기고
미래를 여는
오늘의 힘

크리스마스를 상징하는 화초 포인세티아는 종종 예수님의 보혈을 상징하는 붉은 꽃으로 알려져 있습니다. 그러나 이 화초는 아주 춥고 어두운 곳에서만 특유의 붉은 꽃을 피웁니다. 빛이 완전히 차단되고 추위가 감도는 공간에서만 꽃이 피어납니다. 포인세티아의 파란 잎은 어둠과 추위를 견뎌내며 꽃을 피웁니다. 이러한 모습은 매우 감동적입니다. 하지만 포인세티아가 있는 곳에 빛이 들어오면 붉은 꽃에 얼룩이 생기게 됩니다. 심지어 비상구의 약한 불빛도 아름다운 꽃을 피우는 데 방해가 됩니다. 포인세티아가 가장 아름다운 꽃을 피우기 위해서는 철저한 고립과 어둠의 세월이 필요합니다.

포인세티아의 이야기는 때로는 어두운, 추운, 고립된 환경에서도 무엇이든 이겨내고 미래를 여는 힘을 상징합니다. 이 꽃은 자연의 법칙에 따라 빛과 따뜻함을 피할 수 없지만, 그 어려운 환경에서도 꽃을 피우며 놀라운 아름다움을 선사합니다.

이 이야기는 고난과 어려움을 이기고 성공을 찾아가는 데 필요한 오늘의 힘을 강조합니다. 종종 우리의 인생도 어려운 시기와 상황을 겪게 되는데, 이것이 우리를 더 강하고 지혜롭게 만들며, 미래의 성취를 위한 준비가 될 수 있습니다.

오늘의 힘을 발휘하여 미래를 여는 것은 우리가 어떤 환경에서도 강할 수 있는 능력을 상징적으로 나타내는 것입니다.

나를 변화시키는 스위치

고통은 사람을 강하게 만듭니다. 그러나 고통으로 강해지지 못한 사람은 죽고 맙니다. 행복한 때는 우리가 고난을 어떻게 견딜 수 있는지 알지 못합니다. 고난 속에서 비로소 우리는 자기 자신을 알게 됩니다. 인생의 아름다운 꽃을 피우려면 춥고 고독한 시련의 터널을 지나야합니다. 이 역경의 터널을 거쳐 인간은 비로소 아름답고 성숙한 존재로 거듭납니다. 고난을 두려워하고 그것을 회피하는 사람은 아무리 오랜 시간이 지나도 인생의 아름다운 꽃을 피울 수 없습니다.

고통과 어려움은 우리 삶에서 피할 수 없는 부분입니다. 오히려 고통을 헤쳐 나가고 극복하는 과정에서 우리는 성장하고 강해질 수 있습니다. 어려운 시간을 견뎌내며 자신을 깊게 이해하고 삶의 진정한 가치를 깨닫게 됩니다. 이런 경험을 통해 우리는 더욱 강인하고 성숙한 사람으로 성장할 수 있습니다.

또한, 고통을 피하거나 두려워하지 않고 받아들이는 것이 중요합니다. 어려운 시기를 극복하고 힘을 얻는 과정에서 삶의 아름다움을 더욱 깊이 이해하게 되며, 이것이 우리를 더욱 감사하고 강하게 만듭니다. 삶은 고통과 기쁨의 조화로 이루어져 있으며, 이러한 경험들이 우리를 더욱 풍요롭고 감동적인 삶으로 이끌어 줄 것입니다.

고통과 어려움은 인간의 삶에서 피할 수 없는 부분이며, 이러한 경험들은 우리를 성장하고 강해지게 만듭니다. 아래에 몇 가지 고려해야 할 포인트를 제시해 보겠습니다.

인내와 강인함 : 어려운 시기를 견디고 극복하는 것은 인내와 강인함을 기르는 데 도움이 됩니다. 이러한 미래에 대한 기대감과 희망은 우리를 계속해서 나아가게 만들어 줍니다.

자기 성장 : 고통과 어려움을 통해 우리는 자기 자신을 더 깊게 이해하고 발전시킬 수 있습니다. 어려운 시기를 통해 우리는 자신의 강점과 약점을 발견하고 개선할 수 있는 기회를 얻을 수 있습니다.

감사와 겸손 : 어려움을 극복한 후에는 더욱 감사하고 겸손해질 수 있습니다. 고통을 헤쳐나가면서 우리는 삶의 가치와 의미를 더욱 깊이 이해하게 됩니다.

도전의 기회 : 고통과 어려움은 도전의 기회로도 볼 수 있습니다. 어려운 시기를 극복하면서 우리는 문제를 해결하고 더 나은 방향으로 나아갈 수 있는 능력을 키웁니다.

연대감과 도움 : 고통을 겪는 동안 우리는 다른 사람들과 연대감을 형성하고 서로 돕는 법을 배울 수 있습니다. 이러한 연대감은 사회와의 연결성을 강화하고 자신의 경험을 공유함으로써 다른 이들에게도 도움이 됩니다.

희망과 목표 : 어려움을 극복하고 나면 희망과 목표를 다시 설정할 수 있습니다. 이러한 목표는 우리의 미래를 밝게 비추는 등의 긍정적인 효과를 가질 수 있습니다.

마지막으로, 고통과 어려움은 우리의 인생 여정에서 필수적인 부분이며, 이를 피하지 않고 받아들이는 것이 중요합니다.

이러한 경험들은 우리를 더욱 강하고 성숙하게 만들어 주며, 삶의 아름다움을 깊이 이해하게 도와줍니다. 그러므로 우리는 어려운 시기를 극복하고 성장하며, 희망과 희망으로 가득 찬 미래를 기대해야 합니다.

성공하는 사람은 내일을 위해 오늘 정확하게 요구할 줄 아는 사람입니다. 그들은 부당한 대우를 받을 때도 당당하게 자신의 권리를 지키고 시정을 요구하며, 현재의 상황을 보호합니다. 이러한 자세로 그들은 오늘의 자신을 지키면서 미래를 원하는 대로 만들어 나갑니다.

한편, 실패하는 사람은 미래를 위해 오늘을 인내한다고 생각하여 부당한 대우를 받아도 인내하며 무조건 참는 경향이 있습니다. 이로 인해 그들은 현재를 잃어버리고 결국 미래마저 손실하게 됩니다.

따라서, 성공을 원한다면 현재의 상황을 소중히 여기고 부당한 대우를 받을 때도 자신을 보호하며 요구하는 능력을 키워야 합니다. 오늘을 제대로 보호하면서 미래를 더 나은 방향으로 향하게 될 것입니다.

사람을
살리고 죽이는 마력
말의 힘

어느 봄날이었습니다. 젊은 선비 한 사람이 들길을 가고 있었습니다. 말동무가 없어서 좀 심심하여서 어디 말동무라고 없나 하여 잠시 걸음을 멈추고 둘러보았습니다. 그 때 소 두 마리로 밭을 가는 농부가 보였는데 한 마리는 누렁 소, 한 마리는 검정 소였습니다. 선비는 장난삼아 큰 소리로 물었습니다.

"여보시오 그 두 마리 중에 어느 소가 일을 더 잘하오."

이 말을 들은 농부는 쟁기를 세워 놓고 선비가 서있는 곳으로 달려왔습니다. 선비는 농부의 행동을 이상하게 여겼습니다. 그런데 더 이상한 일이 생겼는데 다가온 농부가 선비의 귀에다 대고 이렇게 말하는 것이었습니다.

"누렁 소가 더 잘 합니다."

선비는 어의가 없었습니다.

"아니 그 까짓 것을 뭐 귀에다 속삭인단 말이요."

그러자 농부는 이렇게 말했습니다.

"검정 소가 들으면 섭섭할까봐 그러오. 사람도 남만 못하다는 말을 들으면 서운하지 않소."

농부는 이 말을 한 후에 일하던 밭으로 돌아갔습니다. 선비는 농부의 뒷모습을 바라보았습니다. 저절로 고개가 숙여졌습니다. 선비는 일생 동안 그 농부의 말을 마음속에 간직하고 다른 사람의 잘못을 함부로 말하지 않았습니다. 이 교훈을 바탕으로 언제나 사람들을 너그럽게 대하였습니다. 이 선비가 바로 나중에 유명한 정승이 된 황희 선생이었습니다.

이 이야기는 말 한 마디가 사람의 마음과 행동에 어떤 영향을 미칠 수 있는지를 보여주는 것 같습니다. 처음에는 선비가 장난 삼아 한 말이지만, 농부의 답변을 통해 그의 인격과 마음가짐이 어떻게 형성되는지를 보여줍니다. 농부의 답변이 선비에게 큰 교훈을 주고, 그 교훈이 나중에 선비가 유명한 정승이 되면서 그의 행동과 태도에 영향을 미친 것입니다.

나를 변화시키는 스위치

그 사람 입장에 서기 전에는 절대로 그 사람을 욕하거나 책망하지 말아야합니다. 다른 사람들을 비난하려고 생각하기 전에 자신을 충분히 살펴보아야 합니다. 남을 잘못 비난하는 것은 위험한 불꽃입니다. 그 불꽃은 자존심이라는 화약고의 폭발을 유발하기 쉽습니다. 이 폭발은 가끔 사람의 생명까지 빼앗아갑니다. 다른 사람을 비난하거나 욕하는 것은 상대방의 입장을 충분히 이해하기 전에는 피해야 할 행동입니다. 우리는 종종 다른 사람의 행동이나 선택에 대해 완전히 이해하지 못할 수 있으며, 그 이유를 알기 전에 비난하거나 책망하는 것은 어리석은 행동일 수 있습니다. 또한, 다른 사람을 비난하거나 욕하는 것은 대개 감정적으로 과장된 반응을 초래하며, 이로 인해 갈등이 심화되거나 관계가 악화될 수 있습니다. 상호 존중과 이해를 바탕으로 대화하고 문제를 해결하는 것이 훨씬 건강한 방식입니다. 자신을 반성하고 다른 사람의 입장을 이해하려는 노력은 좋은 대인관계를 유지하고 불필요한 갈등을 피하는 데 도움이 됩니다. 그리고 어떤 상황에서도 존중과 이해의 원칙을 지키면, 우리는 보다 조화로운 사회를 만들 수 있습니다.

실천방안에 대한 요약과 구체적인 내용을 다시 한번 정리해보겠습니다.

다른 사람을 비난하거나 욕하지 않기 : 타인을 비난하거나 욕하지 않고 상대방의 입장을 이해하려는 노력을 기울이는 것이 중요합니다. 자신의 감정을 관리하고 객관적으로 상황을 판단하며, 상대방의 행동에 대한 배경과 이유를 고려해야 합니다.

자신을 충분히 살펴보기 : 타인을 비난하기 전에 자신의 입장과 감정, 행동을 돌아보는 것이 중요합니다. 상대방의 행동을 이해하고 대화를 통해 해결책을 찾기 위해서는 자신의 역할과 태도를 먼저 확인해야 합니다.

감정적인 과장을 피하기 : 감정적인 과장은 갈등을 더욱 악화시킬 수 있습니다. 객관적으로 문제를 바라보고, 상호 존중과 이해를 기반으로 대화하며 갈등을 해결하는 것이 중요합니다.

상호 존중과 이해 : 다른 사람을 존중하고 상대방의 입장을 이해하는 것은 건강한 대인관계를 유지하고 갈등을 예방하는 데 도움이 됩니다. 대화와 협력을 통해 문제를 해결하는 것이 좋습니다.

이러한 실천방안을 통해, 우리는 더 조화로운 사회를 만들고 불필요한 갈등을 피하며 더 건강하고 긍정적인 대인관계를 구축할 수 있습니다. 이러한 원칙을 일상생활에 적용하면, 보다 풍요로운 삶을 살 수 있을 것입니다.

성공하는 사람 VS 실패하는 사람

성공하는 사람은 말하는 시기와 장소를 판단하여 신중하게 대화를 진행하는 데 능숙합니다. 그들은 아무리 옳은 말이라도 상황에 맞지 않는 경우 즉시 행동하지 않고, 적절한 시간과 장소에서 다시 이야기하는 습관을 가지고 있습니다. 이로써 그들은 불필요한 갈등을 피하고, 대화를 원활하게 이끌어 나갈 수 있습니다.

한편, 실패하는 사람은 자신의 강한 성격으로 인해 말을 할 때 시기와 장소를 고려하지 않고 즉각적으로 행동하는 경향이 있습니다. 이로 인해 옳은 말임에도 불구하고 상황에 맞지 않아 야유를 받거나 다른 사람들이 그들의 의견을 듣지 않으려고 할 수 있으며, 결국 자신을 고립시키는 결과를 초래할 수 있습니다.

따라서, 성공을 원한다면 말을 할 때 상황과 대화 상대를 고려하여 신중하게 접근하는 습관을 기르는 것이 중요합니다. 말의 타이밍과 장소를 판단하는 미덕은 대인 관계를 향상시키고 성공에 도움을 줄 수 있습니다.

운명의 절반
자신을 개척해 나가는 여정
도전의 힘

미국이 경제대공황으로 어려움을 겪고 있을 때 월터 하비라는 사람이 있었습니다. 그는 직장을 얻기 위해 백방으로 노력했으나 허사였습니다. 그는 뉴욕에만 3백93개의 체인점을 가진 약국에 3백93통의 편지를 보냈습니다.

"약국에서 성실하게 일하겠습니다. 저에게 기회를 주십시오."

그러나 단 한통의 답장도 없었습니다. 월터 하비는 절망하지 않았습니다. 그는 입사 지원서를 들고 약국을 찾아갔습니다. 직원에게 자신을 소개했습니다.

"저는 월터 하비입니다"

담당직원은 밝은 미소를 지으며 그를 맞았습니다.

"찾아오실 줄 알았습니다. 이곳에 선생님이 보낸 3백93통의 편지를 모아놓았습니다. 우리는 선생님처럼 적극적인 분을 찾고 있었습니다."

이 이야기는 월터 하비의 인내와 결심, 그리고 적극성을 강조하고 있습니다.

경제 대공황 시기에 그의 처지가 어려웠지만, 그는 힘들게도 393개의 약국에 지원서를 보내고 또 직접 방문하여 자신의 뜻을 표현했습니다. 이러한 노력과 진취적인 태도가 결국에는 원하는 일자리를 얻을 수 있었던 것입니다.

나를 변화시키는 스위치

아침에 일찍 일어나지 않으면 그날 일을 다할 수가 없습니다. 오늘 일을 오늘 하지 않고 내일로 미루기 시작하면 결국 시대의 물결을 쫓지 못하고 뒤떨어지게 됩니다. 많은 사람들이 그에게 주어진 기회를 잡지 못함은 오늘 일을 내일로 미루기 때문입니다.

봄에 갈지 않으면 가을에 거둘 것이 없습니다. 사람들이 늘 새로운 마음으로 진실되고 보람있는 생활로 들어서려고 결심을 하고서는 막상 실행하지 못함은 의지가 약한 탓입니다. 굳은 의지가 없이는 아무 것도 할 수 없다는 것을 깨달아야 합니다. 의지가 약한 것은 인내력이 부족한 탓입니다. 기회는 노력하는 사람에게 주어집니다. 적극적인 사고방식을 가진 사람에게는 기회의 문이 항상 열려 있습니다. 우리의 삶은 기회로 가득 차 있습니다. 어떤 것은 우리 자신이 만들어 낸 것이고 어떤 것은 운명이 내려 주는 것이기도 합니다.

그러나 그 기회를 잡느냐 못 잡느냐 하는 것은 순전히 우리 자신에게 달려 있습니다. 시간 관리, 의지력, 책임감, 그리고 적극적인 사고방식은 성공과 성취를 위해 중요한 요소입니다. 목표를 미루지 않고 즉각적으로 행동에 옮기는 것은 성공을 이루는 핵심 중 하나입니다. 또한, 기회를 잡는 것은 우리의 노력과 인내력과도 관련이 있습니다. 자신을 계발하고, 노력하며, 꾸준하게 힘을 기르는 것이 중요합니다. 기회는 자주 우리 앞에 있지만, 그것을 인지하고 활용하는 것은 우리에게 달려있는 일입니다.

마지막으로, 운명과 우리 자신의 노력 사이에는 상호 작용이 있습니다. 어떤 상황은 우리의 선택과 행동에 따라 바뀔 수 있으며, 운명 또한 우리의 노력과 태도에 영향을 받을 수 있습니다. 따라서 우리는 항상 긍정적인 태도와 노력을 통해 삶의 기회를 최대한 활용하고 더 나은 미래를 만들어 나갈 수 있습니다.

자신 스스로 개척해 나가는 절반의 운명을 실천하기 위한 몇 가지 방안은 다음과 같습니다.

일을 미루지 않기 : 오늘 할 수 있는 일은 오늘 바로 시작하려는 노력을 기울여야 합니다. 일을 미루다 보면 기회를 놓칠 수 있으며, 지속적으로 일을 미루는 습관은 성취를 방해합니다.

목표를 세우고 계획하기 : 어떤 목표를 달성하려면 명확한 계획이 필요합니다. 목표를 설정하고 그에 따른 작업 계획을 세우는 것이 중요합니다. 계획을 통해 일의 방향성을 잃지 않고 효율적으로 진행할 수 있습니다.

자기 관리 : 시간 관리와 자기 관리는 성공을 위한 중요한 요소입니다. 우선순위를 정하고 시간을 효율적으로 활용하며, 자신을 동기부여하여 작업을 완료하는 것이 필요합니다.

인내와 의지력 강화 : 어려움에 부딪히거나 실패할 때에도 인내심을 가지고 계속 노력하는 것이 중요합니다. 의지력을 키우고 장기적인 목표에 집중하는 것은 개척해 나가는 데 도움이 됩니다.

적극적 사고방식 채택 : 긍정적인 마음가짐과 적극적인 사고방식은 새로운 기회를 찾고, 어려움을 극복하는 데 도움을 줍니다. 주어진 상황에서 긍정적인 면을 찾아보고 적극적으로 대응하는 습관을 기르는 것이 중요합니다.

기회를 찾아 다니기 : 기회는 자주 우리 주변에 있습니다. 다양한 경로로 기회를 찾아보고, 놓치지 않도록 노력해야 합니다. 다른 사람들과의 연결과 네트워크도 기회를 찾는 데 도움이 됩니다.

운명과 노력의 상호작용 이해 : 우리의 노력과 태도가 운명에 영향을 미칠 수 있다는 것을 이해합니다. 운명이 아무리 어려워 보여도, 끈기와 노력으로 그것을 개척하고 바꿀 수 있는 가능성이 있습니다.

이러한 방안을 실천함으로써, 우리는 스스로의 미래를 개척하고 더 나은 삶을 만들어 나갈 수 있을 것입니다. 절반은 운명에 달려 있지만, 나머지 절반은 우리의 선택과 노력에 달려 있으며, 이를 통해 우리는 자신만의 길을 개척할 수 있습니다.

성공하는 사람 VS 실패하는 사람

성공하는 사람은 운명은 자신에게 달려 있는 부분도 있다고 믿습니다. 그들은 운명이란 자신이 어떻게 행동하느냐에 따라 개척할 수 있다고 믿으며, 원하는 방향으로 운명을 진행시키기 위해 노력합니다. 그들은 신의 부여한 운명과 자신의 행동이 상호작용한다고 생각하며, 자신의 힘으로 운명을 개척하려고 합니다.

한편, 실패하는 사람은 운명이 이미 정해져 있다고 생각하여 적극적으로 개척하려고 노력하지 않는 경향이 있습니다. 그들은 운명을 탓하거나 다른 사람에게 의존하려는 경향이 있어 자신의 운명을 스스로 개척하지 못합니다.

따라서, 성공을 원한다면 운명을 자신의 힘으로 개척하고 원하는 방향으로 나아가려는 노력이 필요합니다. 자신의 노력과 결정이 운명을 형성하는 데 중요한 역할을 한다는 사실을 인식하고 이를 실천해야 합니다.

남을 생각하여
나를 행복하게 해주는
배려의 힘

어떤 사람이 좋은 옥수수 씨를 구해서 자기 밭에 뿌렸습니다. 그리고 이웃에 자랑도 하며 열심히 옥수수를 키웠습니다. 그런데 그에게 문제가 생겼습니다. 옥수수가 좋은 질을 유지하면서 성장하지 않았던 것입니다. 상심한 그가 다시 밭을 둘러보고 있자니 바람이 불면서 이웃의 꽃가루가 자기 밭으로 날아 들어와 결국 이웃의 질 나쁜 옥수수가 질 좋은 옥수수의 성장에 지장을 준 것이었습니다. 이러한 사실에 직면한 그는 얼마 후 자기 집의 질 좋은 옥수수 씨앗을 한 부대 가지고 나가서 이웃에게 나누어 주었습니다. 주위의 옥수수씨가 나쁘고서는 자기의 옥수수를 잘 기를 수가 없었기 때문입니다.

이 이야기는 배려와 공동체 의식의 중요성을 강조하고 있습니다. 처음에는 자기의 이익만 생각하며 옥수수를 키우던 사람이 결국에는 이웃의 옥수수 퀄리티가 자신의 작물에 영향을 미친다는 것을 깨닫고, 자신의 이익을 포기하고 이웃과 나누어 주는 희생을 하게 됩니다. 배려는 다른 사람을 생각하며 행동하는 것입니다. 배려는 상대방의 입장에서 생각하고 그들의 감정을 이해하려는 마음에서 시작됩니다. 배려를 통해 상대방에게 힘이 되어주고, 그들의 삶을 더욱 풍요롭게 만들 수 있습니다.

나를 변화시키는 스위치

남을 싫어하고 재미없게만 생각하는 사람은 남에게 싫음을 받고 재미없다고 대우받는 사람보다 오히려 더 불행합니다. 인간의 모든 기쁨이나 즐거움은 다른 사람과 화합함으로써 생기는 것이기 때문에 아무리 재물이 많고 유식하고 잘 생기고 지혜롭다 하더라도, 무인도에 가서 혼자 살다 보면 알 것입니다. 누군가와 함께 하면 혼자 하는 것보다 효과적이고 포기하지 않습니다. 사실 우리 이웃이 잘 되는 것은 바로 내게도 유익합니다. 장사를 할 때 남들도 잘 벌어야 돈이 돌아서 나도 잘 됩니다.

다른 사람과의 관계와 상호작용은 우리 삶에서 중요한 역할을 합니다. 다른 사람과의 긍정적인 관계는 우리의 행복과 만족감을 증진시킬 뿐만 아니라, 문제를 해결하고 목표를 달성하는 데도 도움이 됩니다. 타인과의 협력은 많은 측면에서 이점을 제공합니다. 함께 일하면 더 많은 아이디어와 지식을 얻을 수 있으며, 그 결과 효율성과 창의성이 증가합니다. 또한, 상호간에 지지와 협력을 주고받으면 어려운 시기에 서로에게 도움이 되며, 삶의 부족한 부분을 보완할 수 있습니다.

또한, 다른 사람들의 성공과 행복은 종종 우리 자신에게도 긍정적인 영향을 미칩니다. 남들이 잘 되는 것은 전체적으로 사회와 환경을 향상시키며, 이로써 우리에게도 돌아올 수 있습니다. 따라서 다른 사람들과의 화합과 협력을 통해 더 풍요로운 삶을 살고, 상호간에 지지와 배려를 나누며 더 행복한 삶을 즐길 수 있습니다.

남을 생각하여 나를 생각하는 배려를 실천하는 방안은 다음과 같습니다.

자기 인식과 성장 : 남을 배려하고 협력하는 데는 먼저 자기 자신을 이해하고 개발하는 것이 중요합니다. 자기 인식을 향상시키고 자기 성장에 노력을 기울여서 남을 도울 수 있는 능력을 키웁니다.

소통과 이해 : 남을 배려하려면 상대방을 이해하는 것이 중요합니다. 적극적으로 듣고 공감하는 능력을 키우며, 의사소통을 통해 서로의 요구사항과 관심사를 이해하려고 노력합니다.

도움의 손 내밀기 : 다른 사람이 도움이 필요할 때, 자발적으로 도움의 손을 내밀어 줍니다. 작은 일이라도 상대방에게 도움이 될 수 있는 기회를 놓치지 않습니다.

감사 표현 : 남의 도움을 받았을 때, 감사의 마음을 표현하는 것이 중요합니다. 간단한 "감사합니다"라는 말 한마디가 상대방에게 큰 의미를 줄 수 있습니다.

타인의 성공과 행복을 축하 : 다른 사람의 성공과 행복을 기뻐하고 축하합니다. 이러한 긍정적인 태도는 상호간의 관계를 강화시키고 신뢰를 쌓아줍니다.

공동체 참여 : 지역 사회나 단체에서 자원봉사 봉사활동에 참여함으로써 다른 사람들과 함께 더 나은 공동체를 만들 수 있습니다.

자신을 포함한 모든 존재에 대한 존중 : 배려는 인간뿐만 아니라 모든 존재에 대한 존중과 배려를 포함합니다. 환경보호와 동물 복지 등에도 신경을 쓰며 지속가능한 삶을 실천합니다.

자신의 행동을 반성 : 자신의 행동과 태도를 반성하고 다른 사람에게 어떤 영향을 미치는지 고려합니다. 남을 해치지 않는 행동과 태도를 취하려고 노력합니다.

인내와 이해 : 다른 사람들과의 관계에서 인내심을 가지고 이해하려 노력합니다. 모든 사람이 완벽하지 않으며, 각자의 상황과 배경이 있습니다.

긍정적인 사이클 유지 : 남을 배려하고 도와주는 행동은 종종 긍정적인 사이클을 만들어냅니다. 남을 배려하면 상대방도 마찬가지로 배려하고 협력하려는 자세를 보일 가능성이 높아집니다.

이러한 배려의 원칙과 실천 방안을 통해 남을 생각하며 나 자신도 풍요로운 삶과 만족을 찾아갈 수 있을 것입니다. 배려와 협력은 상호간의 관계를 강화시키고 더 나은 세상을 만드는 데 기여합니다.

성공하는 사람 VS 실패하는 사람

성공하는 사람은 남을 배려함으로써 자신 또한 배려 받을 수 있다는 원리를 이해하고 실천하는 사람입니다. 그들은 다른 사람을 배려하는 것을 망설이지 않으며, 이러한 배려의 행동이 자신에게 돌아올 것을 겸허하게 받아들입니다. 이런 과정을 통해 그들은 다시 다른 사람에게 더 많은 배려를 베풀고, 이는 성공과 긍정적인 대인 관계를 촉진합니다.

한편, 실패하는 사람은 주로 자신만을 배려하려는 이기주의적인 태도를 취하며 다른 사람을 배려하는 것을 소홀히 합니다. 이로 인해 다른 사람들도 마찬가지로 그에게 배려를 베풀기를 망설이게 되어 결국 자신도 배려를 받지 못하는 상황을 만들 수 있습니다.

따라서, 성공을 원한다면 남을 배려하고 도움을 주며 긍정적인 대인 관계를 유지하는 것이 중요합니다. 상호 배려와 협력은 성공과 행복에 필수적인 요소 중 하나입니다.

사랑의 마법
가장 어려운 상황도 이겨낼 수 있는
사랑의 힘

어떤 성을 점령한 적의 장군이 성 내에 있는 사람들에게 다음과 같은 명령을 내렸습니다.

"이 성 내에 있는 부녀자와 어린이는 가장 귀중한 보물을 하나만 가지고 오늘 자정 안으로 나가라."

이 명령을 들은 부녀자와 어린이는 자신이 가장 아끼는 보물 하나씩을 들고 남편이, 아빠가 적의 칼에 숨질 것을 생각하면서 통곡을 하며 성밖으로 나갔습니다. 그런데 한 여인이 큰 마대자루를 등에 업고 기의 질질 끌다시피 성문을 빠져나가려고 했습니다. 이를 수상히 여긴 장군이 마대자루를 풀어 보았더니 그 여자의 남편이 그 자루에 들어 있었습니다. 적의 장군은 호통을 쳤습니다.

"담도 크구나, 너마저 죽고 싶으냐?"

그러자 여인이 분명한 목소리로 말했습니다.

"장군께서는 약속하시기를 "가장 귀중한 보물" 하나를 들고 나가라고 했지 않았습니까? 제가 업은 이것은 장군에게는 하찮은 것이오나 제게는 가장 귀중한 보물입니다. 약속을 지켜 주십시오."

그러자 장군이 그 여인의 마음에 감동하여 그대로 내 보냈습니다.

이 이야기는 때로 우리가 사랑과 희생을 통해 어려운 상황을 극복하고 더 큰 선을 이룰 수 있다는 중요한 교훈을 전달합니다. 사랑과 이타적인 행동은 때로는 놀라운 결과를 낳을 수 있으며, 우리 주변의 사람들과 조화롭게 살아가는데 중요한 가치를 제공합니다.

나를 변화시키는 스위치

사랑은 그 안에 고귀함을 지니고 있습니다. 곧 남의 좋은 점을 인정하고 그를 소중히 여기고 높이 평가한다는 사실을 상대방에게 느끼게 합니다. 사랑은 인간이 선천적으로 지닌 폭력을 완화해 주고 불쾌한 것들을 멀리함으로써 불행과 고통을 덜어줍니다.

이러한 자세는 이웃에게 참다운 삶을 살게 하고 고통스런 환경을 무난히 극복하게 하며, 그의 내적 상처와 피해를 생각하면서 그의 존엄성을 인정하는 것입니다. 만일 우리 인생이 단지 5분밖에 남지 않았다는 사실을 안다면, 우리 모두는 공중전화 박스로 달려가 자신의 소중한 사람들에게 전화할 것입니다. 그리고는 더듬거리며 그들에게 사랑한다고 말할 것입니다. 우리에게 가장 귀중한 보물, 그것은 물질이 아니라 사랑하는 사람들입니다.

사랑은 고귀한 감정 중 하나입니다. 사랑은 우리를 더 나은 사람으로 만들고, 다른 사람을 소중하게 여김으로써 우리의 관계와 삶을 더 풍요롭게 만들어줍니다. 또한, 사랑은 우리의 존재를 의미 있게 만들며, 고통과 어려움을 함께 견뎌내는 데 큰 힘을 제공합니다. 사랑은 자아를 넘어서 다른 사람을 존중하고 배려하며, 그들의 무한한 가치를 이해하는 것을 의미합니다.

이러한 자세는 우리의 사회와 인간관계를 더 조화롭게 만들고, 다른 사람들에게도 영감을 주며 선한 영향력을 미칠 수 있습니다. 또한 사랑하는 사람들과 함께 보내는 순간들은 우리 삶에서 가장 귀중한 순간들 중 하나입니다. 이 순간들을 소중히 여기고, 언제나 사랑과 감사의 마음을 표현하는 것은 행복하고 의미 있는 삶을 살기 위해 중요합니다.

사랑은 우리 삶에서 가장 강력한 힘 중 하나로, 어떤 어려운 상황도 극복할 수 있는 힘을 부여합니다. 사랑을 실천하고 느끼는 방안은 다음과 같습니다.

인내와 이해 : 사랑은 상대방을 이해하고 그들의 감정과 상황을 공감하는 것에서 시작됩니다. 상대방의 어려움을 이해하고 그들을 지지하는 것은 사랑의 첫걸음입니다.

존중과 배려 : 상대방을 존중하고 배려하는 자세는 사랑의 핵심입니다. 그들의 의견과 가치를 존중하며, 그들을 위해 신경 쓰고 돌봐주는 것이 중요합니다.

긍정적인 태도 : 긍정적인 태도는 어떤 어려운 상황에서도 사랑을 유지하는 데 도움이 됩니다. 희망과 낙관주의는 어려움을 극복하고 함께 성장하는 데 도움을 줍니다.

소통 : 소통은 사랑과 이해를 강화하는 중요한 도구입니다. 상대방과 열린 대화를 통해 감정과 생각을 솔직하게 나누고 의사소통 능력을 키웁니다.

자기 희생 : 때로는 상대방을 위해 자신을 희생하는 것이 사랑의 표현입니다. 상대방을 위해 힘들게 일하고 노력하며, 그들의 행복을 우선시하는 것은 사랑의 실천입니다.

감사 표현 : 상대방에 대한 감사의 마음을 표현하는 것은 사랑을 느끼게 합니다. 간단한 "사랑해요."나 "고마워요."라는 말 한마디가 큰 의미를 지닙니다.

존중과 관용 : 상대방의 차이를 존중하고 이해하며, 실수를 용서하고 관용적으로 대하는 것이 사랑의 일부입니다.

희생적인 사랑 : 가족, 친구, 연인, 그리고 사회적 그룹과의 관계에서 희생적인 사랑을 실천합

니다. 상대방의 행복과 안녕을 위해 자신을 희생하는 것은 사랑의 깊이를 나타냅니다.

자기 사랑 : 마지막으로, 자기 사랑도 중요합니다. 자신을 사랑하고 존중하는 자세는 다른 사람을 사랑하는 데 기반이 됩니다.

사랑은 우리의 삶을 풍요롭게 하며 어떤 어려운 상황도 극복할 수 있는 힘을 부여합니다. 사랑은 우리의 관계를 강화하고 성장하며, 무엇보다도 우리를 행복하게 만들어 줍니다. 이러한 사랑의 힘을 느끼며, 사랑을 실천하여 우리 주변의 세상을 더 나은 곳으로 만들어 나갈 수 있기를 바랍니다.

성공하는 사람 VS 실패하는 사람

성공하는 사람은 사랑과 자비의 힘을 이해하고 실천하는 데 주력합니다. 그들은 자신의 행복뿐만 아니라 다른 사람들의 행복을 위해 노력하며, 사랑과 자비의 원칙을 실천합니다. 이러한 태도는 그들이 행복을 찾는 것뿐만 아니라 주변 사람들도 행복하게 만듭니다.

반면, 실패하는 사람은 사랑과 자비를 실천하지 않는 경향이 있습니다. 그들은 자기 중심적이며 다른 사람들을 배려하지 않아 다른 사람들을 불행하게 만들고, 결과적으로 자신의 삶까지 불행하게 만들 수 있습니다.

따라서, 성공을 원한다면 사랑과 자비의 가치를 이해하고 다른 사람들과의 관계에서도 이를 실천하는 것이 중요합니다. 사랑과 자비를 실천하면 행복과 성공을 더 쉽게 달성할 수 있을 것입니다.

자신감의 성장
능력을 더욱 커지게 하는
자신감의 힘

정신병 학자인 하들필드가 밝힌 실험결과는 대단히 흥미롭습니다. 그의 실험은 사람의 정신 암시가 육체의 힘에 얼마만한 영향을 주는 가에 대한 것이었습니다.

3명의 남자에게 보통의 상태에서 힘껏 악력계를 쥐게 하였을 때 그들의 평균 약력은 101파운드였는데 당신은 참으로 약하다고 암시를 준 후 다시 재어보았더니 경우 29파운드로 보통 힘의 1/3 이하로 떨어졌다고 합니다. 이번에는 당신은 강하다는 암시를 준 후 재어 보았더니 무려 142파운드에 달하는 결과가 나왔습니다. 이 실험은 나도 강하다는 적극적인 정신 상태로 충만해지자 그들의 체력은 소극적이고 부정적이었던 상태 때보다 무려 500%나 그 힘이 증가했다는 것을 밝혀줍니다.

이 실험결과는 자신감과 정신적인 상태가 어떻게 우리의 능력과 성과에 영향을 미치는지를 강력하게 보여줍니다. 자신감 있는 상태에서 사람들은 더 많은 능력을 발휘하고 힘을 발휘할 수 있습니다. 이것은 자신감의 힘이 우리의 능력을 끌어올리고 우리를 성공으로 이끌어 갈 수 있는 중요한 요소임을 나타냅니다. 또한 이 실험결과는 우리의 생각과 태도가 어떻게 실제 능력에 영향을 미칠 수 있는지를 강조하며, 긍정적인 자아 이미지와 자신감을 키우는 것이 개인 및 직업적인 성공을 이루는데 중요한 역할을 한다는 것을 보여줍니다.

나를 변화시키는 스위치

자신감은 성공으로 이끄는 제1의 비결입니다. 자신에게 그 같은 힘이 있을까 주저하지 말고 앞으로 나아갑니다. 자신은 할 수 없다고 생각하고 있는 동안은 그것을 하기 싫다고 다짐하고 있는 것입니다. 그러므로 그것은 실행되지 않는 것입니다. 난 약하다, 난 못한다는 마음으로 포기하려는 유혹만큼 우리를 쉽게 쓰러뜨리는 것도 없습니다. 자신의 생각을 "난 강하다, 난 해낼 수 있다."는 마음으로 바꾸기만 한다면 당신의 삶은 좀 더 좋은 방향으로 전개되어 나갈 것입니다.

자신감은 성공과 긍정적인 변화를 이루는데 핵심적인 역할을 합니다. 자신감을 갖는 것은 성취와 성공을 추구하는데 있어서 중요한 출발점 중 하나입니다. 자신에 대한 믿음이 없다면 어떤 일도 시작하지 않거나 도중에 포기하는 경향이 생길 수 있습니다. 반면에 자신감이 있다면, 어려운 도전에도 불구하고 계속해서 노력하고 끈질기게 목표를 향해 나아갈 수 있습니다.

또한, 자신감은 긍정적인 자기 이미지를 구축하고 자아존중감을 향상시키는데 도움이 됩니다. 자신을 믿고 자신의 능력을 인정하는 것은 자아에 대한 긍정적인 태도를 유지하는데 중요합니다. 마지막으로, 자신감은 마음의 상태를 크게 영향을 미치며, 이를 통해 삶을 더 긍정적으로 바라볼 수 있게 합니다. 따라서 자신에게 자신감을 갖도록 노력하고, "난 강하다, 난 해낼 수 있다."는 긍정적인 생각을 갖는 것은 성공과 행복한 삶을 향한 첫걸음입니다.

자신감은 성공과 긍정적인 변화를 이끄는 핵심적인 힘 중 하나입니다. 자신감을 키우고 유지하는 데 도움이 되는 몇 가지 방법과 관련 이점을 더 자세히 알아보겠습니다.

자신감을 키우기 위한 방법

목표 설정 : 명확하고 현실적인 목표를 설정하고, 그 목표를 달성하기 위한 계획을 세우세요. 목표를 향해 나아가는 과정에서 성취감을 느끼면서 자신감을 키울 수 있습니다.

자기 언어 개선 : 부정적인 자기 대화를 긍정적인 대화로 바꾸세요. 자신에게 긍정적으로 이야기하고, 자주 "나는 할 수 있다."라고 자기에게 말해보세요.

자기 스스로 돌봐주기 : 몸과 마음을 건강하게 유지하세요. 충분한 휴식을 취하고, 규칙적인 운동과 영양 있는 식사를 통해 자신의 에너지와 자신감을 높이세요.

자기 성장과 교육 : 새로운 기술을 배우거나 새로운 경험을 즐기며 자기 성장을 촉진하세요. 더 나은 버전의 자신을 발견하고 발전시키는 것은 자신감을 키우는데 도움이 됩니다.

긍정적인 환경 : 주변 환경에 긍정적인 영향을 받을 수 있는 사람들과 시간을 보내세요. 지지와 격려를 받으면 자신감을 높일 수 있습니다.

자신감이 가지는 이점

목표 달성 : 자신감이 있는 사람들은 목표를 더 쉽게 설정하고 달성합니다. 어려운 도전에도 끈질기게 노력하며 자신감을 가지고 나아갑니다.

자아 존중 : 자신감은 자아 존중을 높이는 데 도움이 됩니다. 자신을 믿고 존중하는 자세는 자신과 타인 사이의 건강한 관계를 촉진합니다.

긍정적인 태도 : 자신감이 있는 사람들은 긍정적인 마음가짐을 유지하며 어려움을 긍정적으로 대처합니다. 이는 스트레스를 줄이고 행복한 삶을 살도록 돕습니다.

자신감은 타인에게도 영향을 미침 : 자신감 있는 사람은 주변 사람들에게도 긍정적인 영향을 미칩니다. 자신감을 키워 나가는 모습은 다른 사람들에게 도움이 될 수 있습니다.

자신감은 성공과 행복한 삶을 이루는 핵심적인 요소 중 하나입니다. 그것은 어려운 도전에도 불구하고 자신을 믿고 나아갈 수 있는 힘을 부여합니다. 자신감을 키우기 위해 긍정적인 자기 대화, 목표 설정, 건강한 생활습관, 지지 시스템을 활용하세요. 이를 통해 더 나은 자신과 더 나은 미래를 창조할 수 있습니다.

성공하는 사람 VS 실패하는 사람

성공하는 사람은 자신이 가진 것이 부족하다고 느껴도 긍정적으로 자신감을 가지며 생활합니다. 이로써 어려운 상황에 처해도 자신의 행복을 유지할 수 있는 능력을 갖추고 있습니다.

반면에 실패하는 사람은 많은 것을 가지고 있음에도 불구하고 부정적이고 소극적인 태도를 가질 수 있습니다. 그들은 평범한 일상 속에서도 불행을 불러오며 어려운 상황에 직면하면 깊은 불행의 감정에 빠지는 경향이 있습니다.

따라서 성공을 원한다면 긍정적인 태도와 자신감을 갖추는 것이 중요하며, 가진 것에 감사하며 긍정적으로 생활하는 습관을 기를 필요가 있습니다. 이는 어려움을 극복하고 행복을 유지하는 데 도움이 될 것입니다.

습관의 마법
행운과 부를 부르는
습관의 힘

"미국 조지아주립대학의 경제학 박사 토머스 스탠리 교수가 '부의 세습'에 대한 연구결과를 발표했습니다. 그는 최근 20년 동안 미국을 움직이는 백만 장자들의 성장과정과 그들의 부의 상관관계에 대하여 연구하였습니다. 그 결과 미국의 재벌 중 80%는 중산층 또는 노동자 출신이었습니다. 부모로부터 기업을 물려받은 부자들은 겨우 20%에 불과했습니다. 그런데 자수성가한 사람들의 공통점은 부모로부터 '유산' 대신 '좋은 습관'을 물려받았습니다. 그들은 '근면, 성실, 정직, 용기, 신앙' 등 정신적 유산을 가장 소중하게 여겼습니다.

이 연구결과는 습관과 성공 사이의 강력한 상관관계를 강조하고 있습니다. 습관은 우리의 행동과 생활 방식을 지배하며, 올바른 습관을 형성하고 유지함으로써 성공을 창출하는데 큰 역할을 할 수 있습니다. 또한 이러한 긍정적인 습관은 부의 증대와 관련이 있을 수 있음을 나타냅니다.

일상적으로 근면하고 성실하게 노력하며, 정직하고 용기있게 행동하며, 신앙과 목표를 가지고 노력하는 습관은 성공을 이루는 데 중요한 역할을 합니다. 이러한 습관은 금전적인 부와 더불어 삶의 품질을 향상시키는 데도 도움을 줄 수 있습니다. 따라서 습관의 힘을 이해하고 긍정적인 습관을 형성하는 것은 성공과 풍요로운 삶을 구축하는 데 중요합니다.

나를 변화시키는 스위치

노력을 중단하는 것보다 더 위험한 것은 없습니다. 그것은 습관을 잃어버립니다. 습관은 버리기는 쉽지만, 다시 들이기는 어렵습니다. 누구나 결점이 그리 많지는 않습니다. 결점이 여러 가지인 것으로 보이지만 근원은 하나입니다. 한 가지 나쁜 버릇을 고치면 다른 버릇도 고쳐집니다. 한 가지 나쁜 버릇은 열 가지 나쁜 버릇을 만들어낸다는 것을 잊지 말아야합니다.

만일 의식적으로 좋은 습관을 형성하려고 노력하지 않으면 자신도 모르는 사이에 좋지 못한 습관을 지니게 됩니다. 습관은 우리 삶에서 매우 중요한 역할을 하며, 긍정적인 습관을 형성하거나 나쁜 습관을 고치는 것은 자기 성장과 성공을 위해 중요한 단계 중 하나입니다.

나쁜 습관을 버리기 어렵다는 것은 많은 사람들이 경험하는 현실입니다. 습관은 우리의 무의식적인 행동을 결정하는데, 그래서 버리기 어려운 것입니다. 의지력과 꾸준한 노력을 통해 원하는 습관을 형성할 수 있습니다. 나쁜 습관을 고치는 것이 좋은 습관 형성에 도움이 되는 이유는 습관은 하나의 체계로 동작하기 때문입니다. 한 번 나쁜 습관을 고치면, 이러한 습관의 근원적인 원인에 대한 인식이 높아지고, 이를 바탕으로 다른 나쁜 습관도 고치는 데 도움이 됩니다.

마지막으로, 습관은 무의식적인 행동을 지배하므로 주의하고 의식적으로 긍정적인 습관을 형성하려는 노력이 필요합니다. 의식적인 노력을 통해 우리는 습관을 제어하고 원하는 방향으로 이끌 수 있으며, 이는 우리의 성장과 발전에 큰 도움을 줄 것입니다.

좋은 습관은 행운과 부를 부르는 중요한 역할을 합니다. 습관은 우리의 일상적인 행동과 생각을 지배하며, 긍정적인 습관을 형성하면 자신의 삶을 개선하고 성공을 이룰 수 있습니다. 아래에서 좋은 습관이 행운과 부를 어떻게 부르는지에 대해 논의하겠습니다.

근면과 성실 : 근면하고 성실한 습관을 가진 사람들은 노력하고 일을 미루지 않으며, 업무에 최선을 다합니다. 이러한 습관은 성과를 향상시키고 진정한 성취를 이루는 데 도움이 됩니다.

정직과 신뢰 : 정직하게 행동하고 다른 사람들과의 관계에서 신뢰를 쌓는 것은 긍정적인 습관입니다. 신뢰는 비즈니스와 개인 생활에서 핵심적인 가치 중 하나이며, 신뢰를 쌓는 것은 장기적인 성공에 기여합니다.

용기와 도전정신 : 용기를 가지고 새로운 도전에 나서고, 편안한 영역을 벗어나는 것은 성장과 발전을 이루는데 필수적입니다. 이러한 습관은 새로운 기회를 찾고 성공을 추구하는데 도움이 됩니다.

신앙과 긍정적인 태도 : 긍정적인 신념과 태도를 가지는 것은 어려움을 극복하고 긍정적인 에너지를 유지하는 데 도움이 됩니다. 자신과 미래에 대한 긍정적인 신념은 성공을 이루는데 기여합니다.

지속성과 꾸준한 노력 : 좋은 습관을 형성하려면 지속성과 꾸준한 노력이 필요합니다. 습관을 고치거나 형성하는 과정은 즉각적인 성과를 내놓지 않을 수 있지만, 오랜 기간 동안 지속적으로 노력하면 큰 변화를 이룰 수 있습니다.

긍정적인 소셜 네트워크 : 긍정적인 습관을 형성하고 유지하는 데 도움이 되는 것 중 하나는 긍정적인 사람들과 함께 시간을 보내는 것입니다. 긍정적인 소셜 네트워크는 영향력을 주고받으며 성장하는 데 도움을 줄 수 있습니다.

자기 관리 : 자신의 건강과 시간을 효과적으로 관리하는 것은 부를 쌓는데 중요한 습관입니다. 건강한 습관과 시간 관리는 생산성을 높이고 미래에 대한 준비를 돕습니다.

좋은 습관을 형성하고 이를 일상 생활에 적용하는 것은 부와 행운을 부르는 길 중 하나입니다. 이러한 습관은 자기 성장과 성공을 위한 필수적인 도구로 작용하며, 오랜 기간 동안 지속되는 긍정적인 결과를 가져올 수 있습니다. 따라서 좋은 습관을 형성하고 유지하는 노력은 풍요로운 삶과 긍정적인 변화를 이루는 데 큰 역할을 합니다.

성공하는 사람 VS 실패하는 사람

성공하는 사람은 어떤 어려운 상황에 처해 있더라도 자신의 행복을 중요하게 생각하며, 오늘을 행복하게 만들기 위해 노력하는 사람입니다. 그들은 스스로의 길을 선택하고 나쁜 습관을 개선하여 더 나은 삶을 살기 위해 노력합니다.

한편, 실패하는 사람은 자신의 존재 가치나 행복에 무관심한 경향이 있습니다. 그들은 자신이 행복해질 수 있는 기회를 놓치고, 자신을 불행하게 만드는 행동이나 생각을 유지하는 경우가 많습니다.

따라서 행복은 성공과 긍정적인 삶의 핵심 요소 중 하나이며, 성공을 원한다면 자신의 행복을 중요시하고 이를 위해 노력하는 것이 중요합니다.

어려운 상황에서도
성공의 원동력인
신념의 힘

어느 무더운 여름날 한 사나이가 냉동칸에 들어갔습니다. 그런데 갑자기 문이 닫혀버렸습니다. 칠흑 같은 어둠에 쌓여 그는 당황하면서 어쩔 줄을 몰랐습니다. 그는 있는 힘을 다하여 문을 밀어보고 걷어차 보았으나 요지부동이었습니다. 소리를 지르며 벽을 두드려 보았으나 아무 소용이 없었습니다. 그는 낙심하여 "이러한 상황에서 살아남은 사람은 한 사람도 없을 것이다. 나는 이제 꼼짝없이 죽었다"고 생각하였습니다.

"나의 몸은 점점 차가워 지기 시작한다. 나는 더 이상 견딜 수가 없다. 죽음이 다가오고 있다. 이제는 그 죽음의 그림자가 나를 덮기 시작한다. 이 글이 나의 마지막 글이 될 것이다."

사람들이 그를 발견했을 때 그는 이미 죽어있었습니다. 그러나 놀라운 사실은 그 냉동칸은 한달 가까이 작동해 본 적이 없었고 지금도 작동하지 않고 있었다는 일입니다. 냉동칸 안에는 아직도 삶이 살아 남기에 충분한 산소가 있었습니다. 그리고 놀라운 것은 냉동칸의 최저 기온이 섭씨 15도여서 사람이 적응하기에 알맞은 온도였다는 것입니다. 그럼에도 그 사람은 죽어있었습니다.

이 이야기는 어떤 특별한 상황에서도 인간의 내면적인 강인함과 신념의 힘을 강조하는 것으로 보입니다. 그 사람이 냉동칸에 갇혀 산소와 온도의 측면에서는 살아남을 수 있는 환경에 있음에도 불구하고 그가 죽은 이유는 내면적인 힘과 신념의 부재로 해석될 수 있습니다.

어떤 상황에서도 신념과 희망을 잃지 않고, 어떤 어려움에도 굴하지 않는 내면적인 힘은 생존과 성공에 중요한 역할을 합니다. 이런 신념의 힘은 어려운 상황에서도 힘을 내어 극복하고, 더 나아가 성공을 이루는 원동력이 될 수 있습니다. 이 이야기는 어떤 상황에서도 신념과 내면적인 힘을 강화하는 중요성을 강조하는 것으로 해석할 수 있습니다.

나를 변화시키는 스위치

사람은 지금과 다른 어떤 변화를 싫어하고 두려워하는 잠재의식 때문에 더 발전할 수 있는 새로운 환경 앞으로 나가지 못하고 있습니다. 그러나 인생은 한 자리에서 서있는 것이 아니고 앞으로 걸어가는 것입니다. 만약, 당신에게 그 일은 절대 성공한다는 보장을 누가 확실히 해준다면, 당신은 서슴지 않고 나설 것입니다. 남의 힘을 바라지 말고, 당신의 신념을 믿어야합니다. 굳은 신념이 당신의 새로운 성공을 보장합니다.

변화와 미래의 불확실성으로부터 두려움을 느끼는 것은 인간의 자연스러운 반응이지만, 성장과 성공을 위해서는 이러한 두려움을 극복해야 합니다. 신념과 자신감은 변화와 도전에 대처하는 데 큰 역할을 합니다. 우리가 믿는 것과 그것에 대한 열정은 우리의 힘과 동기부여의 원천이 됩니다. 만약 어떤 일을 향해 굳은 신념과 열정을 갖고 있고, 그 일이 당신의 목표와 가치에 부합한다면, 그것은 성공으로의 길을 열어줍니다. 또한, 다른 사람의 지원은 중요하지만, 자신의 믿음과 노력이 가장 중요합니다. 다른 사람들의 의견이나 지원은 유용하지만, 우리는 결국 스스로의 노력과 결단력을 가져야 합니다.

마지막으로, 새로운 환경과 도전 앞으로 나아가는 것은 성장과 성공을 위한 핵심 단계 중 하나입니다. 안주하거나 한 자리에서 머무르는 것보다, 새로운 경험과 도전을 통해 자신을 발전시키고 새로운 성공을 찾아나가는 것이 더욱 의미 있는 삶을 살게 해줄 것이기 때문입니다.

신념은 성공의 원동력이며, 우리가 달성하고자 하는 목표를 향해 나아가는 동기부여와 자신감을 부여합니다. 아래에서 신념이 어떻게 성공에 영향을 미치는지에 대해 자세히 알아보겠습니다.

목표 설정 : 신념은 목표를 설정하고 이를 달성하기 위한 원동력으로 작용합니다. 우리가 강한 신념을 가지고 있다면, 어떤 목표든 달성하기 위해 노력하고 꾸준히 일할 것입니다.

도전과 극복 : 성공은 도전과 어려움을 극복하고자 하는 강한 의지와 신념을 필요로 합니다. 어려운 상황에서도 신념을 유지하면 자신을 더욱 강화시키고 어려움을 극복할 수 있습니다.

자기 자신을 믿기 : 신념은 자기 자신을 믿고 자신감을 키우는데 도움을 줍니다. 자신을 믿는 사람은 자신의 능력을 최대한 발휘하고 더 높은 수준의 성과를 이룰 가능성이 높습니다.

긍정적인 마인드셋 : 신념은 긍정적인 마인드셋을 형성하는데 도움을 줍니다. 어떤 상황에서도 긍정적인 태도를 유지하고 자신의 목표를 향해 집중할 수 있습니다.

노력과 헌신 : 강한 신념을 가진 사람들은 목표를 위해 헌신적으로 노력하며, 실패에도 불구하고 계속해서 노력합니다. 이러한 노력과 헌신은 성공으로 이어질 가능성을 높입니다.

다른 사람들에게 영감을 주기 : 신념을 갖고 성공한 사람들은 다른 사람들에게 영감을 주고 모범이 될 수 있습니다. 자신의 신념과 성과를 통해 다른 이들을 격려하고 지원할 수 있습니다.

자기 성장 : 신념은 자기 성장을 촉진하고 발전시키는데 도움을 줍니다. 우리가 달성한 성과를 통해 더 나은 사람으로 성장하고 새로운 도전에 잘 대처할 수 있습니다.

요약하면, 신념은 성공과 성장을 이루는데 필수적인 역할을 합니다. 우리가 강한 신념을 갖고 목표를 향해 나아가면, 어떤 어려움이든 극복하고 성공을 이룰 수 있습니다. 신념은 우리의 마인드셋을 긍정적으로 유지하고 자신을 믿는 데 도움을 주며, 자기 성장과 다른 사람들에게 영감을 주는데 큰 역할을 합니다. 따라서 신념을 가지고 목표를 향해 헌신하고 노력하는 것은 성공을 이루는데 중요한 단계 중 하나입니다.

성공하는 사람 VS 실패하는 사람

성공하는 사람은 굳은 신념이 성공을 이루는 중요한 요소임을 알고 있습니다. 그들은 이 신념을 통해 자신을 더욱 강화하고 행동에 옮김으로써 성공을 찾아나가는데, 이를 통해 자신의 목표를 달성합니다.

반면 실패하는 사람은 자신의 생각이 세상을 부정하거나 비관적으로 바라보는 경향이 있습니다. 그들은 부정적인 생각과 태도를 통해 자신을 제한하며, 결과적으로 자신의 삶을 부정적인 방향으로 이끕니다.

따라서 성공을 향해 나아가려면 강한 신념을 가지고 이를 실행에 옮기는 것이 중요하며, 부정적인 생각과 태도를 극복하는데 노력해야 합니다.

24시간의 기적
가장 소중한 재산
시간의 힘

러시아 문호 도스토예프스키는 28세 때 내란음모죄로 사형 선고를 받았습니다. 그는 영하 50도가 되는 겨울날 형장에 끌려와 기둥에 묶였습니다. 사형 집행 시간을 생각하며 시계를 보니 땅 위에서 살 수 있는 시간이 딱 5분 남아 있었습니다. 28년을 살아왔지만 단 5분이 이렇게 천금 같기는 처음이었습니다. 이제 5분을 어떻게 쓸까 생각해 봤습니다. 형장에 함께 끌려온 동료들에게 인사를 하는 데 2분, 오늘까지 살아온 인생을 생각하는 데 2분을 쓰기로 했습니다. 남은 1분은 이 시간까지 발붙이고 살던 땅과 자연을 둘러보는 데 쓰기로 했습니다. 작별 인사를 하는 데 2분이 흘렀습니다. 이제 삶을 정리하자니 문득 3분 뒤엔 어디로 갈 것인가 하는 생각이 들면서 눈앞이 캄캄하고 정신이 아찔했습니다. 다시 한 번만 살 수 있다면 순간순간을 정말 값지게 쓰련만! 이윽고 탄환을 장전하는 소리가 들렸습니다. 바로 그때였습니다. 형장이 떠들썩하더니 한 병사가 흰 수건을 흔들며 달려오고 있었습니다. 황제의 특사령(特赦令)을 받고 온 병사였습니다. 사형을 면한 도스토예프스키는 시베리아에서 유형 생활을 하는 동안 인생에 대해 깊이 생각하게 되었고, "죄와 벌", "카라마조프가의 형제들" 같은 명작을 남겼습니다.

이 이야기는 시간의 소중함과 삶의 가치를 강조하는 멋진 예입니다. 도스토예프스키가 사형 집행 시간을 앞두고 생각한 순간들은 그가 삶을 끝내기 직전에 삶의 가치와 의미에 대한 깊은 깨달음을 얻었음을 보여줍니다.

우리가 가진 시간은 정말로 소중하며, 종종 일상 속에서 그 가치를 인식하지 못하곤 합니다. 하지만 삶은 예측 불허의 사건들로 가득하며, 누구에게나 언젠가는 끝나게 되는 것이기 때문에 각 순간을 소중히 여기고, 중요한 가치와 목표를 추구하는 것이 중요합니다. 도스토예프스키의 이야기는 우리에게 삶의 소중함을 상기시켜줄 뿐 아니라, 힘들고 어려운 순간에도 희망을 가질 수 있는 힘을 강조합니다. 그의 삶은 그가 죄와 벌, 도전과 어려움을 극복하며 자신의 작품과 생각을 남길 수 있었던 것을 보여주는 좋은 예입니다.

나를 변화시키는 스위치

그날 그날의 24시간이야말로 인생의 양식입니다. 시간이 있으면 모든 것이 가능하나, 시간이 없으면 아무 것도 이룰 수 없습니다. 우리에게 필요한 건강과 즐거움과 만족, 그리고 다른 사람에게서 받는 존경도 오직 시간 속에서 짜내어야 합니다. 그대가 인생을 사랑한다면 시간을 낭비하지 말아야합니다. 왜냐하면 시간이란 인생을 구성한 재료이며 똑같이 출발하였는데, 세월이 지난 뒤에 보면 어떤 사람은 뛰어나고 어떤 사람은 낙오자가 되어 있습니다. 이 두 사람의 거리는 좀처럼 접근할 수 없는 것이 되어 버렸습니다. 이것은 하루하루 주어진 시간을 잘 이용했느냐 이용하지 않고 허송세월을 보냈느냐에 달려 있습니다. 문호 도스토예프스키의 이야기는 시간의 소중함과 인생을 어떻게 가치 있게 살아가야 하는지에 대한 깊은 교훈을 전달합니다. 시간은 우리 인생의 가장 소중한 자원 중 하나입니다. 매 순간을 활용하고 가치 있게 보내는 것은 우리의 삶과 성장에 큰 영향을 미칩니다. 이야기에서처럼, 24시간은 우리가 이루고자 하는 모든 것을 실현하는 데 사용될 수 있는 기회입니다. 또한, 인생의 질을 향상시키고 즐겁게 살기 위해서는 건강, 만족, 그리고 다른 사람들과의 관계도 중요합니다. 이러한 가치와 목표를 달성하기 위해서도 시간을 올바르게 관리하고 활용해야 합니다. 마지막으로, 시간의 중요성을 이해하고 그에 따라 행동하여야 합니다. 각각의 순간을 최대한 활용하여 삶을 더 풍요롭게 만들고, 미래에 후회하지 않도록 노력하는 것이 중요합니다.

시간은 우리 삶에서 가장 소중한 자원 중 하나이며, 어떻게 이를 관리하고 활용하는가는 우리의 삶의 질과 성공에 큰 영향을 미칩니다. 아래에서 시간의 중요성과 관리 방법은 아래와 같습니다.

시간은 한정적인 자원 : 시간은 한정적으로 주어진 자원입니다. 우리 모두에게 하루는 24시간으로 동일하게 주어지지만, 어떻게 그 시간을 활용하느냐에 따라 삶의 품질과 성과가 크게 달라집니다.

목표 설정과 우선순위 : 시간 관리의 핵심은 목표를 설정하고 우선순위를 정하는 것입니다. 우리의 목표와 가치에 따라 시간을 할당하고 중요한 일에 집중해야 합니다.

계획과 일정 : 효율적인 시간 관리를 위해 계획과 일정을 세우는 것이 중요합니다. 계획을 통해 어떤 작업을 언제, 어떻게 수행할지 미리 계획하고, 이를 따르는 것이 중요합니다.

시간 훔치기 : 일상 생활에서 시간을 효과적으로 활용하기 위해 "시간 훔치기" 기술을 사용할 수 있습니다. 예를 들어, 대기 시간을 활용해 독서나 스마트폰 앱을 통해 학습할 수 있습니다.

스트레스 관리 : 너무 바빠서 스트레스를 받는다면 효과적인 시간 관리가 필요합니다. 스트레스 관리 기술을 배우고 일정을 조절하여 스트레스를 줄일 수 있습니다.

우선순위와 중단 : 모든 작업이 동등한 중요성을 갖지 않습니다. 우선순위가 높은 작업에 집

중하고, 중요하지 않은 작업은 중단하는 것이 중요합니다.

휴식과 균형 : 시간을 효과적으로 관리하면서도 휴식과 균형을 유지해야 합니다. 과도한 일과로 인한 스트레스와 피로를 방지하기 위해 휴식과 여가 활동을 즐겨야 합니다.

학습과 개선 : 시간 관리 기술을 향상하고 개선하기 위해 학습과 실험을 통해 새로운 방법을 찾아보세요.

시간은 한 번 소비되면 다시 되돌릴 수 없기 때문에, 우리는 그 가치를 인식하고 효과적으로 활용해야 합니다. 효율적인 시간 관리는 우리의 목표를 달성하고 삶의 만족도를 높이는데 큰 도움을 줍니다. 따라서 시간을 어떻게 관리하고 활용하는가는 우리의 삶의 질과 성과에 직접적인 영향을 미치므로, 신중하게 고려해야 합니다.

성공하는 사람 VS 실패하는 사람

성공하는 사람은 시간을 소중하게 여깁니다. 그들은 시간이 한정적이며 한 번 지나간 시간은 회복할 수 없다는 사실을 이해하며, 주어진 시간을 최대한 효율적으로 활용하려고 노력합니다. 이를 통해 목표를 달성하고 성공에 한 발짝 더 가까워집니다.

반면 실패하는 사람은 시간을 낭비하거나 경솔하게 다루는 경향이 있습니다. 그들은 시간이 자신에게 무한하다고 착각하거나 미래에 시간을 허비할 수 있다고 생각합니다. 이로 인해 목표 달성이 어려워지고 성공 기회를 놓치게 됩니다.

따라서 성공을 향해 나아가려면 시간을 효율적으로 관리하고, 목표를 달성하기 위해 시간을 투자하는 습관을 기르는 것이 중요합니다.

귀중한 가능성
위기와 함께 다가오는
기회의 힘

정신과 전문의 에릭 린드맨 박사가 위기를 당했던 사람들을 대상으로 연구를 했습니다. 그 결과 85%의 사람이 위기를 당함으로써 나쁜 습관을 고치고, 부부 관계를 회복했으며, 시간과 물질을 절약하는 등 새로운 전기를 맞았다는 사실을 알아냈다고 합니다. 위기가 우리의 삶을 새롭고 생기 있게 한다면 두려워할 필요는 없지 않을까?
정신과 전문의 에릭 린드맨 박사의 연구 결과는 위기가 우리에게 새로운 가능성과 기회를 제공할 수 있다는 점을 강조합니다. 위기 상황에서 많은 사람들이 자신의 한계를 돌파하고 긍정적인 변화를 이룰 수 있습니다.

위기는 종종 우리를 반성하고 새로운 관점에서 문제를 바라보게 하며, 어려운 상황을 극복하려는 동기부여를 제공할 수 있습니다. 또한 위기는 때로는 우리의 우선순위를 재평가하고, 중요한 가치와 목표에 집중하게끔 도와줄 수 있습니다. 따라서 위기를 맞이할 때에는 두려움보다는 긍정적인 변화와 성장의 기회로서 받아들일 수 있도록 노력하는 것이 중요합니다. 이러한 관점을 통해 우리는 어려운 시기를 극복하고 새로운 가능성을 찾아갈 수 있을 것입니다.

나를 변화시키는 스위치

인생에 있어서 기회가 적은 것은 아닙니다. 그것을 볼 줄 아는 눈과 붙잡을 수 있는 의지를 가진 사람이 나타나기까지 기회는 잠자코 있는 것입니다. 비록 재난이라 할지라도 그것을 휘어잡는 의지있는 사람 앞에서는 도리어 귀중한 가능성을 품고 있는 것입니다. 부모의 유산도 자식의 행복을 약속해 주지 않습니다.

우리는 우리가 상상하는 이상으로 자신의 운명의 열쇠를 가지고 있는 것입니다. 흔히 사람들은 기회를 기다리고 있지만, 기회는 기다리는 사람에게 잡히지 않는 법입니다. 우리는 기회를 기다리는 사람이 되기 전에 기회를 얻을 수 있는 실력을 갖춰야 합니다. 일에 더 열중하는 사람이 되어야합니다.

기회는 우리 주변에 항상 존재합니다. 그러나 그 기회를 식별하고 활용하기 위해서는 눈을 크게 뜨고 준비가 되어 있어야 합니다. 기회는 종종 우리의 능력과 의지에 따라 형성되며, 우리의 노력에 반응합니다. 자신의 운명을 제어하고 원하는 결과를 얻기 위해서는 노력과 의지가 필요합니다. 우리는 우리의 삶을 바꿀 수 있는 주인공이며, 우리가 원하는 방향으로 나아가려면 행동하고 노력해야 합니다.

기회를 기다리지 말고 스스로 기회를 찾고 만들어야 합니다. 또한, 기회를 식별하고 활용하기 위해서는 자신의 능력과 기술을 지속적으로 향상시켜야 합니다. 열심히 일하고 발전하는 노력은 기회를 더 많이 창출하고 성공에 이르는 길을 열어줄 것입니다. 마지막으로, 기회를 얻을 수 있는 능력을 갖추고 일에 더 열중하는 사람이 되면, 더 많은 기회를 만들고 그 기회를 효과적으로 활용할 수 있습니다. 이를 통해 미래에 더 큰 성공을 찾을 수 있습니다.

위기는 때로는 새로운 기회를 가져올 수 있는 것으로 확인되고, 그것을 인식하고 활용하는 데 기회를 얻을 수 있습니다. 몇 가지 주요 포인트를 강조하겠습니다.

위기에서 배우기 : 위기는 종종 우리에게 새로운 것을 배우고 성장할 기회를 제공합니다. 어려운 상황에서 우리는 문제 해결, 탄력성, 창의성 및 기타 중요한 기술을 향상시킬 수 있습니다.

습관과 관계 개선 : 위기는 우리가 나쁜 습관을 고치고, 가족 및 친구와의 관계를 개선하는 기회를 제공할 수 있습니다. 어려운 시기에 더 강하게 함께 할 수 있도록 우리의 가치와 우선순위를 재평가할 수 있습니다.

자아감 개선 : 위기를 극복하면서 자신의 내재적인 강점과 믿음을 높일 수 있습니다. 어려움을 극복하는 과정에서 우리는 우리 스스로에 대한 자신감을 얻게 됩니다.

기회의 식별과 활용 : 기회를 찾고 활용하기 위해 더욱 주의 깊게 주변을 살펴보고, 지속적으로 스스로를 발전시켜야 합니다. 기회는 종종 우리의 노력과 준비에 반응합니다.

자기 주도적 행동 : 기회를 기다리지 말고 스스로 행동하고 적극적으로 노력하십시오. 위기 상황에서도 우리는 우리의 운명을 조절하고 미래를 개선할 수 있는 주인공입니다.

이러한 관점에서 보면, 위기는 종종 새로운 기회와 성장의 시작일 수 있습니다. 위기에 직면할 때 두려움보다는 새로운 가능성을 찾고, 그것을 효과적으로 활용하기 위해 노력하십시오.

마지막으로, 모든 것이 항상 순조롭게 풀리지는 않겠지만, 문제와 어려움을 극복하면서 더욱 강해지고 혁신적인 방법으로 더 나은 미래를 창출할 수 있을 것입니다.

성공하는 사람은 기회를 잘 파악하고 활용합니다. 그들은 주어진 기회를 신중하게 평가하고, 어떻게 활용할지를 고려합니다. 이를 통해 미래에 대한 계획을 세우고 목표를 향해 나아갑니다. 또한, 위기를 기회로 바꾸기 위해 노력하며 실패를 배움의 기회로 삼습니다.

한편 실패하는 사람은 기회를 인식하지 못하거나, 기회를 제대로 파악하지 못하는 경우가 많습니다. 그들은 자신의 주변에서 오는 기회를 무시하거나 고민 끝에 결정을 내릴 때 이미 기회가 지나가버리기도 합니다. 이런 태도는 성공의 가능성을 크게 제한하며 후회와 불만을 불러올 수 있습니다.

따라서 성공을 원한다면 기회를 인식하고 활용하는 민첩성과 판단력을 갖추는 것이 중요합니다. 기회가 다가올 때 신중하게 평가하고 결정을 내리며, 실패를 기회로 삼아 성장하도록 노력해야 합니다.

흉내의 비극
자신을 잃고 망가지는 사람들
흉내의 힘

아프리카의 칼라하리 사막에는 스프링 벅이라는 사슴이 서식하고 있습니다. 이 동물들은 푸른 초원에서 한가롭게 풀을 뜯다가 선두의 사슴 한 마리가 달리기 시작하면 모두 초원을 질주합니다. 뒤에서 뛰는 사슴들은 왜 뛰는지도 모른 채 맹목적으로 속도를 냅니다. 그러다가 갑자기 눈 앞에 절벽이 나타나면 앞에서 달리는 스프링 벅은 속도를 줄이지 못합니다. 뒤에서 질주하는 동물들에 밀려 계속 앞으로 달릴 수 밖에 없는 것입니다. 결국 스프링벅은 모두 절벽에서 떨어져 죽습니다.

"흉내의 비극"은 스프링 벅들의 특이한 행동을 묘사한 이야기로서, 동물들이 서로의 행동을 흉내 내면서 비극적인 결과로 이어지는 상황을 보여줍니다. 이 이야기는 우리에게 자기판단과 독립적인 생각의 중요성을 상기시키며, 맹목적인 모방과 흉내 내는 행동으로 인한 위험성을 강조합니다.

당신 자신의 생각을 주장합니다. 결코 남의 흉내를 내지 않습니다. 자신이 타고난 재능은 그 동안 쌓아 온 능력과 함께 발휘해봅니다. 다른 사람의 재능을 따라 하는 것은 일시적인 것입니다. 각자가 어떤 능력을 발휘할 수 있을지는 신만이 압니다. 이웃이 집을 사니 나도 집을 사고 이웃이 자동차를 사니 나도 자동차를 삽니다. 자신이 어디서 와서 무엇 때문에 살며 어디로 가는지도 모른 채 무한질주 인생을 즐깁니다. 그리고 여지없이 절벽으로 추락하는 비극을 맞습니다.

다른 사람이 그러한 삶을 산다고 무조건 따라가다 보면 그 길은 파멸의 길입니다. 지금이라도 남을 흉내 내지 말고 자신의 삶을 살기 위하여 노력해야 합니다. 자신의 고유한 능력과 재능을 인식하고 발휘하는 것은 개인적인 성장과 만족감을 찾는 데 중요한 단계 중 하나입니다.

남들이 하는 대로 따라가는 것은 일시적인 만족을 줄 수 있지만, 창의성과 진정한 자기 실현을 위해서는 자신의 고유한 길을 찾아야 합니다. 자신만의 열정과 재능을 발휘하면, 더 큰 성취와 성공을 이룰 수 있을 뿐만 아니라 더욱 의미 있는 삶을 살 수 있습니다.

또한, 다른 사람들의 선택이나 삶을 무조건적으로 모방하는 것은 자신의 아이덴티티를 잃어버릴 수 있고, 삶의 목표와 방향을 헷갈리게 할 수 있습니다. 자신만의 고유한 경험과 비전을 가지고 노력하며, 자신의 가치와 역량을 인정하는 것이 중요합니다.

마지막으로, 자신을 인정하고 자신의 능력을 발휘하면 삶의 목표를 더욱 명확하게 파악하고, 그 목표를 향해 나아가는 동기부여를 얻을 수 있습니다.

따라서 자신의 생각과 노력을 주장하며, 고유한 길을 찾아가는 것은 인생에서 중요한 가치 중 하나입니다.

스프링 벅의 이야기는 자신의 길을 찾고 흉내 내지 않는 중요성을 강조하는 멋진 비유입니다. 다른 사람을 모방하거나 대중의 기대에 따라 살다가는 자신을 찾을 수 없게 되고, 결국 실패와 불만족을 경험할 수 있습니다. 자신의 고유성을 발견하고 발전시키는 몇 가지 관련 팁을 고려해 보겠습니다.

자기인식 : 자신이 무엇을 원하고 무엇을 좋아하는지, 강점과 약점은 무엇인지를 이해하십시오. 이를 통해 자신을 더 잘 이해하고 자신에게 가장 중요한 가치를 발견할 수 있습니다.

목표 설정 : 자신의 목표와 열망을 명확하게 설정하십시오. 어떤 방향으로 나아가려고 하는지를 이해하면 자신만의 독특한 길을 찾을 수 있습니다.

자기 개발 : 자신을 계속해서 향상시키기 위한 노력을 기울이십시오. 관심 분야에서 지속적으로 공부하고 습득한 지식과 기술을 활용하여 자신의 고유한 역량을 키우세요.

도전과 실패 수용 : 실패와 어려움을 피할 수 없습니다. 그러나 이러한 경험을 통해 자신의 강점을 발견하고 성장할 수 있습니다. 실패를 두려워하지 말고 자신의 능력을 시험해 보십시오.

자신의 목소리를 따르세요 : 다른 사람들의 의견과 기대를 중요시하지만, 마지막 결정은 항상 자신의 목소리를 따라야 합니다. 다른 사람의 기대에만 맞추다가는 자신의 가치와 흥미를 잃을 수 있습니다.

지속적인 평가와 조정 : 자신의 목표와 방향을 주기적으로 검토하고 조정하십시오. 삶은 계속해서 변화하므로 자신도 변화하고 발전해야 합니다.

자신만의 길을 찾고 흉내 내지 않는 것은 개인적인 성공과 만족감을 찾는 데 중요한 요소입니다. 다른 사람과 비교하지 말고 자신만의 고유한 가치와 역량을 믿으며 나아가면, 더 나은 삶을 살 수 있을 것입니다.

성공하는 사람은 문제 해결 능력이 뛰어나며, 큰 문제를 작은 단계로 나누어 해결하는 전략을 갖고 있습니다. 이러한 사람들은 문제에 대한 접근 방식이 체계적이며, 단계적으로 문제를 해결하면서 불안과 당황을 최소화합니다. 이는 문제가 발생하더라도 자신감을 유지하고 효과적으로 대응할 수 있는 능력을 가지고 있음을 보여줍니다.

반면 실패하는 사람은 작은 문제조차도 큰 문제로 인식하고, 문제 해결 능력이 부족한 경우가 많습니다. 이들은 어려운 상황에 직면했을 때 당황하고 허둥지둥하며 문제를 악화시키는 경향이 있습니다. 작은 문제도 큰 어려움으로 인식하고 이를 풀기 어렵다고 여기므로 부정적인 스트레스와 불안을 자주 경험할 수 있습니다.

성공을 원한다면 문제 해결 능력을 향상시키는 것이 중요합니다. 큰 문제를 작은 부분으로 나누어 해결할 수 있는 논리적인 접근법을 갖추고, 당황하지 않고 침착하게 대응할 수 있는 스킬을 개발하는 것이 도움이 될 것입니다.

인색으로 인해
잃어버리는 것들
인색의 힘

 돈을 모으기만 할 뿐 쓸 줄 모르는 수전노가 있었습니다. 돈궤가 가득 차자 그 돈을 모조리 금덩이와 바꾸었습니다. 큼직한 금덩이를 보고 즐거워하던 이 사람은 문득 집에 도둑이 들어 금덩이를 훔쳐가지 않을까 걱정이 되었습니다. 여러 가지 궁리 끝에 담벼락 밑에 구덩이를 파고 몰래 금덩이를 숨겨 놓았습니다. 그리고는 그 금덩이가 밤새 무사한지 아침만 되면 뜰에 나가 담벼락 밑을 확인하곤 했습니다. 그러던 어느 날 그가 잠든 사이에 도둑이 들어 담벼락 밑의 금덩이를 몽땅 가져가버렸습니다. 그 사실을 안 수전노가 땅을 치며 통곡하자 동네 사람들이 찾아와 이렇게 위로했습니다.
"여보게, 그렇게 슬퍼한다고 없어진 금덩이가 다시 돌아오겠는가? 그만 진정하게나. 대신 잘생긴 돌덩이를 묻어 놓고 금덩이라고 생각하게나. 금덩이든 돌덩이든 쓰지 않으면 별반 다를 게 없지 않겠나?"

이 이야기는 인색한 마음이 손해를 가져오며 가치있는 것을 잃게 할 수 있다는 교훈을 담고 있습니다. 주인공은 금덩이를 모아두면서 인색한 태도를 보이고, 그 인색함이 결국 도둑에게서 잃어버린 금덩이를 되찾을 수 없게 만들었습니다. 동네 사람들의 조언은 인색한 마음을 비판하고, 중요한 것은 자산의 가치보다는 그것을 어떻게 활용하느냐에 있음을 강조합니다.

나를 변화시키는 스위치

절약함에 있어서 인색함은 낭비하는 것 이상으로 나쁜 것입니다. 베풀지를 모르고 모으는 것 자체만 아는 사람은 다른 사람의 존경을 받을 수 없음은 물론 작은 협조차도 받을 수 없습니다. 돈을 모으는 것과 돈을 올바르게 활용하는 것 사이의 균형이 중요합니다. 돈을 모으는 것은 중요한 일이지만, 그것을 올바르게 사용하는 것 또한 중요합니다. 인색함과 너무 많이 모으려고 하는 욕심은 때로는 중요한 것을 놓치게 만들 수 있습니다. 돈이나 자원을 과도하게 모으려는 욕심으로 인해 다른 중요한 가치들을 희생하는 경우가 종종 있기 때문입니다. 이러한 인색함은 다른 사람과의 관계를 손상시키고 협력을 막을 수 있습니다.

돈이나 자원을 모으는 것은 중요하지만, 그것을 활용하여 더 나은 삶을 만들고 다른 사람과 공유하는 것도 중요합니다. 그래야만 진정한 풍요로움과 만족감을 찾을 수 있을 것입니다. 이야기에서처럼, 금덩이가 아니라 돌덩이를 금덩이로 생각하고 활용한다면 그것이 더 큰 가치를 찾는 데 도움이 될 수 있습니다.

인색함과 절약은 중요한 차이가 있습니다. 절약은 돈을 현명하게 관리하고 미래의 필요에 대비하는 긍정적인 습관입니다. 그러나 인색함은 돈을 과도하게 모으거나 사용을 아끼는 정도를 넘어서 다른 중요한 가치와 관계를 희생시키는 것입니다.

돈을 모으는 것은 경제적 안전을 위해 중요하지만, 돈이 모든 것이 아니며, 삶의 품질을 향상시키고 다른 사람과의 관계를 유지하는 데 중요한 역할을 합니다. 돈을 사용하여 경험을 즐기고 필요한 것을 구매하며, 기부나 공유를 통해 다른 이들과 나누는 것도 중요합니다. 인색함은 종종 혼자서 돈을 모으는 데 집중하고 다른 측면을 간과하는 결과를 초래할 수 있습니다. 따라서 돈을 모으는 데 뛰어나면서도, 그것을 올바르게 사용하고 다른 사람과 공유하며 삶의 다양한 측면을 즐길 줄 아는 균형을 찾는 것이 중요합니다. 이렇게 하면 경제적 안정과 함께 풍요로운 삶을 살 수 있을 것입니다.

성공하는 사람 VS 실패하는 사람

성공하는 사람은 재산을 쌓는 과정을 통해 삶을 더 풍요롭게 만들고, 남을 돕고 나누는 즐거움을 느끼며 사는 사람입니다. 이들은 재산을 단순한 목적으로만 보지 않고, 그를 통해 자신과 주변 사람들을 향상시키는 수단으로 활용합니다. 그 결과, 이들은 부유함과 공유, 배려, 선행의 가치를 균형 있게 추구하며 더 풍요로운 삶을 살아가게 됩니다.

반면 실패하는 사람은 자신의 재산을 쌓는 데에만 집중하며, 다른 가치나 남을 돕는 측면을 무시하는 경향이 있습니다. 이로 인해 자기중심적인 태도를 취하고, 타인과의 관계나 사회적 책임에 부정적으로 작용할 수 있습니다.

성공을 추구하는 사람은 재산을 소유하면서도 사회적 책임을 다하고 남을 돕는 긍정적인 영향력을 행사합니다. 이는 성공과 재산 쌓기의 목적을 균형 있게 유지하는 중요한 요소 중 하나입니다.

자신의 성장을 막는 장애물
자신을 속이는 가장 큰 적
교만의 힘

어느 청년이 일을 아주 잘해서 상을 받게 되었습니다. 특히 상을 주는 이가 그에 대해 좀 과하게 칭찬을 했는데 청년은 그 칭찬을 진실로 받아들였습니다. 그래서 집에 가서 상 주는 이가 말한 칭찬을 하나도 빼지 않고 그대로 자기의 어머니에게 말씀드렸습니다. 그리고는 잠시 말을 멈추었다가 어머니에게 물었습니다.

"어머니, 지금 이 세상에서 위대한 사람이 몇 명이나 된다고 생각하세요?"

그러자 어머니는 아들이 묻는 질문의 의도를 생각하고 지혜롭게 대답했습니다.

"얘야, 자세히는 모르겠지만 아마도 네가 생각하는 숫자보다는 한 명이 적을 거야."

이러한 어머니의 말씀을 듣고 청년은 자신의 교만함을 깨닫고 곧 뉘우쳤다고 합니다.

이 이야기는 교만과 자만심이 자신의 성장을 막는 큰 장애물일 수 있다는 교훈을 담고 있습니다. 청년은 상 받는 순간 칭찬을 과하게 받아들여 교만에 빠졌지만, 어머니의 지혜로운 대답을 통해 그 교만을 깨닫게 되었습니다. 교만은 자신을 과대평가하고, 다른 사람들을 과소평가하게 만들며, 자기 성장을 방해할 수 있습니다. 이런 태도는 학습과 개발의 가능성을 제한할 수 있습니다. 그러나 겸손하고 자기 비판적인 태도를 가짐으로써, 자신의 한계와 약점을 인식하고 성장할 수 있는 기회를 찾을 수 있습니다.

나를 변화시키는 스위치

자화자찬은 언제나 씁쓸합니다. 인간에게는 세 가지 유혹이 있습니다. 거칠은 육체의 욕망, 제 잘났다고 거들먹거리는 교만, 졸렬하고 불손한 이기심, 이 세 가지가 그것입니다. 이로 인하여 모든 불행이 과거에서 미래까지 영원히 인류의 무거운 짐이 되고 있는 것입니다. 하는 일이 다 잘 되고 사람들이 칭찬을 많이 하면 우리 마음은 교만으로 가득 차 자기도 모르게 그만 자랑으로 넘쳐흐르게 됩니다. 그러면 자신 속에 있는 나쁜 유혹에 지는 것입니다.

위에 이야기는 자화자찬과 교만에 대한 경고를 담고 있으며, 자신을 지혜롭게 평가하고 겸손해질 필요가 있다는 교훈을 전합니다. 교만과 자화자찬은 종종 사람들을 속이고 자신의 성장을 막을 수 있는 강력한 장벽이 될 수 있습니다. 칭찬을 받거나 성과를 달성할 때, 겸손하게 남을 인정하고 이러한 순간을 과시하거나 자랑하는 것 대신, 더욱 열심히 일하고 성장하려는 태도를 갖는 것이 중요합니다. 우리는 항상 배울 점이 있으며, 자신만의 한계와 부족한 점을 인정하고 개선해 나가야 합니다. 이러한 마음가짐은 성공과 성장을 지속적으로 이루는 데 도움을 줄 것입니다.

자신에게 상을 주는 것은 중요한 자기존중감을 키우는 일이지만, 교만으로 이어질 우려가 있습니다. 칭찬과 성취는 긍정적인 것이지만, 그것을 과장하거나 다른 사람들을 무시하는 방식으로 해석하는 것은 교만과 자만심의 문제를 야기할 수 있습니다. 겸손함은 성숙한 자세로서, 자신과 다른 사람들을 존중하고 자신의 한계와 부족함을 인정하는 것이 중요합니다.

자기자랑을 피하기 위해 몇 가지 방법을 고려해볼 수 있습니다.

객관적인 시각 : 다른 사람들의 의견을 듣고 자신의 업적을 객관적으로 평가하는 것이 중요합니다. 칭찬을 받았다고 해서 모든 것이 완벽한 것은 아니며, 개선할 점이 항상 있습니다.

타인의 의견 수렴 : 가까운 친구나 신뢰할 수 있는 동료들에게 자신의 업적에 대한 의견을 물어보세요. 그들의 솔직한 피드백은 교만을 방지하는 데 도움이 될 수 있습니다.

자기반성 : 자주 자기반성을 통해 자신의 강점과 약점을 파악하고 개선하려는 노력을 기울이세요. 끊임없는 학습과 성장은 교만을 방지하는 데 도움이 됩니다.

남을 도우기 : 다른 사람들을 지원하고 도우면 자기자랑에 빠지는 것을 방지할 수 있습니다. 다른 이들에게 기여하는 경험은 겸손함을 유지하는 데 도움이 됩니다.

감사의 마음 : 자신이 얻은 성취와 칭찬에 감사하는 마음을 갖는 것이 중요합니다. 이를 통해 자신의 자존감을 높이고 교만을 피할 수 있습니다.

마지막으로, 자신에게 상을 주는 것은 긍정적인 일이지만, 교만으로 치닫지 않도록 주의해야 합니다. 겸손함과 자기반성은 성장과 성취를 지속적으로 향상시키는 데 필수적인 미덕입니다.

성공하는 사람 VS 실패하는 사람

성공하는 사람은 올바른 판단과 자기 인식을 갖고 있어서, 자신이 노력하고 성취한 부분에 대해 축배를 권하는 데 어려움을 느끼지 않습니다. 그들은 다른 사람들과 자신의 성과를 인정하고 공유할 때 축배를 권하며, 이는 긍정적인 자아 인식과 자신감을 높여주는 요소 중 하나입니다.

성공적인 자기 축배는 올바른 자기 인식과 자신의 강점 및 약점을 인정하는 것에서 출발합니다. 성공한 사람들은 자신을 정확하게 평가하고, 그것을 바탕으로 자신의 강점을 최대한 활용하며 약점을 개선하기 위해 노력합니다. 이는 성취를 기념하고 자기 성장을 촉진하는 중요한 과정입니다.

그러나 실패하는 사람들은 종종 자기 축배를 위해서 현실을 왜곡하거나 변명을 하기 마련입니다. 그들은 자신의 행동을 올바르게 평가하지 않거나 다른 사람들의 평가를 무시하며, 결과적으로 자기 흥분을 위해 현실을 왜곡하는 경향이 있습니다. 이러한 태도는 종종 자신의 행동이나 결정에 부정적인 결과가 반복되는 원인 중 하나입니다.

성공한 사람들은 자신의 성공을 무시하지 않으며, 그것을 자부심으로 채워나갑니다. 동시에 부족한 부분을 개선하려는 의지를 가지고 있어서 지속적인 발전을 이루어낼 수 있습니다. 이런 긍정적인 자아 인식은 성공과 행복을 더욱 풍부하게 누릴 수 있는 열쇠 중 하나입니다. 그러므로 자기 축배를 바르게 수행하는 것은 성공과 만족스러운 삶을 이루는 데 필수적인 단계 중 하나입니다.

평화에 숨어있는 위기의 신호
가장 평화로울 때 다가오는 위기
안주의 힘

가장 위험한 때란? 바다의 항해에 대한 특별한 지식을 가진 전문가가 질문한 것은, "혼자서 배를 타고 항해를 할 경우 가장 위험한 때는 언제입니까?"라는 것이었습니다. 조금도 주저함 없이 모든 사람들이 대답한 말은, "폭풍우의 때입니다."였습니다 그러자 그 전문가는 고개를 흔들며 다음과 같이 말했습니다. "혼자서 배를 타고 항해할 경우, 가장 위험한 때는 폭풍우의 때가 아닙니다. 이러한 때는 있는 힘을 다하여 그 환경과 싸우기 때문에 정말로 목숨을 잃을 때가 드뭅니다. 그러나 제일 위험한 때는 바람도 잔잔하고 날씨도 쾌청한 때입니다. 왜냐하면 마음에 아무런 긴장이나 조심함이 없이 갑판을 걷다가 가장 잘 떨어져 물에 빠지는 때가 이러한 경우인 것입니다."

이 이야기는 가장 평화로울 때에도 위험이 숨어있을 수 있다는 교훈을 담고 있습니다. 종종 우리는 위험을 무시하거나 경계심을 느끼지 않는 상황에서 더 큰 위험에 빠질 수 있습니다. 평소에 경계하고 조심하는 것이 중요하며,

안주하거나 일상적인 상황에서도 안전에 주의를 기울여야 합니다. 안주하지 말고 항상 주변 상황을 주의 깊게 지켜보며 예기치 않은 위험에 대비하고 경계하는 습관을 가지는 것이 중요하다는 교훈을 전달합니다.

나를 변화시키는 스위치

로마는 단합, 비전, 영웅주의의 중요성을 명심케 하는 적들이 있었을 때에는 위대한 국가였습니다. 그러나 로마는 적들을 모두 다 정복한 후에는 잠깐 동안 번창했습니다. 그 다음 로마는 방심 때문에 몰락하기 시작했습니다. 매사(每事)가 잘 돌아갈 때일수록 불운이 닥칠 때를 대비하여야 합니다. 평탄할 때에 당신의 위험이 무엇인지 잘 점검해야 합니다. 때때로 우리는 위험한 상황에서 조심스러울 것이라고 생각하지만, 실제로는 더 큰 위험이 숨어 있을 수 있습니다. 폭풍우와 같이 명백한 위험을 직면할 때에는 우리는 경계하고 조심하며 적극적으로 대비합니다. 그러나 안전하다고 느낄 때, 우리는 더욱 조심스럽지 않을 때가 있습니다. 이것은 우리가 성취하거나 유지하고자 하는 것이 있는 경우, 그것을 방심하고 지키지 않는 경향이 있는 것과 관련이 있습니다. 로마의 역사도 이와 관련이 있습니다. 성장과 번영이 계속되면서 조심성을 잃고 방심한 결과로 몰락하게 되었습니다. 이러한 교훈은 개인적인 생활뿐만 아니라 조직과 국가 수준에서도 중요합니다. 언제나 주변 환경을 주시하고 대비하며, 안전과 안정을 유지하기 위해 노력해야 합니다.

평화로운 때일수록, 우리는 주의를 덜 기울이고 위험을 간과할 가능성이 높아집니다. 이는 물리적인 위험 뿐만 아니라 여러 가지 측면에서 적용될 수 있습니다. 위험의 실체를 파악하고 대비하는 것은 중요합니다. 안정적인 상황에서도 항상 경계심을 유지하고, 잠재적인 위험을 고려하는 습관을 가질 필요가 있습니다. 또한, 편안하고 안전한 상황에서도 계속해서 학습하고 발전하는 자세를 유지해야 합니다. 변화와 도전에 대한 대비능력을 키우고, 새로운 기회와 위험을 인식하고 활용할 수 있어야 합니다. 이러한 방식으로 우리는 안정과 성장을 균형 있게 유지할 수 있을 것입니다. 로마의 몰락 사례는 조직이나 국가 수준에서도 중요한 교훈을 제공합니다. 성장과 번영이 계속되더라도, 항상 위험과 도전에 대비하고 조심스럽게 대처해야 합니다. 방심과 안일함은 성취와 번영을 위협할 수 있으므로, 지속적인 감시와 대비가 필요합니다.

이런 교훈을 실천하기 위해 다음과 같은 방안을 고려할 수 있습니다.

지속적인 감시와 평가 : 상황이 언제든지 변할 수 있으므로, 주변 환경을 지속적으로 감시하고 위험을 식별하는 것이 중요합니다. 조직이나 개인의 목표와 가치를 고려하여 위험을 평가하고 그에 맞는 대비책을 마련하세요.

상식적인 우려 고려 : 현실적인 우려나 가능한 위험을 고려하는 것이 중요합니다. 편안한 상황에서도 가능한 위험을 식별하고 대비책을 마련하세요.

학습과 개발 : 안전한 상황에서도 계속해서 학습하고 스킬을 향상하세요. 새로운 기술, 정보, 아이디어에 대한 개방적인 태도를 유지하며 자기계발에 투자하세요.

조직 내 소통과 협력 : 조직 내에서 위험에 대한 소통과 협력을 강화하세요. 동료와의 소통을 통해 다양한 시각을 수렴하고, 함께 문제를 해결하는 방법을 모색하세요.

비상 대비 계획 : 가능한 위험 상황에 대비하기 위해 비상 대비 계획을 마련하세요. 이 계획에는 위험을 최소화하고 대처 방법을 포함시키는 것이 중요합니다.

끊임없는 개선 : 상황을 계속 감시하며, 발견한 문제나 위험을 개선하기 위해 노력하세요. 지속적인 피드백과 개선 프로세스를 도입하여 조직이나 개인의 성장을 유지하세요.

자기평가와 겸손 : 자기 평가를 통해 자신이나 조직의 능력과 한계를 파악하세요. 교만하지 않고 항상 겸손한 태도로 문제에 대처하세요.

위험 관리 문화 구축 : 조직 내에서 위험 관리 문화를 구축하세요. 위험 식별, 평가, 대비, 모니터링에 대한 정책과 절차를 마련하고 직원들에게 교육을 제공하세요.

융통성과 적응력 : 빠르게 변하는 환경에 대처하기 위해 융통성을 갖추고 적응력을 발휘하세요. 새로운 상황에 대한 빠른 대응 능력을 키우세요.

장기적인 목표 설정 : 장기적인 비전과 목표를 설정하고 그 목표를 달성하기 위한 전략을 마련하세요. 위험을 최소화하고 목표를 달성하기 위한 계획을 수립하세요.

이러한 방안을 고려하여, 안전하고 안정적인 상황에서도 위험을 고려하고 대비하여 조직 또는 개인의 성장과 안전을 보장할 수 있을 것입니다.

성공하는 사람 VS 실패하는 사람

성공하는 사람은 자신의 삶을 구성하는 기초적인 요소인 시간의 중요성을 깨닫고 있습니다. 그러나 이러한 인식은 운전할 때에도 그대로 유지됩니다. 안전운전을 위해 안전거리를 유지하는 것은 그들에게 당연한 것입니다. 이로써, 그들은 스스로를 위험으로부터 보호하고 뿐만 아니라 다른 사람들에게도 피해를 가하지 않습니다.

반면, 실패하는 사람은 안전보다 시간을 더 중요하게 생각하는 경향이 있습니다. 그래서 그들은 안전을 배제하고 과속운전 및 난폭운전과 같은 위험한 행동을 일삼을 때가 많습니다. 이로 인해 자신을 위험에 빠뜨리는 것은 물론이고 주변 사람들에게도 피해를 줄 수 있습니다.

결국, 운전 습관은 사람의 가치관과 태도를 반영합니다. 성공한 사람들은 안전과 책임감을 우선시하며 자신과 타인의 안전을 위해 노력합니다. 반면, 실패한 사람들은 단기적인 이익을 추구하며 위험을 무시하는 경향이 있습니다. 이러한 자세는 그들의 성공과 실패를 더욱 명확하게 구분짓는 요인 중 하나일 것입니다.

행복과 성공을 막는
가장 강력한 장애물
나태의 힘

지옥에 세 명의 학생 악마들이 있었습니다. 이들 인턴들은 악마 직장 내 훈련을 위해 교사를 따라 지구에 왔습니다. 교육 담당관이 어떤 기술로 인간들을 죄짓게 할 계획인지 그들에게 물었습니다.

첫 번째 작은 악마가 말했습니다.

"고전적 방법을 사용해 볼까 합니다. 사람들에게 '하느님은 없으니 마음껏 죄 지으며 인생을 즐기라.' 하고 말하겠어요."

두 번째 작은 악마가 말했습니다.

"저는 좀 더 교묘한 방법을 써 볼 생각입니다. 사람들에게 '지옥은 없으니 마음껏 죄를 지으며 인생을 즐기라.' 하고 말하겠어요."

세 번째 작은 악마가 말했습니다.

"저는 좀 지적이지 못한 방법을 써 볼까 합니다. 사람들에게 '서두를 것 없으니 마음껏 죄를 지으며 인생을 즐기라.' 하고 말하겠어요."

이 이야기는 나태와 편안함이 행복과 성공을 막는 가장 강력한 장애물 중 하나일 수 있다는 교훈을 담고 있습니다. 첫 번째와 두 번째 작은 악마들은 비슷한 방식으로 사람들을 유혹하려고 합니다. 그러나 세 번째 작은 악마는 사람들이 서두르지 않고 나태하게 살도록 유도하려고 합니다.

나를 변화시키는 스위치

노력은 항상 이익을 가져다줍니다. 성공하지 못한 사람들에게는 항상 게으름의 문제가 있습니다. 노력은 결코 무심하지 않습니다. 그 만큼의 대가를 반드시 지급해줍니다. 성공을 보너스로 가져다 줍니다. 비록 성공하지 못했을지라도 깨달음을 줍니다. 성공하지 못한 사람의 공통점은 게으름에 있습니다. 게으름은 인간을 패배하게 만드는 주범입니다. 성공하려거든 먼저 게으름을 극복해야 합니다.

미래는 일하는 사람의 것입니다. 권력과 명예도 일하는 사람에게 주어집니다. 게으름뱅이의 손에 누가 권력이나 명예를 안겨줄까? 노력은 인생에서 매우 중요한 역할을 합니다. 노력과 희생이 없이는 성취와 성공이 어렵습니다. 게으름은 비록 단기적으로는 편리해 보일 수 있지만, 장기적으로는 큰 손실을 가져올 수 있습니다. 성공하려면 목표를 설정하고 그 목표를 달성하기 위해 노력하고 헌신해야 합니다. 노력은 자신의 역량을 향상시키고 더 나은 결과를 얻을 수 있도록 도와줍니다. 또한 실패와 깨달음을 통해 자신을 성장시키는 기회를 제공합니다. 노력을 통해 성공과 성취를 경험하면 더 많은 기회와 보상을 얻을 수 있습니다.

노력하고 일하는 사람은 주변에서 인정받고, 권력과 명예를 얻을 가능성도 큽니다. 게으름은 목표 달성을 방해하고 개인 및 직업적 발전을 억누르는데 큰 장애물이 될 수 있습니다. 그러므로 노력과 헌신을 통해 게으름을 극복하고 성공을 추구하는 것이 중요합니다.

나태와 게으름을 극복하고 행복과 성공을 위해 노력하는 방안은 다음과 같습니다.

목표 설정 : 먼저 자신의 목표와 꿈을 설정하세요. 목표를 가지고 있을 때 노력하고자 하는 동기부여를 얻을 수 있습니다.

작은 목표와 계획 : 큰 목표를 작은 단계로 나누고 각각에 대한 계획을 세우세요. 이렇게 하면 목표를 달성하기 쉽고 행복을 느낄 수 있습니다.

시간 관리 : 효율적인 시간 관리 습관을 개발하세요. 시간을 효과적으로 활용하면 게으름을 극복하고 노력에 집중할 수 있습니다.

자기 동기 부여 : 자신을 동기부여하기 위해 목표 달성에 대한 이유와 가치를 고민하세요. 이렇게 하면 게으름을 이기고 노력할 동기가 생깁니다.

일정한 습관 : 노력과 끊임없는 개선을 위해 꾸준한 습관을 형성하세요. 매일 조금이라도 노력하는 습관은 나태를 극복하는 데 도움이 됩니다.

자기관리 : 건강한 생활 습관을 유지하고 충분한 휴식을 취하며 스트레스 관리를 하세요. 몸과 마음의 건강은 노력을 지속할 수 있도록 도와줍니다.

자기개발 : 새로운 기술을 배우거나 관심사를 개발하여 자기개발에 투자하세요. 자기 개발은 자신을 만족시키고 더 나은 성과를 얻게 도와줍니다.

긍정적인 사고 : 부정적인 생각과 자아 비하를 피하고 긍정적인 마음가짐을 유지하세요. 긍정적인 사고는 노력을 지속할 수 있도록 도와줍니다.

자기보상 : 목표를 달성하면 자신을 보상하세요. 보상은 노력을 지속하는 동기부여가 될 수 있습니다.

자신을 돌아보기 : 가끔은 나태와 게으름의 원인을 파악하고 자신을 돌아보는 시간을 가집니다. 이해하고 극복할 수 있는 방안을 찾을 수 있습니다.

외부 지원 : 친구, 가족, 코치, 멘토 등 외부에서 지원을 받을 수 있는 사람을 찾아보세요. 다른 사람의 도움과 격려는 노력을 지속하는 데 큰 도움이 됩니다.

나태와 게으름을 극복하려면 노력과 의지가 필요하지만, 이러한 노력은 행복과 성공으로 이어질 수 있습니다. 자신의 목표를 높이고 노력하는 습관을 키워 나태와 게으름을 극복하고 원하는 결과를 얻을 수 있을 것입니다.

성공하는 사람 VS 실패하는 사람

성공하는 사람은 즉각적인 불편함이나 번거로움에도 불구하고, 자신이 처리해야 할 일을 그때 그때 처리하는 습관을 가지고 있습니다. 그렇게 함으로써 그들은 나중에 더 큰 번거로움과 부담을 예방하고 해결할 수 있는 능력을 갖추고 있습니다. 자신의 일정과 업무를 체계적으로 관리하여 단계적으로 처리함으로써 효율적인 결과를 얻습니다.

반면, 실패하는 사람은 번거로운 일이 발생하면 그것을 미루거나 무시하는 대신 많은 일들을 한꺼번에 처리하려는 경향이 있습니다. 이로 인해 당장에는 피할 수 있을지 모를 불편함을 피하기 위해 작은 일들을 미뤄두지만, 나중에는 더 큰 번거로움을 불러옵니다. 이러한 습관은 결과적으로 미루기 때문에 쌓인 일들을 한꺼번에 처리해야 하는 상황을 초래하며, 효율적인 업무 관리를 방해합니다.

성공과 실패 사이의 이러한 차이점은 시간 관리와 업무 처리 방식에 기인하며, 성공하는 사람들은 단계적이고 계획적인 접근을 통해 미루지 않고 문제를 해결하며 성취합니다. 실패하는 사람들은 즉각적인 불편함을 피하려는 욕구 때문에 나중에 더 큰 문제를 안게 만듭니다.

어리석은 노동의 극복
몸과 마음을 괴롭히는 어리석은
노동의 힘

두메산골에서 화전민의 딸로 태어나 농사일만 하던 소녀가 서울에 가정부로 오게 되었습니다.

소녀는 첫날부터 마당에 가득한 풀을 보고 걱정이 태산이었습니다. 3일째 되던 날, 주인이 외출하고 집에 아무도 없을 때 착한 일을 시작하였습니다. 쇠꼬챙이로 질긴 풀뿌리를 뽑아내느라 온몸이 땀에 젖었고 손에는 물집이 생겨 아팠지만 멈추지 않았습니다. 오후 4시쯤 작업이 끝났습니다.

자기가 한 일을 칭찬해줄 주인을 기다렸습니다. 집에 돌아온 주인은 그동안 정성들여 가꾼 잔디가 모두 뽑혀진 것을 보고 눈을 의심했습니다. 잔뜩 칭찬을 기대한 소녀에게 돌아온 것은 주인의 심한 꾸중뿐이었습니다. 힘을 다해 일하고 꾸중을 들은 소녀는 억울해서 울었습니다.

이 이야기는 종종 노력과 희생이 공정한 보상을 받지 못할 때의 억울함과 어리석음을 강조하며, 힘들게 일한 노동에 대한 보상과 인정의 중요성을 강조하는 메시지를 전달합니다. 때로는 노력과 희생이 올바른 방식으로 평가되지 않을 수 있지만, 힘들게 노력하고 배우면서 성장하는 과정에서 얻는 것도 있습니다.

나를 변화시키는 스위치

무지를 두려워하라. 그러나 그 이상으로 그릇된 지식을 두려워하라. 허위의 세계에서 그대의 눈을 멀리하라. 인간은 궁극적으로 무지에서 탈출해야 하지만 무지로부터의 탈출을 가능하게 하는 것은 무지에 대한 깊은 이해로부터 출발합니다. 착한 마음 하나만으로는 좋은 일꾼이 될 수 없습니다. 지혜가 없는 사람의 무분별한 열정은 오히려 일을 망칩니다. 그렇기에 무지한 친구만큼 위험한 것은 없습니다. 현명한 적이 차라리 낫습니다.

이 이야기에서 나타나는 주인과 소녀 사이의 오해와 꾸중은 지식과 이해의 부족에서 비롯된 문제입니다. 소녀는 성실하게 일하면서 풀을 뽑아내고 잔디를 정리했지만, 주인은 그녀의 행동을 잘못 이해하고 무지한 것으로 오해했습니다. 이러한 상황은 서로간의 의사소통 부족과 인식 차이로 인한 오해로 인해 발생했습니다.

이 이야기는 지식과 이해의 중요성을 강조합니다. 무지한 상태에서는 올바른 판단과 행동이 어렵기 때문에, 항상 더 배우고 이해하려는 노력을 기울여야 합니다. 무분별한 열정보다 지혜와 지식을 바탕으로 행동하는 것이 더 나은 결과를 가져올 수 있습니다. 현명한 판단은 경험과 깊은 이해를 통해 나오며, 오해와 오인을 방지할 수 있습니다.

어리석은 노동을 극복하고 몸과 마음을 괴롭히지 않으며 더 나은 결과를 얻기 위한 방법은 다음과 같습니다.

필요한 지식과 기술 습득 : 어떤 노동을 수행하기 전에 필요한 지식과 기술을 습득하고 훈련을 받는 것이 중요합니다. 이를 통해 무지한 상태에서의 어리석은 노동을 방지할 수 있습니다.

계획과 조직 : 노동을 수행하기 전에 작업을 계획하고 조직하세요. 작업을 효율적으로 수행하기 위한 계획은 몸과 마음의 부담을 줄여줄 수 있습니다.

적절한 도구와 장비 사용 : 작업을 수행할 때 적절한 도구와 장비를 사용하세요. 이는 노동을 더욱 쉽고 효율적으로 만들어줄 것입니다.

작업의 분산 : 너무 오랜 시간 동안 노동을 하지 않도록 작업을 적절히 분산하세요. 짧은 휴식을 통해 몸과 마음을 휴식시키는 것이 중요합니다.

자기관리 : 건강한 생활 습관을 유지하고 충분한 휴식을 취하세요. 몸과 마음을 괴롭히는 노동을 수행하기 전에 충분한 에너지를 얻는 것이 중요합니다.

휴식과 취미 : 노동 외에도 휴식과 자신을 즐겁게 하는 취미를 가지세요. 이를 통해 몸과 마음을 괴롭히는 노동으로부터 벗어날 수 있습니다.

자기계발 : 노동 외에도 자기계발에 시간을 투자하세요. 지식과 기술을 향상시키며 미래에 더 나은 기회를 얻을 수 있습니다.

의사소통과 이해 : 작업을 수행할 때 주변 사람들과의 의사소통을 잘하고 오해를 방지하기 위해 노력하세요. 정확한 정보와 이해는 오해와 꾸중을 피하는데 도움이 됩니다.

목표와 동기부여 : 목표를 가지고 작업을 수행하고 달성한 결과에 대한 스스로의 동기부여를 높이세요. 목표를 향해 노력하면 어리석은 노동을 더욱 가치 있게 만들 수 있습니다.

도움을 청하라 : 너무 어려운 작업이나 몸과 마음을 괴롭히는 노동을 혼자서 해결하지 말고 필요한 경우 도움을 청하세요. 도움을 받는 것은 어리석은 노동을 피하고 결과를 개선하는데 도움이 될 수 있습니다.

어리석은 노동을 피하고 몸과 마음을 보호하기 위해서는 계획, 지식, 조직력, 휴식, 자기관리, 목표 설정 등을 효과적으로 활용하는 것이 중요합니다.

또한 주변 사람들과의 의사소통과 협력도 무시할 수 없는 부분입니다. 어리석은 노동을 극복하고 더 나은 결과를 얻기 위해 노력하면서도 건강과 행복을 유지할 수 있을 것입니다.

성공하는 사람 VS 실패하는 사람

성공하는 사람은 때로는 게으를 때도 있지만, 해야 할 일에 대한 열정과 부지런함을 유지하는 데 주력합니다. 그들은 일의 중요성을 이해하며, 그것에 대한 열정을 불태워 작업에 힘쓰는 특징을 갖고 있습니다. 또한, 부지런함과 게으름 사이의 균형을 유지하는 개념을 이해하고 있으며, 합리적으로 일을 처리합니다. 이는 너무 지나치게 열심히 일하면 본인의 삶만 피곤하게 만들 뿐이라는 사실을 인식하고 있습니다.

한편, 실패하는 사람들은 모든 일에 지나치게 열심히 노력하려는 경향이 있습니다. 그들은 개념 없이 부지런한 행동을 취하며, 결과적으로 자신을 과도하게 혹사시키는 경향이 있습니다. 그들은 게으른 사람이 실패하는 것을 이해하지만, 너무 많은 노력과 부지런함으로 인해 실패를 겪을 수도 있다는 사실을 모르거나 무시하는 경우가 많습니다.

성공하는 사람들은 자신의 에너지와 노력을 적절하게 분배하며, 작업에 필요한 열정을 가지고 효율적으로 일을 처리합니다. 그들은 일과 휴식, 균형을 유지하면서 목표를 달성하는 방법을 알고 있으며, 결과적으로 더 나은 삶을 구축합니다. 실패하는 사람들은 이러한 원칙을 고려하지 않고 지나치게 열심히 노력하면서 오히려 성과를 얻지 못하는 경우가 많습니다.

성공의 문턱을 낮추는 방법
더 큰 성공을 가져다주는
준비의 힘

모소는 중국과 극동에서 자라는 대나무로, 심은 지 5 년이 되도록 전혀 자라지 않습니다. 제아무리 좋은 환경에서도 말입니다. 그러다가 마치 마술에나 걸린 것처럼 갑자기 하루에 2.5 피트씩 자라기 시작해서는 6 주 내에 완전히 자라서 90 피트에 이릅니다. 그러나 그것은 마술이 아닙니다. 모소가 그토록 급성장하는 것은 처음 5년 동안 자란 수마일 길이의 뿌리 덕택입니다. 5 년 동안 준비를 한 덕분입니다.

이 이야기는 성공을 찾기 위해 준비와 노력이 필요하며, 때로는 오랜 시간 동안 노력하고 준비하는 것이 그 후의 큰 성공을 가능하게 만든다는 메시지를 전달합니다. 모소가 처음 5년 동안 자라지 않는 것처럼 보이지만, 그 시간 동안 근간을 다지고 자원을 축적하면서 더 큰 성장을 이루어냅니다. 이는 성공을 찾는 과정에서 준비와 인내의 중요성을 강조하고 있습니다.

일은 미리 준비함이 있으면 성공할 수 있고 준비함이 없으면 실패합니다. 말은 미리 생각하는 바 있으면 실수가 없습니다. 일은 사전에 계획이 있으면 곤란이 없고, 행동은 미리 목표가 서 있으면 후회가 없습니다. 또한 미리 목적지가 서 있으면 막히는 일이 없습니다. 모소의 성장 과정에서 나타나는 현상은 미리 준비가 얼마나 중요한지를 상징적으로 나타내는 것입니다. 처음 5년 동안 뿌리를 자란 것이 없었다면, 그 이후의 급성장은 불가능했을 것입니다. 이를 통해 일상 생활과 업무에서도 미리 준비와 계획이 얼마나 중요한 역할을 하는지를 배울 수 있습니다. 미리 준비하고 계획을 세우면 일을 효과적으로 수행할 수 있고, 예상치 못한 어려움에 대비할 수 있습니다. 목표를 정하고 계획을 세우면, 그 목표를 향해 효과적으로 나아갈 수 있으며, 결과적으로 후회 없이 성공할 가능성이 높아집니다. 이러한 원칙은 업무, 교육, 개인 발전, 건강, 그리고 다양한 측면에서 적용될 수 있으며, 일상 생활에서 미리 준비와 계획을 통해 목표를 달성하는데 도움이 됩니다.

더 큰 성공을 가져다주는 준비에 대한 몇 가지 실천 방안은 다음과 같습니다.

목표 설정 : 성공을 위한 명확한 목표를 설정하세요. 목표를 설정하면 어떤 준비가 필요한지를 파악할 수 있으며, 목표를 향해 효과적으로 나아갈 수 있습니다.

자기평가 : 현재 상황과 역량을 평가하세요. 자신의 강점과 약점을 인식하면 어떤 부분에 더 집중해야 할지를 알 수 있습니다.

계획 수립 : 목표를 달성하기 위한 계획을 세우세요. 계획은 미래에 필요한 준비를 포함하고 있어야 합니다. 계획을 세울 때는 단계적인 목표와 일정을 고려하세요.

학습과 훈련 : 필요한 기술과 지식을 습득하고 역량을 향상시키기 위해 노력하세요. 책, 강의,

온라인 자원 등을 활용하여 학습할 수 있습니다.

시행착오와 경험 : 실제 경험을 통해 배우고 성장하세요. 실패와 성공은 미래에 대비하는 중요한 교훈을 제공합니다.

자기관리 : 건강한 생활 습관을 유지하고 에너지를 관리하세요. 몸과 마음의 건강은 준비를 위해 필수적입니다.

목표 지속적 추적 : 목표를 지속적으로 추적하고 진행 상황을 모니터링하세요. 필요한 경우 계획을 조정하고 개선하세요.

도움과 협력 : 필요한 경우 도움을 청하고 협력하세요. 주변의 전문가나 동료들과 협력하여 더 큰 성공을 이룰 수 있습니다.

자아동기 부여 : 목표를 향한 열정과 동기를 유지하세요. 목표에 대한 열정은 어려움을 극복하고 노력을 지속하는 데 중요한 역할을 합니다.

유연성과 대처능력 : 예상치 못한 상황에 대비하고 대처능력을 키우세요. 불가피한 변화나 어려움에 대처할 준비를 해두는 것이 중요합니다.

성과 평가 : 주기적으로 성과를 평가하고 목표 달성 여부를 확인하세요. 성과 평가를 통해 미래 계획을 개선할 수 있습니다.

인내와 인내력 : 큰 성공을 위해서는 끈기와 인내가 필요합니다. 어려움이나 지연이 있더라도 인내심을 가지고 노력을 계속하세요.

더 큰 성공을 위해서는 준비와 계획이 필수적입니다. 목표를 설정하고 필요한 준비를 하면, 미래에 대비하여 더 나은 결과를 얻을 수 있으며, 어려움에 대처하는데 도움이 될 것입니다.

성공하는 사람 VS 실패하는 사람

성공하는 사람은 자신의 능력을 인정하면서도 항상 지도와 나침반을 준비하는 습관을 가지고 있습니다. 그들은 자신의 능력을 믿지만, 그것을 늘 점검하고 개선하며 자신의 능력을 더 높은 수준으로 발전시키려고 노력합니다. 이러한 자세는 그들이 지식과 경험을 확장하고 계속해서 성장하는데 도움을 줍니다.

반면, 실패하는 사람들은 자신의 능력을 과신하여 자만심에 빠져 지도나 나침반을 준비하지 않는 경향이 있습니다. 그 결과로 능력만으로는 먼 길을 헤매며 돌이킬 수 없는 실수나 낭패를 맞이하게 됩니다. 자신의 능력만으로는 한계가 있음을 인정하지 않고, 항상 지속적인 자기개선을 위해 노력하지 않기 때문에 실패의 가능성이 높아집니다.

성공과 실패 사이의 중요한 차이 중 하나는 자신의 능력을 올바르게 인식하고, 그것을 향상시키기 위한 노력을 기꺼이 기울이느냐 아니냐에 있습니다. 성공하는 사람들은 능력을 향상시키는 것을 우선시하며, 실패하는 사람들은 자만심과 과신에 빠져 경험하지 않아야 할 어려움에 직면하게 됩니다.

세상과 나와의
교감
조화의 힘

개구리 한 마리가 자신의 둔탁한 목소리 때문에 몹시 속상해하고 있었습니다. 그는 감미로운 목소리로 아름답게 노래 부를 수 있는 새들이 샘나서 죽을 지경이었습니다. 그러던 어느 날, 개구리가 요정을 만나서 자신의 둔탁한 목소리를 아름다운 새소리로 바꾸어 달라고 간청했습니다.

요정은 그 요청을 받아들여 둔탁한 개구리 목소리를 종달새 목소리로 바꾸어 주었습니다. 흥분한 개구리는 새로 얻은 목소리를 자랑하고 싶어 부지런히 개구리 마을로 돌아왔습니다. 이윽고 개구리들에게 둘러싸인 채 그는 아름다운 새소리로 감미로운 노래를 불렀습니다. 노래가 끝나자 개구리들은 하나같이 입을 모아 둔탁한 목소리로 개골거렸습니다.

"개구리 목소리가 저렇게 흉측할 수도 있담!"

사람은 혼자 사는 것이 아닙니다. 사회라는 공동체 속에 사는 이상사회와의 관계에 있어서 조화를 얻지 않으면 안 됩니다. 사회뿐 아니라 우주의 모든 자연 법칙에 대해서 적응하고 조화하지 못하고 분열을 일으키고 있습니다. 지혜와 능력을 가지고서도 그의 이상이 사회나 우주와 조화를 이루지 못하고 스스로 불행한 곳으로 몰아치는 사람이 있습니다.

우리의 교양이나 재능은 사회와 우주에 적응하도록 사용되어야 합니다. 조화하지 못하는 지식이나 주장이나 주의는 자기 인격의 분열을 자아낼 뿐입니다.

나를 변화시키는 스위치

남이 당신에게 관심을 갖게 하고 싶거든, 당신 자신이 귀와 눈을 닫지 말고 다른 사람에게 관심을 표시하라. 이 점을 이해하지 않으면, 아무리 재간이 있고 능력이 있더라도 남과 사이좋게 지내기는 불가능합니다. 우리는 혼자 사는 것이 아니라 사회 속에서 살아가며 다른 사람들과 관계를 형성하고 유지합니다. 이러한 관계에서 조화를 이루는 것은 개인과 사회, 그리고 우주와의 깊은 연결을 의미합니다. 또한 지혜와 능력을 가지고 있다 하더라도 이를 조화롭게 활용해야 합니다.

자기만의 이상이나 무지한 주장이 아닌 다른 사람들과 어울리며 협력하며 살아가는 것이 중요합니다. 다른 사람들에게 관심을 갖고, 상호 존중하며 소통하는 것이 사회적 조화를 이루는 기반입니다.

마지막으로, 우리의 행동이 주변 환경과 조화를 이루어야 한다는 원칙을 강조하고 있습니다. 개인적인 이해와 관점을 존중하고 다른 이들과 함께 더 나은 세상을 만들기 위해 협력하는 것이 중요하다는 메시지를 전달하고 있습니다.

세상과 나와의 교감과 조화를 실천하기 위한 방안은 다음과 같습니다.

소통 및 리스닝 : 다른 사람들과 원활하게 소통하고 다른 이들의 의견을 경청하세요. 상대방의 의견을 존중하고 이해하려 노력하면 조화로운 관계를 유지할 수 있습니다.

타인에 대한 이해 : 다양한 배경과 관점을 가진 사람들을 이해하려 노력하세요. 각자의 다름을 인정하고 수용하는 마음가짐을 가지세요.

공동체 참여 : 지역 사회 또는 다양한 단체와 연결되어 공동체에 기여하세요. 공동체 활동을 통해 다른 사람들과 조화롭게 협력하며 성장할 수 있습니다.

자기계발 : 자기를 이해하고 성장하는데 시간을 할애하세요. 자기계발을 통해 더 나은 사람으로 성장하고 주변과의 조화를 이룰 수 있습니다.

평화로운 해결책 찾기 : 갈등이 발생할 때는 평화로운 해결책을 찾으려 노력하세요. 갈등을 고려하고 상호 협력적인 방법을 찾는 것이 중요합니다.

자연과의 조화 : 자연과 환경과의 조화를 중요시하며 지속 가능한 삶을 실천하세요. 자연을 존중하고 보호하는 노력은 우리와 세계와의 조화를 도모합니다.

타인에게 관심 표현 : 다른 사람들에게 관심을 표현하고 도움을 주려고 노력하세요. 상호 작용을 통해 보람을 느끼며 조화로운 관계를 유지할 수 있습니다.

성장과 배움 : 새로운 경험과 지식을 통해 개인적으로 성장하세요. 지속적인 학습과 개발은 조화를 이루는 데 도움이 됩니다.

연습과 노력 : 조화로운 관계를 구축하려면 지속적인 노력과 연습이 필요합니다. 기술을 향상시키고 관계를 강화하기 위해 노력하세요.

타협과 융통성 : 타인과의 관계에서 타협하고 융통성을 발휘하세요. 상황에 따라 조절하고 상대방의 요구사항을 고려하는 것이 중요합니다.

세상과 나와의 교감과 조화를 위해서는 상호 존중과 이해, 협력과 연결, 그리고 지속적인 노력이 필요합니다. 이러한 실천 방안을 통해 더 조화로운 관계를 형성하고 세상과 나 자신 사이에서 조화를 이룰 수 있을 것입니다.

성공하는 사람은 출세를 위해 독특한 개성을 갖추는 것의 중요성을 인정하지만, 그 개성을 유지하면서도 주변과 조화를 이루고 정도를 지키는 데 노력합니다. 그들은 자신의 독특한 특징을 주변 사람들과 조화롭게 조화시키며, 자신의 개성을 존중받을 뿐만 아니라 주변의 사람들로부터 인정받는 사람입니다.

반면, 실패하는 사람들은 남과 다르게 빛날 필요가 있다고 생각하며 자신의 능력을 과장하고 너무 강조하는 경향이 있습니다. 그래서 자신이 눈에 띄려고 노력할 때 때로는 다른 사람들의 의견이나 감정을 고려하지 않고 어설픈 행동을 취하기도 합니다. 이로 인해 주변 사람들로부터 비판이나 손가락질을 받는 경우가 많습니다.

성공과 실패의 차이 중 하나는 개성을 가지되, 그것을 조화롭게 유지하고 주변과 어울리며 정도를 지키는 데 얼마나 노력하는지에 달려 있습니다. 성공하는 사람들은 자신의 개성을 존중하면서도 타인과 협력하고 어울리며, 그 결과로 자신의 개성을 존중받고 성공을 이룹니다. 실패하는 사람들은 자신의 개성을 과장하고 남다르게 나타나려고 하면서 오히려 주변 사람들과 갈등을 빚고 실패의 함정에 빠지게 됩니다.

삶을 더욱 어렵고 불행하게
만드는 습관
불평의 힘

화단 구석에 장미가 한 송이 피었습니다. 그런데 얼마나 불평이 많았는지 눈만 뜨면 불평을 털어 놓는 것으로 하루를 시작했습니다. 장미는 밤이면 춥고 어두워서 못 있겠으니 거실로 옮겨 달라고 주인을 졸랐습니다.

주인은 장미를 화분에 옮겨서 거실에 두었습니다. 얼마 후 장미는 또다시 주인에게 불평을 했습니다. 여기는 나비가 찾아오지 않으니 창가에 옮겨 달라고 했습니다. 주인은 장미를 창가에 옮겨 주었습니다. 하지만 이번에도 장미는 창가에는 고양이가 지나다녀서 싫다며 화병에 넣어 방안으로 옮겨 달라고 했습니다. 주인은 다시 장미를 화병으로 옮겨 방안 에 두었습니다. 며칠 뒤 장미는 또 다시 주인에게 바깥 화단으로 옮겨 달라고 말했습니다. 하지만 이미 뿌리가 잘린 장미는 시들어버렸고 주인은 장미를 뽑아 쓰레기통에 버리고 말았습니다.

이 이야기는 불평과 불만이 삶을 어렵고 불행하게 만들 수 있는 습관에 대한 경고를 담고 있습니다. 장미는 자신의 환경과 상황을 계속해서 불평하며 변화를 요구했지만, 결국 그 불평이 자신의 파멸을 가져왔습니다. 이를 통해 우리는 불평과 불만을 가지고 있는 동안 기존의 긍정적인 측면을 감추거나 놓치게 되며, 결과적으로 더 나쁜 상황을 만들 수 있다는 교훈을 얻을 수 있습니다. 불평 대신에 문제 상황을 해결하거나 긍정적인 변화를 가져올 수 있는 방법을 찾는 것이 중요합니다.

나를 변화시키는 스위치

불만은 생활에 독을 섞어 놓습니다. 참고 견디는 것은 생활에 시적인 정취와 엄숙한 아름다움을 줍니다.

괴로워하거나 불평하지 말라. 사소한 불평은 눈감아 버려라. 어떤 의미에서는 인생의 큰 불행까지도 감수하고, 목적만을 향하여 똑바로 전진하라.

인간의 마음 세계는 전쟁터입니다. 미움, 시기, 원망, 불안, 초조, 근심, 걱정 열등감, 의욕상실, 패배감 등의 모든 심리적 갈등은 각종 질병의 직간접적인 원인이 됩니다. 불평과 거짓말은 나 자신을 약하게 하는 방법입니다. 강한 사람은 불평을 입에 올리지 않습니다. 구멍난 자기 집 앞을 불평과 거짓말로 메우지 말고 진실로 메워나가야 합니다. 불만과 부정적인 감정이 인생을 어떻게 해치는지에 대한 중요한 교훈을 담고 있습니다.

불만은 일상생활에 독을 섞어 놓고, 긍정적인 경험과 아름다움을 가로막을 수 있습니다. 참고 견디며 긍정적인 태도를 유지하는 것은 삶을 더 풍요롭게 만들어줄 수 있습니다. 또한 사소한 불평은 무시하고, 목적을 향해 직진하라고 조언합니다. 생활에서 발생하는 작은 불평과 갈등을 크게 느끼지 말고, 그 대신 큰 목표와 가치를 추구하며 노력하라는 메시지가 내포되어 있습니다.

인간의 마음은 각종 감정적 갈등의 전장이라고 강조하며, 부정적인 감정과 심리적인 문제가 건강에 영향을 미칠 수 있다고 설명합니다. 이러한 이유로 불평과 거짓말을 지양하고, 진실과 긍정적인 태도를 취하는 것이 중요하다고 강조합니다. 강한 사람은 불평을 하지 않고 자신을 약하게 만들지 않는다는 점도 강조되고 있습니다.

불평을 줄이고 긍정적인 태도를 취하는 방법은 다음과 같습니다.

감사의 태도 : 매일 무엇인가에 대한 감사의 마음을 가지세요. 삶 속에서 긍정적인 측면을 발견하고 그것에 집중하세요.

의식적 관찰 : 불평을 하기 전에 자신의 감정과 생각을 관찰하세요. 불평이 나타날 때 왜 그런 생각이 드는지 이해하려 노력하세요.

문제 해결 : 불평 대신 문제를 해결하려 노력하세요. 문제를 발견하면 해결 방법을 찾고 실제 조치를 취함으로써 불만을 해소할 수 있습니다.

긍정적인 언어 : 긍정적인 언어를 사용하고 긍정적인 말을 주변 사람들에게 전파하세요. 부정적인 언어와 비교하여 긍정적인 표현을 더 많이 사용해보세요.

자기독려 : 자신에게 긍정적인 자기 대화를 하세요. 자신을 격려하고 자신에게 자신감을 심어주세요.

스트레스 관리 : 스트레스와 불만은 서로 연관이 있을 수 있습니다. 스트레스 관리 기술을 배우고 일상적으로 실천하세요.

목표 설정 : 목표와 가치를 정의하고 이를 향해 노력하면, 불평 대신 성취감을 얻을 수 있습니다.

사랑과 관계 : 가족과 친구와의 사랑과 관계를 중요시하고 유지하세요. 사랑과 지지를 받을 때 불평이 줄어들 수 있습니다.

긍정적인 환경 : 긍정적인 사람들과 시간을 보내고 긍정적인 환경에서 활동하세요. 주변 환경이 긍정적인 영향을 미칠 수 있습니다.

자기 개선 : 불평이 자주 나타나는 주제나 상황을 파악하고 자기 개선에 노력하세요. 자기 성장과 함께 불평을 줄일 수 있습니다.

불평은 부정적인 감정을 더욱 강화시키고, 삶의 질을 저하시키는 결과를 가져올 수 있습니다. 따라서 불평을 줄이고 긍정적인 태도를 취하는 노력을 지속적으로 실천하면 더 풍요로운 삶을 누릴 수 있을 것입니다.

성공하는 사람 VS 실패하는 사람

성공하는 사람은 불평보다는 먼저 감사의 이유를 찾는 습관을 가지고 있습니다. 그들은 오늘도 자신이 가진 것에 대해 감사하며, 이러한 감사의 마음을 가지고 최선을 다해 노력하며 삶을 살아갑니다. 이러한 태도는 긍정적인 에너지를 불러일으키며, 삶을 더 풍요롭게 만들어갈 수 있는 중요한 요소 중 하나입니다.

한편, 실패하는 사람들은 감사하는 마음보다는 먼저 불평할 대상을 찾는 경향이 있습니다. 그들은 불평과 불만을 늘어놓으며, 자신의 삶을 부정적으로 바라보는 습관을 가지고 있습니다. 이로 인해 자신의 불평과 불만만이 증가하고, 노력과 긍정적인 변화의 기회를 놓치는 경우가 많습니다.

성공과 실패 사이의 차이 중 하나는 감사의 태도와 긍정적인 마음가짐을 가지는 데 얼마나 주력하는지에 달려 있습니다. 성공하는 사람들은 감사와 긍정적인 태도를 키우며, 이를 통해 더 나은 삶을 창조해나갑니다. 반면, 실패하는 사람들은 부정적인 마음가짐으로 불평과 불만을 강조하며, 이로 인해 더 나빠지는 상황을 자주 경험하게 됩니다.

새로운 시작을 찾아가는 길
다시 시작할 수 있는 길을 열어주는
고난의 힘

미국의 유명한 화가 모제스(1860-1961)는 12세 때 남의 집 고용살이를 시작하고, 27세때 농부와 결혼하여 10자녀를 기르고, 남편과 사별한 75세 때부터 그림을 그리기 시작하였습니다. 그리고 그녀는 101세에 타계할 때까지 무려 1천 6백여 점의 그림을 남겨놓고 갔습니다. 어릴 때부터 그림 그리기를 즐겨 딸기즙이나 포도즙으로 색깔을 칠하곤 했던 그녀는 남편이 죽은 뒤 물감 대신 수를 놓아 그림을 그렸습니다. 하지만 관절염 때문에 손가락을 움직이기 힘들어 바늘을 잘 다룰 수 없게 되자, 진짜 그림을 그리기로 결심했습니다. 5년 후인 1939년 여든 살 할머니는 뉴욕 화랑에서 첫 개인전을 열었습니다. 그때는 이미 화랑의 주인이 할머니의 그림을 몽땅 구입할 정도로 유명세를 타고 있었습니다. 101살에 죽을 때까지 무려 1,600여 점의 작품을 남겼습니다.

모제스의 이야기는 힘든 상황과 나이에도 불구하고 새로운 시작을 찾아나가고 성공을 거둔 놀라운 사례입니다. 그녀는 미술에 대한 열정과 예술적 역량을 지닌 상상력을 통해 자신을 새로이 발견하고 새로운 길을 열어나갔습니다. 이를 통해 우리는 고난과 어려움이 삶의 끝이 아닌 새로운 시작을 가능하게 하며, 우리의 잠재력을 최대로 끌어내는 계기가 될 수 있다는 것을 배울 수 있습니다. 모제스의 이야기는 희망과 인내의 힘을 강조하며, 어떤 나이나 상황에서도 목표를 향해 나아갈 수 있는 영감을 주는 이야기입니다.

나를 변화시키는 스위치

괴로움에는 여러 가지 종류가 있습니다. 자기의 의무를 다하기 위한 괴로움이 있고, 운명과 싸우며 견디는 괴로움도 있습니다. 또 나쁜 유혹을 물리치려고 애쓰는 괴로움도 있고, 또 한 걸음 나아가서는 무엇인가 좋은 일을 하고 올바른 것을 지키기 위한 괴로움도 있습니다. 이 모든 괴로움은 신체에 양식이 필요하듯 우리 정신의 양식이 되는 것입니다. 편하기만을 원하는 영혼은 위태롭습니다. 괴로움을 이겨나가지 않고는 스스로 영혼을 구하지 못합니다. 어떻게 80세의 노인이 이렇게 아름다운 성공을 할 수 있었나? 손에 관절염으로 인한 고통이 왔기 때문입니다. 또한 고통이 와도 포기하지 않고 계속하는 열심, 의욕, 추진력, 인내가 있었기 때문입니다. 역경과 고통을 이겨내면 운명이 바뀝니다.

괴로움과 역경은 우리 삶에서 피할 수 없는 부분이며, 이를 헤쳐나가는 과정에서 우리의 내면은 성장하고 강화됩니다. 겪는 어려움을 통해 우리는 더 강인해지고 새로운 것을 배울 수 있습니다. 그리고 인내와 의지를 발휘하여 괴로움을 이겨내고 새로운 성공을 이룰 수 있습니다. 위대한 성취와 성공 이야기들은 종종 역경을 극복하고 힘을 내는 데 영감을 주곤 합니다. 의지와 인내를 잃지 않고 괴로움을 이겨내는 것은 더 나은 미래를 찾는 첫걸음일 수 있습니다.

모제스의 이야기는 우리에게 역경과 괴로움을 극복하고 새로운 성공을 찾는 데 대한 영감을 줍니다. 역경은 삶에서 피할 수 없는 부분이며, 그런 상황에서도 인내와 의지를 발휘하여 괴로움을 이겨내고 새로운 가능성을 찾을 수 있습니다.

이러한 역경을 극복하고 새로운 시작을 할 수 있는 능력은 우리가 가질 수 있는 가장 강력한 자산 중 하나입니다. 몇 가지 추가적인 점을 고려해보겠습니다.

목표와 열정 : 역경을 극복하려면 명확한 목표와 열정이 필요합니다. 모제스는 그림을 그리는 열정을 가지고 있었으며, 이를 통해 어려움을 극복하고 성공을 이루었습니다.

자기 의지와 결단력 : 모제스는 관절염과 같은 고통을 겪었지만 포기하지 않고 계속 노력했습니다. 자기 의지와 결단력은 어려운 시간을 극복하는 데 중요합니다.

긍정적인 마인드셋 : 긍정적인 마음가짐은 역경을 극복하는 데 도움이 됩니다. 모제스는 나이에 상관없이 그림 그리기를 즐겼으며, 이것이 그녀를 성공으로 이끈 한 요소 중 하나였습니다.

지속적인 노력 : 성공은 종종 지속적인 노력과 연결됩니다. 모제스는 그림 그리기를 시작한 후에도 계속해서 작품을 만들어냈습니다. 역경을 이기기 위해서는 끊임없는 노력이 필요합니다.

자기 성장 : 어려움을 극복하면서 자기 성장과 발전의 기회를 찾을 수 있습니다. 모제스는 그림 그리기를 통해 자신의 예술적 능력을 향상시켰으며, 이는 그녀의 성공으로 이어졌습니다.

역경을 극복하고 새로운 시작을 하는 것은 어려운 일일 수 있지만, 모제스의 이야기에서 보듯이 가능합니다. 역경을 이기고 더 나은 미래를 향해 나아가려면 명확한 목표, 열정, 인내, 결단력, 그리고 긍정적인 마음가짐이 필요합니다. 이러한 요소들을 강화하고 발전시키면 어려움을 극복하고 새로운 성공을 찾을 수 있을 것입니다.

성공하는 사람 VS 실패하는 사람

성공하는 사람은 어려운 일이 생겨도 "이제 다시 시작하겠다."고 말하는 습관을 가지고 있습니다. 그들은 어려움을 마주하더라도 그 일을 더 많은 성장과 더 많은 기회를 얻는 계기로 바라보는 사람입니다. 어려운 상황에서도 포기하지 않고 계속해서 도전하며, 스스로를 더욱 발전시키고 발전의 문을 엽니다.

반면, 실패하는 사람은 조금 어려운 일이 생기면 "이젠 틀렸어."라고 말하는 경향이 있습니다. 그들은 어려움을 겪을 때 더 이상의 발전이나 기회를 기대하지 않고 포기하는 경향이 있습니다. 이로 인해 자신의 성장과 기회를 제한하며, 어려움을 극복하지 못하는 경우가 많습니다.

성공과 실패 사이의 중요한 차이 중 하나는 어려움을 어떻게 대처하고 바라보느냐에 있습니다. 성공하는 사람들은 어려움을 도전의 기회로 인식하며, 스스로를 발전시키는 계기로 활용합니다. 반면, 실패하는 사람들은 어려움을 문제로 인식하고, 이를 극복하지 않고 포기하는 경향이 있어서 결과적으로 발전의 기회를 놓치게 됩니다.

무한한 가능성
무에서 유를 창조하는
희망의 힘

한 사내가 있었습니다. 그는 정말 가난한 스코틀랜드인 가정에서 태어났습니다. 한때는 고집이 세고 논쟁을 일삼는 문제아로 불렸습니다. 그는 12살 때 부모를 따라 미국으로 이민 와 일주일에 1달러 20센트를 받는 직물공장에 취직했습니다. 14살 때는 주급 2달러를 받기 위해 석탄가루를 뒤집어 쓰고 증기기관차의 화부로 일했습니다. 그는 우편배달부가 된 뒤부터 노동자 도서관에서 경영과 기술을 공부했습니다. 그리고 보조 전신사를 거쳐 철도회사에 근무했습니다. 1873년, 그는 친구와 함께 철강회사를 설립했고 이 기업은 일약 세계적인 회사로 도약했습니다. 이 사람의 이름은 카네기였습니다. 그는 국제평화기금과 카네기재단을 설립한 세계적인 대부호입니다. 그를 '철강왕'이 아닌 '고집센 무식쟁이'로 기억하는 사람은 아무도 없습니다. 그는 책을 통한 노력으로 학교에서 배우지 못한 정보와 지혜를 얻었습니다.

앤드루 카네기(Andrew Carnegie)의 이야기는 노력과 희망의 힘을 대표하는 사례 중 하나입니다. 그는 어려운 환경과 가난한 출신에서 출발하여, 자기계발과 교육을 통해 자신의 무한한 가능성을 탐구했고, 결국 세계적인 기업가와 열심히 일하며 쌓아올린 부를 활용하여 사회에 큰 선순환을 이끌어 냈습니다. 그가 설립한 국제평화기금과 카네기재단은 세계적으로 인정받는 자선 활동을 지속적으로 수행하면서 많은 이들에게 희망을 주었습니다.

카네기의 이야기는 힘들고 어려운 상황에서도 희망을 가져가고 성공을 이룰 수 있다는 것을 보여주며, 노력과 교육이 개개인의 삶을 긍정적으로 바꿀 수 있는 능력을 제공한다는 것을 강조합니다. 그의 예는 무에서 유를 창조하고 끈질기게 목표를 향해 나아가는 열정과 인내, 그리고 희망의 힘을 강조하는 좋은 사례입니다. 이 이야기는 열심히 노력하고 희망과 꿈을 가지는 것이 성공과 성취의 열쇠임을 강조합니다. 카네기의 경험은 빈곤한 출신으로부터 시작하여 끊임없는 노력과 자기 계발을 통해 세계적인 기업가로 성공을 거둔 것을 보여줍니다. 그의 꿈과 희망이 그를 성공으로 이끈 중요한 요소 중 하나였습니다.

나를 변화시키는 스위치

희망과 꿈은 우리 삶에 동기부여를 제공하며, 어려운 순간에도 계속해서 나아가게끔 합니다. 또한 목표를 설정하고 열심히 노력함으로써 꿈을 현실로 만들 수 있습니다. 이러한 원칙은 개인과 직업, 교육, 그리고 다양한 측면에서 적용될 수 있으며, 성공을 추구하는 데 도움이 됩니다.

또한 이 이야기에서 강조되는 노력과 헌신은 성공을 위한 필수적인 조건입니다. 꿈을 이루기 위해서는 노력하고 희생을 감수해야 합니다. 마지막으로,

꿈과 희망을 잃지 않는 것은 삶을 더 의미 있게 만들고, 목표를 향해 끊임없이 나아가는 데 도움을 줍니다. 그러므로 희망과 꿈을 갖고 노력하는 것은 인생을 더욱 풍요롭게 만들 수 있는 힘 있는 동력입니다.

주어진 글의 내용을 바탕으로 희망과 꿈을 실천하기 위한 방안을 아래와 같이 제시해보겠습니다.

목표 설정 : 희망과 꿈을 실현하려면 명확한 목표를 설정해야 합니다. 어떤 분야에서 성공하고 싶은지를 고민하고, 구체적이고 현실적인 목표를 세우는 것이 중요합니다.

계획 수립 : 목표를 달성하기 위한 계획을 세우는 것은 핵심입니다. 어떤 단계를 거쳐 목표를 달성할 것인지 계획을 세우고, 일정을 관리하여 목표에 근접하도록 합니다.

끊임없는 노력 : 열심히 일하고 노력하는 것은 꿈을 이루는 핵심입니다. 어떤 어려움이나 실패에 부딪혀도 포기하지 않고 계속 노력하는 자세를 가집니다.

지속적인 자기계발 : 자기계발을 통해 능력을 향상시키고 지식을 쌓는 것은 꿈을 실현하는 데 도움이 됩니다. 독서, 교육, 스킬 향상을 위해 노력합니다.

긍정적인 태도 : 희망과 긍정적인 마음가짐은 어려운 순간에도 힘을 주는 요소입니다. 낙관적으로 문제를 바라보고, 실패를 배움의 기회로 삼는 태도를 갖습니다.

동기부여와 지원 : 가족, 친구, 멘토, 동료 등의 지원과 동기부여는 중요합니다. 주변 환경과 함께 목표를 공유하고 서로 도우며 희망을 공유합니다.

불가피한 어려움 대처 : 희망과 꿈을 향해 나아가면서 불가피하게 어려움과 실패가 찾아올 수 있습니다. 이때는 이를 극복하고 다시 일어날 수 있는 강인한 정신을 기르는 것이 중요합니다.

지속적인 평가와 수정 : 목표 달성 과정을 지속적으로 평가하고 필요한 경우 계획을 수정합니다. 목표에 도달하기 위해 필요한 조치를 취하며 나아갑니다.

이러한 방안을 통해 희망과 꿈을 현실로 만들기 위한 노력을 지속적으로 기울일 수 있을 것입니다. 무엇보다도 자기 자신을 믿고, 포기하지 않고 노력하는 자세가 중요합니다.

성공하는 사람은 불평을 하기보다는 작은 집이라도 있어서 쉴 수 있어 좋다고 생각하는 긍정적인 태도를 가지고 있습니다. 그들은 어려운 조건과 환경에서도 최선을 다하며 미래를 더 나은 방향으로 개척하는 사람입니다. 자신이 가진 것을 감사하며, 그것을 활용하여 성장하고 발전하는 데 주력합니다.

한편, 실패하는 사람들은 항상 불평을 하며 작은 집이나 가진 것을 소홀히 여기는 경향이 있습니다. 그들은 자신의 어려운 상황을 항상 부정적으로 바라보며, 남이 가진 것만을 부러워하고 비교하면서 자신의 삶을 낭비하는 경우가 많습니다. 이러한 태도는 성장과 발전을 억제하고, 긍정적인 변화를 막는 요인 중 하나입니다.

성공과 실패 사이의 차이 중 하나는 주변 환경과 자신의 상황을 어떻게 인식하고 대처하는지에 달려 있습니다. 성공하는 사람들은 주어진 환경과 자원을 최대한 활용하여 미래를 개척하며, 감사의 마음을 가지고 긍정적인 태도를 유지합니다. 실패하는 사람들은 항상 불평하고 남을 부러워하며, 부정적인 마음가짐으로 발전의 기회를 놓치는 경우가 많습니다.

과정의 힘

참된 인간이 되어 가는 과정
결과를 더욱 빛내주는

밀턴은 매일 새벽 4시에 일어나 '실락원'을 집필했습니다. 노아 웹스터는 '웹스터사전'을 집필하기 위해 36년간 자료를 수집하고 두 번이나 대서양을 횡단했습니다. 플라톤의 '국가론'은 무려 아홉번이나 대필한 다음에 완성된 것입니다. 시인 브라이언트는 자신의 시를 보통 99번씩 다듬어 완성했습니다. 미켈란젤로의 '최후의 심판'은 8년 동안 땀흘려 완성한 대작입니다. 레오나르도 다빈치의 '최후의 만찬'도 10년의 세월이 걸렸습니다. 작가는 일에 너무 열중한 나머지 식사하는 것조차 잊어버린 적이 많았습니다. 슈만 하인크는 위대한 가수가 되기 위해 20년간 가난과 싸웠습니다.

위대한 성취를 이루기 위해서는 많은 사람들이 끈질기고 헌신적으로 노력해야 합니다. 위에서 언급한 예시들은 성공과 위대함을 향한 긴 여정에서 지나치지 않은 노력과 헌신을 보여주는 사례입니다. 이러한 사례들은 과정의 힘을 강조하며, 결과물을 빛내는 것은 결국 오랜 노력과 끈질김의 산물임을 보여줍니다. 우리는 종종 결과에만 집중하고 과정을 간과하기 쉽지만, 이러한 과정이 결과물을 형성하고 더욱 가치 있게 만드는 중요한 부분입니다. 끈질긴 노력, 실패와 교정, 시행착오, 자기 개선, 그리고 헌신적인 행동은 목표를 향해 나아가는 과정에서 필수적인 것들입니다. 따라서 위대한 결과를 얻고자 하는 사람들은 결과물을 빛내는 데 필요한 과정을 소중히 여기고 헌신해야 합니다.

나를 변화시키는 스위치

꿀벌은 살아있는 동안에 지구의 세바퀴나 되는 거리를 날며 꿀을 모읍니다. 소중한 것은 항상 땀과 노력을 요구하게 마련입니다. 사람들은 자신의 일에 대해 너무 일찍 승부를 거는 경향이 있습니다.

위대한 업적을 남긴 사람들은 대부분 수많은 시행착오와 피나는 노력을 투자했습니다. 고난이 있을 때마다 그것이 참된 인간이 되어 가는 과정임을 기억해야 합니다. 인생이란 기쁨도 아니고 슬픔도 아니며, 다만 그 두 가지를 지향하고 종합해 나가는 과정에서 파악되어야 할 것입니다.

커다란 기쁨도 커다란 슬픔을 불러올 것이며, 또 깊은 슬픔은 깊은 기쁨으로 통하고 있습니다. 자신의 할 일을 발견하고 자신의 하는 일에 신념을 가진 사람은 행복합니다. 돈 있는 사람은 자진하여 돈의 노예가 될 뿐입니다. 사람의 가치는 물론 진리를 척도로 하지만, 그러나 그가 갖고 있는 진리보다는 그 진리를 찾기 위해서 맛본 고난에 의해서 개선되어야 합니다.

자신의 삶을 풍요롭고 의미 있게 만들기 위한 실천방안을 아래와 같이 제안합니다.

노력과 헌신 : 꿀벌처럼 노력하고 헌신하여 자신의 목표를 달성하려고 노력하세요. 어떤 일이든지 끊임없는 노력이 성취로 이끕니다.

시행착오에 대한 긍정적인 태도 : 위대한 업적을 이룬 사람들이 수많은 시행착오를 겪었음을 기억하세요. 실패와 실수는 성공의 계단으로 가는 길에 있는 것입니다. 실패를 경험할 때마다 배우고 성장하도록 노력하세요.

기쁨과 슬픔의 균형 : 인생은 기쁨과 슬픔이 균형을 이루는 과정입니다. 어려운 시기와 행복한 순간을 모두 받아들이며, 어려움을 극복할 때 더 큰 기쁨을 누리게 될 것입니다.

자아 실현 : 자신의 할 일과 진리를 찾는 것에 신념을 가지세요. 자신의 열정과 관심을 따르는 분야에서 노력하고 성취하세요.

자기 가치의 인식 : 돈이나 외적인 성취보다는 자신의 가치를 내적인 측면에서 인식하세요. 자신의 도덕성, 인내력, 헌신, 그리고 기여도가 자신의 가치를 결정하는 중요한 요소입니다.

적극적인 태도 : 긍정적이고 적극적인 태도를 가지세요. 어려운 시기에도 포기하지 않고 힘을 내어 어려움을 극복하세요.

긍정적인 관계 유지 : 주변 사람들과 긍정적이고 지지하는 관계를 유지하세요. 상호 지원과 이해가 인생을 더 풍요롭게 만듭니다.

지속적인 자기계발 : 새로운 지식을 습득하고 개인적인 역량을 향상시키세요. 학습과 성장은 삶을 더 풍요롭게 만드는 열쇠입니다.

자신의 목표 설정 : 목표와 계획을 세우고, 그에 따라 일할 때 노력을 기울이세요. 목표 달성을 향해 꾸준한 노력이 중요합니다.

희망과 꿈 유지 : 미래에 대한 희망과 꿈을 가지고 일하고 살아가세요. 목표와 꿈이 없으면 인생은 쓰고 답답해질 수 있습니다.

위의 방안을 통해 꿀벌과 같이 땀과 노력을 기울여 더 풍요로운, 의미 있는 삶을 창조할 수 있을 것입니다. 인내와 헌신, 긍정적인 태도, 그리고 지속적인 발전을 통해 자신의 업적을 만들어가세요.

성공하는 사람은 결과보다는 그 결과를 얻기 위한 과정에 충실하려는 태도를 가지고 있습니다. 그들은 끈질기게 노력하며, 어떤 어려움과 실패가 있더라도 그것을 배우고 성장의 기회로 삼습니다. 이러한 자세로 인해 그들은 그 과정에서 여러 번 실패하더라도 다시 일어나는 즐거움을 경험합니다.

반면, 실패하는 사람들은 결과에만 집착하며 과정을 간과하는 경향이 있습니다. 그들은 실패를 일으키는 과정에서 일어나는 어려움을 후회하고 자신을 비난하는 데에만 시간과 에너지를 낭비합니다. 결과를 중시하는 태도는 종종 실패의 부담을 더욱 크게 만들며, 그들이 진정한 삶의 기쁨을 놓치게 만듭니다.

성공과 실패 사이의 차이 중 하나는 결과물이 아닌 그 결과를 얻기 위한 노력과 과정을 어떻게 인식하고 살아가느냐에 달려 있습니다. 성공하는 사람들은 과정을 소중히 여기며, 실패와 어려움을 통해 성장하고 즐길 수 있는 기쁨을 찾아냅니다. 실패하는 사람들은 결과에만 집착하여 과정을 무시하고, 이로 인해 실패를 부정적으로 바라보며 진정한 기쁨을 놓치는 경향이 있습니다.

어떤 것보다 더 빨리 당신을 죽이는 행동
눈과 마음을 닫아버리는
질투의 힘

어느 날 천사가 한 여자에게 나타나 말했습니다.

"내가 너를 축복하겠다. 그리고 네가 원하는 친구 한 사람에게는 너에게 주는 축복보다 갑절로 많은 축복을 주겠다. 어떤 축복을 원하며 어떤 친구를 갑절로 축복해 주기 원하는가?"

그러자 갑자기 그 여자의 머릿속에 평소에 질투하던 여자가 떠올랐습니다. 그래서 그녀는 이렇게 대답했습니다.

"천사님, 제게 주실 축복을 갑절이나 더 줄 사람이 있습니다. 그리고 제가 바라는 축복은 한 쪽 눈이 머는 것입니다."

이 이야기는 질투의 힘을 표현하는 아주 간단하면서도 강력한 비유입니다. 질투는 종종 우리의 마음과 관계, 사회 생활, 성공, 행복 등 다양한 측면에 부정적인 영향을 미칠 수 있습니다. 질투는 자신의 불만이나 부족함을 다른 사람에게 투영하고, 종종 부정적인 감정과 행동을 초래합니다.

이 이야기에서 주인공이 한 쪽 눈을 원하는 것은 그녀가 질투하는 상황에서 자신을 통제하려는 욕망을 나타냅니다. 질투는 종종 우리의 시야를 좁게 만들고, 긍정적인 것들을 인식하지 못하게 만들 수 있습니다. 그래서 질투를 극복하고 열린 마음을 가지는 것이 중요합니다. 다른 사람의 성공을 부러워하지 말고, 자신의 노력과 성취에 집중하여 더 나은 삶을 살아가는 것이 좋습니다.

나를 변화시키는 스위치

마음에 질투를 품지 않도록 조심하라. 왜냐하면 그것은 어떤 것보다 더 빨리 당신을 죽이는 것이기 때문입니다. 무엇이건 간에 질투하지 말라. 왜냐하면 질투는 당신이 아름다운 생활을 하지 못하게 막는 것이기 때문입니다. 질투란 얼마나 무서운 감정인가? 질투는 우리로 하여금 질투하는 대상 외에 어느 것에도 집중하지 못하게 만듭니다. 질투의 감정으로 인해 일상에서 느끼는 행복과 정상적인 삶, 올바른 가치관이 파괴되는 것을 잊은 채 말입니다.

마음에 질투를 품지 않고 어떻게 더 건강하고 긍정적인 태도를 가질 수 있는지에 대한 몇 가지 실천방안은 다음과 같습니다.

자기 인식과 자신감 강화 : 질투는 자신의 불안감과 자신감 부족에서 비롯될 수 있습니다. 자신의 가치를 높이고 자신감을 키워 나가는 것이 중요합니다. 이를 위해 자기계발 활동을 추구하고 긍정적인 자기 대화를 가질 수 있도록 노력하세요.

자기비교 자제 : 다른 사람과의 무분별한 자기비교를 자제하세요. 다른 사람의 성과나 재산에 집중하는 대신 자신의 목표와 가치에 집중하세요.

자기동기부여 : 자신을 더 나은 사람으로 발전시키기 위한 목표와 동기부여를 찾으세요. 자신만의 비전과 목표를 가지고 일할 때 질투의 감정을 줄일 수 있습니다.

자기존중감 증진 : 자기존중감을 키우는 데 집중하세요. 자기를 사랑하고 소중히 여기면 다른 사람들의 성과나 재산에 대한 질투가 덜해질 것입니다.

감사의 태도 : 감사의 마음가짐을 기르세요. 일상에서 감사할 만한 것들을 발견하고, 감사 일기를 쓰거나 매일 감사하는 시간을 갖는 것이 도움이 될 수 있습니다.

평가 기준 재고 : 성공이나 행복을 측정하는 기준을 다시 검토하세요. 자신의 가치를 다양한 측면에서 평가하고, 외부적인 성공만이 행복의 지표가 아님을 이해하세요.

정서적 자기조절 : 질투의 감정이 일어났을 때 이를 조절하는 방법을 배우세요. 깊게 숨을 들이마시고 감정을 정화하는 기술을 연습하면 도움이 됩니다.

심리 상담 : 질투가 지속적으로 문제가 된다면 전문가의 도움을 받는 것이 도움이 될 수 있습니다. 심리 상담을 통해 감정을 이해하고 관리하는 방법을 배울 수 있습니다.

질투는 부정적인 감정이며, 자신과 주변 사람들에게 해를 끼칠 수 있습니다. 이를 극복하고 더 긍정적인 마음가짐을 가지려면 위의 방안들을 참고하여 노력하고, 자신을 더 나은 방향으로 이끄는 데 집중하세요.

성공하는 사람 VS 실패하는 사람

성공하는 사람은 자신을 누구에게 의존하고 싶어 하지 않으며, 또한 남의 불행을 이용하여 자신을 위로하려 하지 않는 사람입니다. 그들은 남의 불행을 위로하고 돕는 데에 진심을 다해 남을 행복하게 하며, 이러한 행동을 통해 자신도 행복을 느끼며, 남의 행복을 축하하는 데에 큰 기쁨을 느끼는 사람입니다. 그들은 타인의 행복을 자신의 행복과 연결시키며, 다른 사람의 성공과 기쁨을 자신의 일부로 생각합니다.

한편, 실패하는 사람은 자신을 더 강한 사람에게 의존하고 싶어하며, 자신보다 약한 사람들을 통해 자신을 위로하려는 경향이 있습니다. 그들은 남의 불행을 이용하여 자신을 위로하려 하고, 이로 인해 단기적으로는 행복을 느낄 수 있어도 결국에는 불행을 느끼게 됩니다. 또한, 남의 행복을 부러워하며 시기하고 질투하는 경향이 있어, 결국에는 불행을 더욱 강조하게 됩니다.

성공과 실패 사이의 차이 중 하나는 타인과의 관계와 자신의 감정을 어떻게 다루는지에 달려 있습니다. 성공하는 사람들은 타인을 돕고 행복하게 하는 데에 진심을 다하며, 이를 통해 자신의 행복을 찾아가는 반면, 실패하는 사람들은 타인에게 의존하고 부러움과 질투로 자신을 고통스럽게 만듭니다.

사람이 사람과 함께 어울린 상생의 길
하나가 되었을 때 발휘하는
우리의 힘

바다거북은 산란기가 되면 모래사장으로 올라와 보통 500개 이상의 알을 낳습니다. 거북의 산란장은 백사장의 깊은 모래 웅덩이입니다. 거북은 웅덩이에 알을 낳고 모래로 알을 덮어놓습니다. 그런데 알에서 부화한 새끼거북들이 육중한 모래를 뚫고 빠져나오는 모습은 실로 장엄합니다. 새끼들은 상호협력과 철저한 역할분담을 통해 모래를 뚫고 세상으로 나옵니다. 맨 위쪽의 새끼들은 부지런히 머리 위의 모래를 걷어냅니다. 옆의 새끼들은 끊임없이 벽을 허뭅니다. 그러면 맨 아래 있는 새끼거북은 무너진 모래를 밟아 바닥을 다져가면서 세상으로 나옵니다. 거북알 하나를 묻어놓으면 밖으로 나올 확률은 고작 25%에 불과합니다. 그러나 여러 개를 묻어놓으면 거의 모두 모래 밖으로 나옵니다.

바다거북의 산란장에서의 행동은 상생과 협력의 훌륭한 예를 보여줍니다.

이 이야기에서는 사회적 협력과 상생의 중요성을 강조하며, 이것은 우리 인간 사회에서도 유용하게 적용될 수 있습니다. 상호 협력과 역할분담을 통해 어려움을 극복하고, 다수의 기회를 제공하여 모두가 성공할 수 있는 환경을 조성하는 것은 우리의 힘을 발휘하는 중요한 방법 중 하나입니다.

나를 변화시키는 스위치

샘물은 강물과 강물은 바다와 하나가 됩니다. 하늘의 바람은 영원히 달콤한 감정과 섞입니다. 세상에 외톨이인 것은 하나도 없으며, 만물은 신성한 법칙에 따라 서로 다른 것과 어울리는데 사람이 사람과 함께 어울려 상생의 길을 걷는 것은 당연한 일입니다. 합한 두 사람은 흩어진 열 사람보다 낫습니다. 상호협력은 상생(相生)을 가져옵니다. 그러나 반목과 질시는 파멸을 가져올 뿐입니다.

우리가 되기 위한 실천방안을 아래와 같이 정리할 수 있습니다.

상생(相生)의 원리를 이해하기 : 글에서 언급한 상생의 원리를 이해하고 받아들이는 것이 중요합니다. 모든 존재는 서로 다른 것과 어울려 삶의 조화를 이루고 있으며, 이를 인식하고 실천하는 것이 필요합니다.

타인과의 협력과 연대 : 자신의 일, 가족, 친구, 동료, 사회와의 관계에서 협력과 연대를 강조하세요. 서로 다른 역할과 능력을 가진 사람들이 함께 일하면 더 큰 성과를 이룰 수 있습니다.

타인에 대한 이해와 존중 : 다른 사람들의 다양성과 차이를 이해하고 존중하세요. 상호 이해와 배려는 상생의 기반이 됩니다.

긍정적인 인간관계 유지 : 글에서는 합한 두 사람이 흩어진 열 사람보다 낫다고 언급합니다. 긍정적이고 건강한 인간관계를 유지하고 강화하는 노력을 기울이세요.

비판과 갈등 해결 : 반목과 질시가 파멸을 가져올 수 있다고 언급한 것처럼, 갈등과 비판을 건

설적으로 해결하려는 노력을 기울이세요. 갈등을 해소하고 문제를 해결하는 과정에서도 서로를 존중하고 협력하는 방법을 찾으세요.

긍정적인 태도 : 긍정적이고 개방적인 태도를 가지세요. 남을 배려하고 도움을 주는 데에 기꺼이 참여하고 신뢰를 쌓아가세요.

자기 성장 : 상생과 협력은 자신의 성장에도 기여할 수 있습니다. 다른 사람들과 함께 일하며 배우고 성장하는 기회를 극대화하세요.

상생의 원리와 긍정적인 인간관계는 개인과 사회의 번영을 위해 중요합니다. 이러한 실천방안을 통해 더 나은 삶과 더 나은 세상을 형성하는 데 기여할 수 있을 것입니다.

성공하는 사람 VS 실패하는 사람

성공하는 사람은 다른 사람들과의 관계에서 서로의 공통점과 차이점을 존중하고 조화롭게 조절하는 데 주력합니다. 그들은 다양한 사람들과 어울리며, 공감과 이해를 통해 서로를 존중하고 신뢰를 쌓아가며 조화를 이룹니다. 이러한 태도로 다른 사람들로부터 환영을 받으며, 긍정적인 관계를 유지하려 노력하는 사람입니다.

한편, 실패하는 사람들은 자신의 사상과 가치관을 다른 사람들에게 강요하며, 다른 사람들의 독특한 개성을 인정하지 못하는 경향이 있습니다. 이로 인해 자신의 관계가 갈등과 갈취로 이어지며, 다른 사람들로부터 배척을 당하거나 고립감을 느끼게 됩니다. 다양성을 존중하지 않고 자신만의 가치관을 강조하는 태도는 종종 부정적인 결과를 초래합니다.

성공과 실패 사이의 차이 중 하나는 다른 사람들과의 관계에서 어떻게 상호

작용하고 조화를 이루는지에 달려 있습니다. 성공하는 사람들은 다양한 사람들과 조화롭게 지내며 상호 존중과 이해를 바탕으로 긍정적인 관계를 유지하려 노력합니다. 반면, 실패하는 사람들은 자신의 가치관을 강요하고 다른 사람들과 충돌을 빚으며 부정적인 관계를 형성하곤 합니다.

하나의 초점이 성공에 대한 삶
살아가는 힘을 더욱 강하게 해주는
집중의 힘

윌리엄 힌슨이라는 사람이 언젠가 동물 조련사가 사자에게 다가갈 때 왜 의자를 들고 들어가는지에 대해 설명한 적이 있습니다. 조련사는 회초리와 권총을 갖고 있는데도 의자의 네 다리를 사자를 향하여 들고 들어간다고 합니다. 그 이유는 사자로 하여금 의자 네 다리에 동시에 초점을 맞추려고 애쓰도록 하면서 일종의 무기력증에 사로잡히도록 하는 것이라고 합니다. 결국 집중력이 분산된 사자는 온순하고 유약하게 됩니다.

이 이야기에서 나오는 동물 조련사의 행동은 집중의 힘과 초점을 강조합니다. 삶에서 목표를 달성하고 성공을 이루려면 명확한 초점과 집중이 필요합니다. 여러 가지 요소나 외부의 영향으로 주의가 분산되면 효율성이 떨어질 수 있습니다. 따라서 중요한 일에 초점을 맞추고 주의를 집중시키는 것은 성공과 성취를 위해 중요한 요소 중 하나입니다.

살아가는 기술이란, 하나의 공격목표를 골라서 거기에 집중하는 데에 있습니다. 아무리 약한 사람이라도 단 하나의 목적에 자신의 온 힘을 집중함으로써 무엇인가 성취할 수 있으나, 반면에 아무리 강한 사람이라도 그의 힘을 많은 목적에 분산하면 어떤 것이나 성취할 수 없습니다.

패자를 승자로 바꿀 수 있는 비법이 있다면 그건 바로 당신이 원하는 것에 집중하는 것입니다. 세상에서의 다초점은 잘못하면 무초점이 됩니다. 성공하기 위하여 맞추어야 할 초점은 오직 하나입니다. 이 하나의 초점이 성공에 대한 삶에 집중하게 만듭니다.

위의 글에서 나온 내용을 바탕으로 목표 달성과 집중력을 향상시키기 위한 실천 방안은 다음과 같습니다.

목표 설정 : 먼저 명확하고 구체적인 목표를 설정하세요. 어떤 것을 달성하고자 하는지를 정확히 이해하고 목표를 세우세요.

우선순위 설정 : 여러 목표와 할 일이 있을 때, 우선순위를 정하고 중요한 목표에 우선적으로 집중하세요.

분산된 에너지 피하기 : 자원과 에너지를 너무 많은 목표에 흩뿌리지 말고, 하나의 목표나 과제에 집중하십시오. 다른 목표는 하나를 성취한 후에 다루도록 하세요.

전문성 개발 : 하나의 목표에 집중하여 전문성을 개발하십시오. 전문성을 키우면 해당 분야에서 더 큰 성과를 얻을 수 있습니다.

자기관리와 계획 : 목표를 달성하기 위한 계획을 세우고 일정을 관리하세요. 효과적인 시간 관리와 자기관리는 집중력을 향상시키는 데 도움이 됩니다.

외부 간섭 최소화 : 목표에 집중할 때 주변의 간섭을 최소화하세요. 조용한 환경에서 일하거

나 집중할 수 있는 장소를 찾으세요.

목표 과정 추적 : 목표를 달성하는 과정을 주시하고 진척 상황을 정기적으로 확인하세요. 성과를 보면서 동기부여를 유지하세요.

긍정적 마인드셋 : 목표를 향해 나아가는 동안에도 긍정적인 마음가짐을 유지하세요. 어려움을 극복하고 자신을 격려하세요.

휴식과 균형 : 목표 달성을 위한 노력과 휴식 및 삶의 균형을 유지하세요. 지나치게 몰두하지 않고 휴식을 취하면 더 오래 집중할 수 있습니다.

자기관찰과 개선 : 목표를 향한 노력 중에 자기를 지속적으로 평가하고 개선의 여지가 있는지 고민하세요.

위의 실천 방안을 활용하면 목표를 향해 더 효과적으로 집중하고, 원하는 결과를 더 빨리 달성할 수 있을 것입니다.

성공하는 사람 VS 실패하는 사람

성공하는 사람은 한 가지 일에 집중하여 목표를 달성하는 데 주력하는 사람입니다. 그들은 한 번에 한 가지 목표를 완수하고 나면 다시 겸손하게 다른 목표에 도전하는 특징을 가지고 있어서 자신의 삶을 명확하고 심플하게 살아갑니다. 이러한 집중력과 목표 달성 능력은 그들의 성공에 기여합니다.

한편, 실패하는 사람들은 여러 가지 일을 동시에 벌려놓고 제대로 처리하지 못하는 경향이 있습니다. 이로 인해 어떤 것 하나라도 제대로 마무리하지 못하고 자신의 삶을 혼란과 복잡함으로 가득 채우게 됩니다. 여러 일에 동시에 흩어져 에너지를 낭비하면서 목표 달성에 어려움을 겪는 경우가 많습니다.

성공과 실패 사이의 차이 중 하나는 목표 달성을 위해 어떻게 작업하고 계획을 세우는지에 있습니다. 성공하는 사람들은 한 번에 한 가지 목표에 집중하고 완수하는 습관을 가지며, 이를 통해 명확하고 단순한 삶을 유지합니다. 반면, 실패하는 사람들은 여러 가지 일을 분산시키고 제대로 처리하지 못하면서 혼란과 복잡함을 경험하게 됩니다.

겸손은 매우 중요한 미덕 중 하나
나를 더욱 돋보이게 하는
겸손의 힘

미국의 독립 전쟁 당시, 군인들이 전투 준비를 하느라고 부산을 떨고 있는 동안 사복 차림의 한 사람이 부하들에게 무거운 지렛대를 들어 올리라고 거만스럽게 명령하고 있는 하사 옆을 지나가게 되었습니다. 그 사람은 걸음을 멈추고 그 하사에게 "왜 저 군인들을 도와주지 않습니까?"하고 물었습니다. 대답은 화가 치솟은 목소리로 되돌아 왔습니다.

"난 하사란 말이야!"

신사는 정중하게 사과를 하고 나서 코트를 벗어놓고 달려들어 군인들을 도와주었습니다. 일이 다 끝난 후에 그는 이렇게 말했습니다.

"하사님, 일할 사람이 모자라면 언제든지 사령관에게 찾아오시오. 내가 기꺼이 도와주겠소."

이 말을 남기고 조지 워싱턴은 코트를 입고 사라졌습니다.

이 이야기는 겸손과 자비심의 중요성을 강조하고 있습니다. 조지 워싱턴의 행동은 그의 높은 지위와 명성에도 불구하고 다른 사람을 돕고 싶다는 겸손한 마음을 나타냅니다. 이러한 겸손한 태도는 미덕 중 하나로 여겨지며, 다른 사람을 존중하고 돕는 것은 더 큰 가치를 갖는 것으로 여겨집니다.

나를 변화시키는 스위치

바다와 강이 수백 개의 산골짜기 물줄기에 복종하는 이유는 그것들이 항상 낮은 곳에 있기 때문입니다. 따라서 다른 사람들보다 높은 곳에 있기 바란다면 그들보다 아래에 있고, 그들보다 앞서기를 바란다면, 그들 뒤에 위치하라. 이와 같이하여 사람들의 뒤에 있을지라도 그의 무게를 느끼지 않게 하며 그들보다 앞에 있을지라도 그들의 마음을 상하게 하지 않습니다. 겸손은 미덕중에서 가장 터득하기 힘든 덕목입니다. 자기 자신을 높이려는 욕망보다 더 없애기 힘든 것은 없습니다. 겸손하게 허리를 숙이는 것은 자화자찬과는 반대로 자신을 존귀하게 만드는 행동인 것입니다. 겸손하기만 하다면 모든 존재가 당신에게 스승이 됩니다. 그러나 부처가 곁에 있더라도 전혀 친밀한 관계가 이루어지지 않는다면 그것은 당신이 겸손하지 못하기 때문입니다. 겸손한 자는 항상 이깁니다. 스스로를 낮추는 사람들이 사는 사회는 분쟁이 없습니다.

겸손은 매우 중요한 미덕 중 하나로, 인간관계와 성장에 긍정적인 영향을 미칩니다. 아래는 겸손을 실천하고 자신을 더욱 돋보이게 하는 방법입니다.

자기 인식 : 자신을 알고 이해하는 것이 중요합니다. 자기 인식을 향상시켜 자신의 강점과 약점을 파악하고 겸손한 자세로 나아갈 수 있습니다.

다른 사람들을 존중 : 다른 사람들의 의견과 가치를 존중하고 듣는 것이 중요합니다. 다양한 관점을 이해하려 노력하고 타인의 의견을 존중하세요.

자기 칭찬 줄이기 : 너무 자주 자기 칭찬을 하거나 자만하지 마세요. 자신의 성취를 과소평가하지 않으면서도 자기 칭찬을 절제하세요.

다른 사람의 도움 수용 : 겸손한 사람은 다른 사람의 도움을 받는 것을 주저하지 않습니다. 도움을 받고 감사의 인사를 드리는 것을 습관화하세요.

실수 인정하기 : 실수를 인정하고 배우는 것은 겸손의 일부입니다. 자신의 부족한 면을 받아들이고 개선하기 위해 노력하세요.

타인을 돕기 : 다른 사람들을 도울 때 겸손한 자세로 도움을 제공하세요. 이는 자신의 능력을 과시하는 것이 아니라 다른 이들의 필요를 먼저 생각하는 것을 의미합니다.

자기 주장을 유연하게 조절 : 자기 주장을 강하게 내세우지만, 다른 의견에 개방적이며 조절할 수 있는 자세를 가지세요. 유연성은 겸손한 태도의 일부입니다.

배움과 성장 : 겸손한 사람은 끊임없이 배우고 성장하려고 노력합니다. 새로운 지식을 습득하고 스킬을 향상시키는 것을 즐기세요.

자신에게 관대하게 : 완벽하지 않을 수 있다는 사실을 받아들이세요. 자신에게 관대하게 대하면 스스로를 더욱 돋보이게 만들 수 있습니다.

감사의 마음 : 일상 생활에서 감사의 마음을 가지세요. 작은 일에도 감사하고 주변의 긍정적인 면에 주의를 기울이세요.

겸손한 자세를 가짐으로써 다른 사람들과 더 좋은 관계를 형성하고 성장의 기회를 놓치지 않을 수 있습니다. 겸손은 인생에서 미덕을 높이는 길 중 하나이며, 자신을 더욱 돋보이게 만드는 데 도움이 됩니다.

성공하는 사람 VS 실패하는 사람

성공하는 사람은 겸손한 마음으로 세상을 탐구하고 자신의 내면을 수련하

는 데 큰 관심을 두는 사람입니다. 그들은 겉치장보다는 자기 자신을 더 깊게 이해하며 성장하고 발전하기 위해 노력합니다. 자신의 삶을 관리하고 개선하는 데 노력하며, 머릿속의 아이디어와 가치관을 현실로 실현하기 위해 노력하는 사람입니다.

한편, 실패하는 사람들은 겉치장만 화려하게 꾸미는 경향이 있습니다. 그들은 순간적인 행복을 위해 외부적인 것들에 집중하며, 겉치장과 외적인 성공에만 주목하는 경우가 많습니다. 이러한 태도로 인해 자신의 삶을 비참하게 만들 수 있으며, 단기적인 효과와 만족만을 추구하면서 장기적인 목표를 놓치는 경우가 있습니다.

성공과 실패 사이의 차이 중 하나는 자신의 내면을 탐구하고 개선하기 위한 노력과 겸손한 태도를 가지고 있는지에 달려 있습니다. 성공하는 사람들은 자기 자신을 깊게 이해하고 성장하기 위해 노력하며, 내면의 풍요로움을 추구합니다. 실패하는 사람들은 외부적인 것에만 집중하며 단기적인 만족을 추구하는 경향이 있어서 장기적인 성공을 얻기 어렵습니다.

가능성을 믿는 낙관
무한한 가능성을 열어주는
긍정의 힘

미국의 34대 대통령 드와이트 D 아이젠하워는 긍정적인 사람이었습니다. 그가 대통령 선거에 출마할 때 선거운동 슬로건은 '나는 아이크(그의 애칭)가 좋다!'였습니다. 일부 참모진이 반대했지만 그는 "매우 긍정적인 슬로건"이라고 하면서 만족해했습니다. 결국 그는 대선에서 승리합니다. 그는 애연가였습니다. 어느 날 의사로부터 심각한 경고를 받고 담배를 끊었습니다. 그의 자서전을 쓰던 작가가 "담배 끊는데 큰 어려움이 없었습니까?"라고 묻자 그는 웃으면서 말했습니다.

"왜 어려움이 없었겠습니까? 그러나 나는 이런 긍정적인 생각으로 의지를 다졌습니다. '너 아이크는 다른 사람들이 갖고 있지 않은 중요한 것을 갖고 있습니다. 그것은 담배를 끊는 의지다'라는 생각이 나와의 싸움에서 이기게 했습니다."

드와이트 D 아이젠하워의 긍정적인 마인드와 자기희생적인 의지는 그의 인생과 정책 결정에 큰 영향을 미쳤습니다. 그의 이야기는 긍정적인 사고와 자기 희생이 어떻게 무한한 가능성을 열어주고 성취를 이룰 수 있는 데 도움을 주는지를 보여줍니다. 드와이트 D 아이젠하워의 이야기는 우리가 긍정적으로 생각하고 행동하여 무한한 가능성을 열어갈 수 있다는 영감적인 메시지를 전달합니다.

나를 변화시키는 스위치

실패는 유한하지만 가능성은 무한한 것이라는 가능성을 믿는 낙관적인 힘으로 인간은 발전하는 것입니다. 낙관이란 근본적으로 인생은 좋은 것이요, 결국 인생 속에 있는 선이 악을 정복한다는 믿음에 근거한 철학입니다. 또 그것은 모든 어려움, 모든 고통 속에서 어떤 좋은 것이 포함되어 있다는 것을 전제로 합니다. 그리고 낙관자는 좋은 것을 찾는 사람을 의미합니다. 진실로 신나게 인생을 산 사람들 중에서 마음속에 낙관이 없었던 사람은 단 한 사람도 없습니다. 긍정적인 생각이 인생을 바꿉니다.

낙관적인 태도는 인생을 긍정적으로 바라보고 믿음을 갖는 중요한 특성입니다. 낙관적인 사람들은 어려운 상황에서도 희망을 가지며 더 나아가려고 노력합니다. 아래는 낙관적인 태도를 가지고 더 긍정적으로 생각하고 행동할 수 있는 방법 몇 가지입니다.

불확실성에 대한 수용 : 인생은 불확실하고 예기치 않은 일들이 많습니다. 낙관적인 사람은 이러한 불확실성을 수용하고 적응하는 법을 배우려고 노력합니다.

목표와 계획 : 목표를 설정하고 그것을 향해 나아가는 계획을 세우는 것은 낙관적인 행동입니다. 목표를 향해 나아가면서 성취감을 느낄 수 있습니다.

긍정적인 자기 대화 : 부정적인 자기 대화 대신 긍정적인 자기 대화를 유지하세요. 자신에게 자신감을 주고 자신을 격려하세요.

감사의 실천 : 일상에서 감사의 마음을 가지려고 노력하세요. 어떤 상황에서도 긍정적인 측면을 찾으려고 하면 더 행복해질 수 있습니다.

실패를 배움의 기회로 : 실패를 좌절로 보는 것이 아니라 배움의 기회로 생각하세요. 실패를 통해 성장하고 더 나아갈 수 있습니다.

긍정적인 환경 : 긍정적인 사람들과 둘러싸이세요. 주변 환경이 긍정적이면 자신도 긍정적으로 영향을 받을 가능성이 높습니다.

주인공 의식 : 자신은 자신의 인생의 주인공이며, 상황을 제어할 수 있다고 믿으세요. 자신의 선택이 인생을 좋은 방향으로 이끌 수 있다는 자신감을 가지세요.

무엇에 집중할 것인가 : 인생의 긍정적인 측면에 집중하세요. 어떤 상황에서도 부정적인 면보다 긍정적인 면을 찾으려 노력하세요.

낙관적인 사고는 인생을 더욱 풍요롭고 의미 있는 것으로 만들어 줄 수 있습니다. 실패와 어려움이 있더라도 긍정적인 태도로 마주하면 그것이 더 큰 성취와 행복으로 이어질 수 있습니다

성공하는 사람 VS 실패하는 사람

성공하는 사람은 구름이 잔뜩 끼었어도 그 구름 뒤에 있는 하늘의 태양을 보려는 사람입니다. 그들은 자신의 삶에 어려운 순간이나 어둠의 시기가 있더라도 그것을 극복하고 긍정적으로 생각하는 습관을 가지고 있습니다. 그들은 흐린 날도 맑은 날을 위한 필연적인 경험이라고 생각하며, 어떤 어려움이든 긍정적인 방식으로 대처합니다.

반면, 실패하는 사람들은 맑은 날일지라도 먹구름을 보면서 항상 부정적인 것을 생각하는 경향이 있습니다. 그들은 자신의 삶에 흐린 날이 찾아올 때

그것에 집착하며, 어둠만을 바라보고 긍정적인 면을 간과하는 경우가 많습니다. 이러한 태도는 부정적인 사고와 태도를 강화하며, 자신의 삶을 불행과 흐린 날로 가득 채우게 만듭니다.

성공과 실패 사이의 차이 중 하나는 어떻게 어려움을 인식하고 대처하는지에 달려 있습니다. 성공하는 사람들은 어려운 순간을 긍정적인 경험으로 삼아 성장하려 노력하며, 어떤 상황에서도 희망을 찾으려고 합니다. 실패하는 사람들은 어려움을 부정적으로 인식하고 그것에 집착하며, 자신을 흐린 날로 한정시키는 경향이 있습니다.

실패는 성공의 씨앗이자 학습의 기회
최고의 기회가 숨겨져 있는
실패의 힘

미국이 남북전쟁으로 나라가 둘로 갈라졌을 때 아브라함 링컨은 전쟁의 실패에도 불구하고 이렇게 연설했습니다.

"나는 여러분들의 실패에 대해 관심이 없습니다. 나는 여러분들이 다시 일어나는 것에 관심이 있습니다."

아브라함 링컨의 말은 실패를 다루는 철학을 나타내는 훌륭한 예입니다. 실패는 종종 어려움과 좌절을 가져올 수 있지만, 올바르게 대처하면 큰 성공으로 이어질 수도 있습니다. 아브라함 링컨의 말은 실패를 두려워하지 말고 오히려 실패로부터 배우고 다시 일어서는 것이 중요하다는 것을 강조하고 있습니다. 실패를 두려워하지 않고 긍정적으로 대처한다면, 최종적으로 성공을 향해 나아갈 수 있을 것입니다.

가치 있는 모든 것에는 실패의 위험이 따릅니다. 당신에게 있어 최대의 영광은 한 번도 실패하지 않은 것이 아니라, 넘어질 때마다 다시 일어나는 것입니다. 사람들은 오히려 실패에서 더 많은 것을 배웁니다. 실패한 사람들에게는 많은 아픔이 있습니다. 그 아픔 속에는 시련의 세월이 있습니다. 시련의 세월 속을 잘 관찰해 보면, 의외로 배울 바가 많습니다. 넘어짐으로써 안전하게 걷는 법을 배운다고 하지 않습니까. 실패를 통해서 오히려 성공의 비법을 배우게 됩니다. 어떠한 역경 속에도 최고의 기회, 최고의 지혜가 숨겨져 있습니다. 실패는 없습니다. 다만 미래로 이어지는 결과일 뿐입니다.

월 스트리트 저널에 이런 내용이 게재되어 있었습니다.
"여러분들은 기억도 할 수 없는 수많은 실패를 경험했습니다. 처음 걸음마를 하기 위해서 일어서다가 넘어졌을 것입니다. 처음 수영을 배울 때 물 속으로 쏙 빠지기도 했을 것입니다. 홈런을 많이 치는 타자일수록 스트럭 아웃이 많습니다. R. H. 메이시는 뉴욕에서 일곱 번의 실패 끝에 유명한 점포를 얻게 되었습니다. 영국의 소설가 존 크래시는 564권의 책을 출판하면서 출판사로부터 753번 출판 거절을 당했습니다. 베이브 룻은 1,330번 스트럭 아웃을 당했습니다. 그러나 그는 714개의 홈런을 때렸습니다. 실패를 두려워하지 마십시오. 시도하지 않는 것 때문에 기회를 잃는 것을 염려하십시오."
실패는 성공의 씨앗이자 학습의 기회입니다. 실패를 통해 더 나은 방향으로 나아가고 더 나은 결과를 찾을 수 있습니다.

아래는 실패를 통해 배울 수 있는 몇 가지 가치와 관련된 실천방안입니다.

긍정적인 마인드셋 : 실패를 긍정적으로 받아들이세요. 실패는 성공에 한 발자국 더 나아가는 기회입니다. 각 실패는 더 나은 결과를 위한 경험으로 간주하세요.

실패에서의 교훈 : 실패한 상황에서 어떤 교훈을 얻었는지 돌이켜보세요. 실패를 분석하고, 다음에는 어떻게 더 나아갈지 계획하세요.

위험을 감수 : 실패와 위험이 함께 따라다닙니다. 성공을 원한다면 실패와 함께 가는 위험을 감수해야 합니다. 안전한 영역에서 벗어나세요.

끈기와 인내 : 실패에 처한 경우에도 포기하지 마세요. 끈기 있게 노력하고 인내심을 키워, 실패 후에도 계속 나아가세요.

타인의 경험 공유 : 타인의 실패와 성공 이야기를 듣고 배우세요. 다양한 경험을 공유하는 것은 자신의 성공을 도울 수 있습니다.

목표 재설정 : 실패로 인해 초기 목표가 변경될 수 있습니다. 목표를 새롭게 설정하고, 실패를 극복하여 더 나아갈 방향을 찾으세요.

자기 성장 : 실패는 자기 성장의 기회입니다. 실패로부터 배우고 성장하면, 비슷한 상황에서 미래에 더 나은 결과를 이끌어낼 수 있습니다.

자신을 믿으세요 : 실패를 극복하는 데 자신감을 가지세요. 자신을 믿고 자신의 능력을 인정하세요.

목표 달성을 위한 계획 : 실패에 부딪칠 수 있지만, 목표를 달성하기 위한 계획을 세우고 조정하며 나아가세요.

실패는 성공의 길에 놓인 어려운 장애물 중 하나일 뿐입니다. 그러나 올바른 태도와 노력을 통해 실패를 극복하고 성공으로 나아갈 수 있습니다.

성공하는 사람 VS 실패하는 사람

성공하는 사람은 실패를 두려워하지 않고, 오히려 실패를 배우고 성장의 기회로 바라보는 사람입니다. 그들은 비록 실패를 경험하더라도 단순히 그것에 머무르지 않고, 다시 일어나 새로운 도전에 나서는 특징을 가지고 있습니다. 실패를 겪을 가능성을 두려워하지 않고 적극적으로 시도하며, 그 과정에서 자신의 경험을 풍부하게 쌓아갑니다.

반면, 실패하는 사람들은 실패를 두려워하여 아무것도 시도하지 않거나 주저하는 경향이 있습니다. 그들은 단순히 실패의 가능성을 두려워하고, 이로 인해 아무런 행동을 취하지 않거나 삶을 노력 없이 흘러가게 만듭니다. 이러한 태도로 인해 성장과 발전의 기회를 놓치며 실패를 피하지만 성공 역시 이룰 수 없는 결과를 초래할 수 있습니다.

성공과 실패 사이의 차이 중 하나는 어떻게 실패를 대하는지에 달려 있습니다. 성공하는 사람들은 실패를 기회로 삼아 성장하고 다시 도전하는 용기를 가지며, 이를 통해 더 나은 결과를 이루어냅니다. 실패하는 사람들은 실패를 피하려 하고, 그로 인해 기회를 놓치며 미래의 성공을 방해합니다.

인생에서 가장 해로운 감정
성공적인 삶의 가장 해로운 친구
열등감의 힘

미국의 한 여론조사 기관이 이런 설문조사를 했습니다.
"당신의 외모를 바꿀 수 있다면 바꾸겠는가?"
그에 대해 남자 응답자의 94%, 여자 응답자의 99%가 '그렇게 하겠다.'고 대답했습니다.

이 설문조사 결과는 사회에서 외모에 대한 압력과 자아 이미지에 관한 문제를 반영하고 있습니다. 열등감과 외모에 대한 불만족은 많은 사람들에게 영향을 미칠 수 있으며, 종종 부정적인 정서와 자아 존중감의 부족으로 이어질 수 있습니다. 열등감은 다양한 요인에서 비롯될 수 있으며, 주로 자신을 다른 사람과 비교하고 그 비교에서 뒤처지는 것을 느끼면서 발생합니다. 이것은 사회적인 압력, 매체의 외모 이상, 개인적인 경험 등으로 형성될 수 있습니다.

인간이란 자기가 오랜 동안 상상해 왔던 대로의 인간이 되기 쉽다고 합니다. 자기 자신을 어떻게 생각하고 있는지, 그 생각하는 바 그대로 실현되기 쉽습니다. 그러므로 열등감을 가지고, 언제나 자기를 쓸모 없는 인간이라고 생각하고 있는지, 그 생각하는 바 그대로 실현되기 쉽습니다. 그러므로 열등감을 가지고, 언제나 자기를 쓸모 없는 인간이라고 생각하고 있는 사람은 자기에게 자신을 갖지 못하고, 자기가 상상했던 대로의 인간이 되기 쉽습니다. 뒤집어 말하면, 자기에게 얼마만큼의 능력이 있다고 생각한다면, 그만한 능력을 가진 인간이 될 수 있다는 것입니다. 이제 소극적이고 부정적인 생각을 지닌 채 잠자리에 들지 않도록 합시다. 잠 속에 빠져들면서도 자기가 앞으로 성공할 때의 일을 머리 속에 그려봅시다. 그러면서 '나는 성공한다.'라는 이미지를 키워 나가는 것입니다. '잠자리에 들 때는 언제나 승자가 되어 있어라.' 당당한 자신감으로 당신이 이 세상의 걸작품임을 인식하고 걸작품 답게 살아가는 것이 당신이 가져야 할 삶의 자세입니다.

열등감은 인생에서 가장 해로운 감정 중 하나일 수 있습니다. 이러한 부정적인 감정은 개인의 성장과 행복을 방해할 수 있으며 자신을 과소평가하고 실제 능력을 제대로 발휘하지 못하게 만들 수 있습니다. 아래에는 열등감을 극복하고 자신감을 키우는 실천방안을 몇 가지 제시합니다.

자기 인식 향상 : 자신의 강점과 장점을 인식하고, 이를 강조하고 발전시키는 데 집중하세요. 자신의 능력과 역량을 인정하고 긍정적으로 생각하세요.

목표 설정과 계획 : 명확한 목표를 설정하고 그에 따른 계획을 세우세요. 목표를 향해 노력하고 성취함으로써 자신감을 키울 수 있습니다.

자기 수용 : 완벽하지 않다고 생각할 때에도 자신을 수용하고 사랑하는 태도를 갖으세요. 완벽함은 없으며, 모든 사람은 실수와 결함을 가지고 있습니다.

자기 언어 관리 : 자신이 사용하는 언어와 내부 대화에 주의하세요. 부정적인 자기 대화를 긍정적으로 바꾸는 것은 열등감을 극복하는데 도움이 됩니다.

자기 케어 : 몸과 마음을 적절히 돌봐주세요. 건강한 식사, 충분한 운동, 충분한 휴식은 자신감을 키우는 데 도움이 됩니다.

성공 경험 강화 : 과거의 성공 경험을 상기하고 강화하세요. 성공을 통해 자신을 믿을 수 있는 능력을 인지할 수 있습니다.

긍정적인 환경 : 자신을 격려하고 지원해 주는 사람들과 둘러싸이세요. 부정적인 영향을 주는 인물이나 환경은 피하려 노력하세요.

학습과 발전 : 지식을 쌓고 새로운 기술을 습득함으로써 자신의 역량을 향상시키세요. 지속적인 학습과 발전은 자신감을 키우는 데 중요합니다.

전문가와 상담 : 열등감이 심각한 경우 전문가나 상담사와의 상담을 검토해보세요. 전문적인 도움을 받는 것은 열등감을 극복하는데 도움이 될 수 있습니다.

열등감을 극복하고 자신감을 키우는 것은 시간과 노력이 필요한 작업이지만, 자기 개발과 행복을 위해 중요한 과정입니다. 계속해서 자신을 긍정적으로 평가하고 성장하도록 노력하세요.

성공하는 사람 VS 실패하는 사람

성공하는 사람은 세상의 행복과 불행은 상대적인 것이며, 열등감을 버리고 타인을 포함한 다른 사람들을 존중하는 사람입니다. 그들은 다른 사람이 행복해 보이더라도, 그 사람 또한 삶의 고통과 어려움을 짊어진다는 사실을 이해하고 공감합니다. 그들은 남의 삶을 존중하며, 자신과 타인을 비교하거나 경쟁하지 않고 평화로운 공존을 추구합니다.

한편, 실패하는 사람들은 남과 비교하여 열등감을 느끼는 경향이 있습니다. 그들은 남이 가진 것이 자신의 것보다 더 좋고, 자신이 가지고 있지 못한 것을 다른 사람이 모두 가지고 있다고 생각합니다. 이로 인해 시기와 비교에 사로잡히며, 자신의 삶을 부정적으로 평가하고 불만을 늘어놓는 경우가 많습니다.

성공과 실패 사이의 차이 중 하나는 자신과 타인을 비교하는 태도에 있습니다. 성공하는 사람들은 다른 사람의 행복과 불행을 존중하며, 열등감을 버리고 모든 삶이 고통과 기쁨을 함께 갖고 있다는 사실을 이해합니다. 이러한 태도는 긍정적인 사고와 더 나은 대인관계를 형성하는 데 도움이 됩니다. 실패하는 사람들은 남과의 비교와 열등감을 통해 자신을 부정적으로 평가하며, 자신을 제한하는 요인이 될 수 있습니다.

어려운 시기에도 우리를 격려해주며
힘과 용기를 주는
사랑의 힘

베토벤의 '월광소나타'를 듣고 감동하지 않는 사람은 드뭅니다. '월광소나타'는 베토벤이 한 눈먼 소녀에게 바친 사랑의 선물이었습니다. 베토벤은 눈먼 소녀가 아름다운 달밤의 풍경을 보지 못한 것이 너무 마음이 아팠습니다. 며칠을 고민하던 그는 한 가지 아이디어를 떠올렸습니다.

아름다운 풍광을 소리에 담자. 경치를 소리로 표현해 선물하자. 천재적인 음악가는 달밤의 풍경들을 모두 소리로 옮겼습니다. 나무와 풀잎 위에 쏟아져 내리는 은색의 월광과 물감처럼 뿌려놓은 황홀한 은하수, 하늘에 보석처럼 점점이 박힌 빛나는 별들… 베토벤의 생각은 온통 눈먼 소녀를 향한 사랑과 배려로 가득 차 있었습니다. 어떤 작품을 만들 때보다도 많은 정성을 기울였습니다. 월광소나타가 완성됐을 때 사람들은 칭송을 아끼지 않았습니다.

베토벤의 이야기는 진정한 사랑과 예술의 힘을 보여주는 훌륭한 사례입니다. 그의 노래가 눈먼 소녀에게 아름다운 풍경을 전달하려는 노력은 사랑과 배려가 어떻게 우리를 동기부여하고, 어떤 어려움이든 극복하게 하는지를 보여줍니다. 사랑은 우리를 격려하고 동기부여하는 강력한 힘이 될 수 있습니다. 그것은 우리가 어려움을 극복하고 꿈을 실현하는 데 필요한 용기와 힘을 제공합니다. 또한 사랑은 상대방의 필요를 이해하고 배려하는 것을 통해 나타납니다.

이러한 이야기는 우리에게 사랑과 예술의 힘을 이해하고, 어려움을 극복하며 더 나은 삶을 살아가는 데 어떻게 활용할 수 있는지를 생각하게 합니다. 사랑과 예술은 우리를 풍요롭고 의미 있는 삶으로 인도해 줄 수 있는 힘의 원천입니다.

나를 변화시키는 스위치

사랑은 그 안에 고귀함을 지니고 있습니다. 곧 남의 좋은 점을 인정하고 그를 소중히 여기고 높이 평가한다는 사실을 상대방에게 느끼게 합니다. 사랑은 인간이 선천적으로 지닌 폭력을 완화해 주고 불쾌한 것들을 멀리 함으로써 불행과 고통을 덜어줍니다. 이러한 자세는 이웃에게 참다운 삶을 살게 하고 고통스런 환경을 무난히 극복하게 하며, 그의 내적 상처와 피해를 생각하면서 그의 존엄성을 인정하는 것입니다. 사랑을 모르는 사람은 인생을 모르는 사람입니다. 만약에 사랑을 모르는 사람이 있다면 그는 이미 죽은 사람이나 다름없습니다. 사랑을 받기만 하는 인간은 대개 시시한 방법으로 살아가며 또한 위험하기도 합니다. 되도록이면 스스로를 극복하고 사랑하는 인간으로 되어야 합니다.

사랑은 인간 감정과 인생의 가장 중요한 측면 중 하나입니다. 그것은 우리의 삶을 더 의미 있고 풍부하게 만들어주며, 감동을 더 크게 만들어줄 수 있는 중요한 것입니다.

아래에는 사랑을 더 크게 해주는 몇 가지 방법과 생각할 만한 내용을 제시합니다.

소통과 이해 : 사랑은 상호 소통과 이해에서 시작합니다. 파트너 또는 사랑하는 사람과 열린 대화를 나누고 서로를 이해하려 노력하세요. 서로의 관점과 감정을 존중하고 공감하세요.

서비스와 배려 : 사랑은 헌신과 배려에서 더욱 깊어집니다. 상대방을 위해 무엇을 할 수 있는지 생각하고, 작은 서비스와 예의를 통해 사랑을 나타내세요.

감사의 표현 : 감사의 마음을 표현하고 상대방에게 고마움을 전하세요. 인내심과 인내심을 가지고 상대방에게 감사를 표현하는 것은 감동을 더 크게 만들 수 있습니다.

자기애와 자존감 : 자기 자신을 사랑하고 자기 앞에 있는 것들을 존중하는 것은 사랑을 더 크게 만드는 데 중요합니다. 자기애와 자존감을 키워 내적 안정을 찾으세요.

순수한 관심 : 다른 사람을 진심으로 관심 있게 대하고, 그들의 욕구와 꿈에 관심을 기울이세요. 이는 감동을 더 크게 만들 수 있는 강력한 방법 중 하나입니다.

너무 많은 것을 기대하지 않기 : 사랑은 상대방에게 너무 많은 것을 기대하지 않고, 그들을 위한 공간과 시간을 존중하는 것에서 비롯됩니다. 서로의 독립성을 인정하세요.

삶을 함께 나누기 : 사랑하는 사람과 삶의 경험을 함께 나누는 것은 더 큰 연결을 형성하는 데 도움이 됩니다. 함께 여행하고 새로운 경험을 만들어보세요.

간단한 일상의 아름다움 : 사랑은 일상의 작은 순간에서 발견됩니다. 감동을 느끼게 하는 간단한 일상의 아름다움을 주시하고 나누세요.

용서와 관용 : 용서와 관용은 사랑을 키우는 데 필수적입니다. 상대방의 실수를 용서하고, 각자가 완벽하지 않다는 것을 이해하세요.

사랑은 서로를 향한 무한한 감정과 관심의 결과물로서, 이를 키우고 유지하기 위해 노력하면서 고려하고 배울 것이 많습니다. 그리고 이러한 노력은 감동과 행복한 삶을 창조하는 데 도움을 줄 것입니다.

성공하는 사람은 사랑과 우정의 힘을 깨닫고, 이를 자신과 주변 사람들에게 나누는 사람입니다. 그들은 사랑과 우정이 결국 자신을 사랑하는 것임을 이해하며 연인, 친구, 가족 등 다양한 관계에서 마음을 담은 선물이나 지원을 통해 그 사랑과 우정을 실천합니다. 이러한 태도로 인해 그들은 다른 사람들과의 관계를 강화하고 서로에게 긍정적인 영향을 미치며, 자신의 삶을 풍요롭게 만듭니다.

반면, 실패하는 사람들은 사랑과 우정의 힘을 깨닫지 못하고 자기 중심적으로 행동하는 경향이 있습니다. 그들은 다른 사람을 사랑하거나 신뢰하지 않고, 자기 자신만을 우선시하기에 다른 사람들로부터 사랑과 신뢰를 받지 못하는 경우가 많습니다. 이러한 태도는 대인관계의 어려움을 초래하고, 자신의 고립을 증가시킬 수 있습니다.

성공과 실패 사이의 차이 중 하나는 다른 사람들과의 관계를 소중히 여기고 사랑과 우정을 실천하는 태도에 있습니다. 성공하는 사람들은 사랑과 우정을 나누는 것이 자신을 더 풍요롭게 만들고 다른 사람들과의 연결을 강화한다는 것을 이해하며, 이를 실천합니다. 실패하는 사람들은 자기 중심적인 태도로 인해 대인관계의 어려움을 경험하며 자신을 고립시킵니다.

인생에서 중요한 순간
또 다른 삶의 시작인
결단의 힘

 미국의 유명한 지도자였던 케네디는 그가 대통령에 당선된 후에 아이젠하워 전 대통령을 찾아가서 자문을 받게 되었습니다. 그때 아이젠하워는 젊은 대통령에게 이렇게 말했습니다.

"당신의 임무는 결단하는 것입니다."

록펠러는 석유사업으로 거부가 되었습니다. 그러나 53세 때 불치병에 걸려 우울한 나날을 보내게 되었습니다.

"나는 1년 뒤에 죽는다."

그는 날마다 의사가 한 말을 곱씹으며 절망의 날을 살아갔습니다.

"돈이 뭔가, 이대로 죽어야 하는가, 사람들은 나를 뭐라 평할 것인가"

그러다 그는 순간 큰마음을 먹습니다.

"죽을 바에는 베풀고 죽자."

그는 가진 재산을 학교에,자선단체에,종교단체에,사회단체에 기증했습니다. 그리고 생각과 삶의 방향을 완전히 바꾸었습니다. 그랬더니 마음의 병도 서서히 치료되어 갔고, 그 후 그는 44년을 더 살았습니다. 사람은 욕심을 버리고 움켜 쥔 손을 펴는 순간 진정한 자유를 느끼게 됩니다.

결단의 힘은 인생에서 또 다른 삶의 시작을 의미합니다. 때로는 우리는 중요한 결정을 내려야 하며, 그 결정이 우리의 삶을 크게 바꿀 수 있습니다. 아이젠하워 전 대통령의 말처럼 "임무는 결단하는 것"이라고 말할 수 있습니다. 결단을 내리고 적극적으로 행동하는 것이 중요합니다. 록펠러의 이야기도 결단의 힘을 잘 보여주는 사례입니다. 그는 어떤 상황에서도 희망을 잃지 않고, 욕심을 버리고 다른 이들을 돕기로 결심했습니다. 이것이 그를 새로운 삶의 시작으로 이끈 것이며, 결국에는 병을 극복하고 더 오랜 세월을 살 수 있게 되었습니다. 이는 결단이 어떻게 우리의 삶을 긍정적으로 변화시킬 수 있는지를 보여주는 좋은 사례입니다.

결단은 때로는 어려운 상황에서도 희망을 찾고, 새로운 길을 열어주는 열쇠가 될 수 있습니다. 그러므로 우리는 어려운 순간에도 결단력을 발휘하고 새로운 시작을 감행할 용기를 가져야 합니다.

나를 변화시키는 스위치

한순간의 판단은 때로 평생의 경험과 맞먹을 만큼의 가치가 있습니다. 결단을 내리지 않는 것이야말로 최대의 해악입니다. 그렇기에 신속하게 결단을 내리고 행동할 수 있도록 항상 자기 훈련에 힘쓰고, 결단은 스스로 내리는 것입니다. 다른 사람들이 기분이 상할 정도로 독불장군 행세를 할 필요는 없지만, 무엇보다도 자신에게 진실해야 합니다. 스스로에게 어떤 일을 해도 좋다고 허락하는 것으로도 충분합니다.

결단은 인생에서 중요한 순간 중 하나이며 새로운 시작을 알리는 열쇠입니다. 아래에서 몇 가지 결단을 내리고 새로운 삶을 시작하는 방법에 대해 설명합니다.

목표 설정 : 먼저 어떤 목표나 꿈을 실현하고자 하는지를 생각하세요. 목표를 설정하고 구체적으로 목표를 이루기 위한 계획을 세우세요.

자기 평가 : 현재의 상황과 자신의 미래에 대해 자기 평가를 하세요. 현재의 강점과 약점을 고려하고 어떤 분야에서 개선이 필요한지를 파악하세요.

무엇이 중요한가? : 무엇이 당신에게 정말로 중요한지를 고민하세요. 자신의 가치관과 우선순위를 명확히 하면 어떤 결단을 내릴지에 대한 방향이 보다 명확해집니다.

자원 활용 : 목표를 달성하기 위해 필요한 자원을 파악하고 활용하세요. 이는 돈, 시간, 기술, 지식 등을 포함합니다.

노력과 헌신 : 어떤 결단을 내리더라도 그것을 위해 헌신하고 노력해야 합니다. 일정한 노력과 헌신을 통해 목표를 달성할 수 있습니다.

자기 훈련 : 스스로를 개선하고 발전시키기 위한 자기 훈련을 통해 능력을 향상하세요. 새로운 시작은 자기 개발과 함께 시작됩니다.

낙관적인 마음가짐 : 어떤 결단을 내리더라도 낙관적으로 생각하세요. 실패나 어려움이 있을 수 있지만, 긍정적인 마음가짐으로 어려움을 극복할 수 있습니다.

자기 신뢰 : 스스로를 믿고 자신에게 자신감을 갖으세요. 자기 신뢰가 결단을 내릴 때 도움이 됩니다.

실행 계획 : 결단을 내리고 나서는 실행 계획을 세우세요. 무엇을 어떻게 할 것인지를 구체적으로 계획하고 행동하세요.

시간 관리 : 새로운 시작은 시간 관리에 따라 성공할 수 있습니다. 시간을 효율적으로 활용하고 목표를 향해 노력하세요.

지속성 : 어떤 결단을 내리더라도 지속성이 중요합니다. 포기하지 않고 계속해서 노력하고 발전하세요.

새로운 시작은 어려운 결단을 내리는 것에서부터 시작되며, 이를 통해 더 나은 미래를 만들 수 있습니다. 자신의 목표를 향해 결단을 내리고 행동하면 새로운 성장과 성공의 기회가 열릴 것입니다.

성공하는 사람 VS 실패하는 사람

성공하는 사람은 결정을 내릴 때 용기를 가지고 결단을 내리는 사람입니다. 그들은 어떤 상황에서도 불확실한 상태에 머무르지 않고, 결정을 미루거나 망설이지 않습니다. 그들은 결단을 내릴 때 필요한 정보를 수집하고 신중하게 고려하지만, 결국에는 결정을 내리고 나서 행동에 옮깁니다.

실패하는 사람들은 결정을 주저하며 자신의 삶을 낭비하는 경향이 있습니다. 그들은 미루고 미루다가 결국에는 자신의 시간과 기회를 낭비하며 어떤 일에 대한 불확실성에 과도하게 주의를 기울이는 경향이 있습니다. 이러한 태도로 인해 자신의 삶을 어영부영한 상태로 방치하는 경우가 많습니다.

성공과 실패 사이의 차이 중 하나는 결정력과 용기에 있습니다. 성공하는 사람들은 결정을 내리고 행동에 옮기는 데 용기를 가지며, 이를 통해 목표를 달성하는 데 집중합니다. 실패하는 사람들은 결정을 주저하고 미루면서 불확실성과 주저의 고리에 빠져 자신의 삶을 방치하는 경우가 많습니다.

희망을 실현하는데 중요한 역할
희망을 이루게 해주는
노력의 힘

세계적으로 유명한 첼리스트인 파블로 카잘스는 예술가로서 세계적인 명성을 얻은 후에도 여전히 매일 6시간씩 연습을 했습니다. 어떤 사람이 그에게 왜 그렇게 애를 쓰느냐고 물었습니다. 그의 대답은 간단했습니다.
"나는 진보하고 있다고 생각하기 때문이오."

헤비급 챔피언 제임스 콜베트는 늘 이렇게 말했습니다.
"1라운드만 더 싸우면 챔피언이 된다. 모든 일이 힘겹겠지만 당신은 1라운드만 더 싸우면 된다."

파블로 카잘스와 제임스 콜베트의 이야기는 희망을 실현하는 과정에서 노력과 열정이 얼마나 중요한 역할을 하는지를 보여줍니다. 이 두 예시에서, 뛰어난 성과를 얻기 위해서는 지속적인 노력과 자기 개선의 의지가 필요하다는 것을 알 수 있습니다.

이러한 이야기들은 희망을 갖고 그 희망을 실현하려는 의지와 노력이 함께 가야한다는 중요한 교훈을 전달합니다. 힘들고 어려운 상황에서도 희망을 잃지 않고 끊임없이 노력하면, 원하는 목표를 이루는 데 한 발짝 더 다가갈 수 있습니다.

나를 변화시키는 스위치

고통을 겪어야 강하게 된다는 것이 얼마나 숭고한 일인가를 알아야 합니다. 인내할 수 있는 사람은 그가 바라는 것은 무엇이든지 손에 넣을 수가 있습니다. 고통은 인내를 낳고, 그러한 끈기는 희망을 낳습니다. 위대하게 될 기회는 당신의 내부에 있습니다. 자신이 가지고 있는 것으로 최선을 다하라. 그렇게 한다면 언젠가는 꼭 성공할 것이고 보람을 느낄 것입니다.

희망을 이루기 위해서는 노력과 인내가 필요합니다. 이야기에서 파블로 카잘스와 제임스 콜베트가 보여준 노력과 투지는 희망을 실현하는데 중요한 역할을 합니다. 여기에서 몇 가지 희망을 이루게 해주는 노력과 관련된 원칙을 생각해볼 수 있습니다.

지속적인 연습과 발전 : 카잘스와 같이 예술가들은 끊임없는 연습을 통해 자신을 발전시킵니다. 어떤 분야에서든 성공을 이루기 위해서는 노력과 연습이 필수입니다.

긍정적인 마음가짐 : 제임스 콜베트의 말처럼, 어떤 어려움이든 "1라운드만 더 싸우면 된다."는 긍정적인 마음가짐을 갖는 것이 중요합니다. 어려움을 이겨내고 계속해서 희망을 품을 수 있습니다.

고난과 인내 : 고통과 어려움을 이겨내고 인내를 갖는 것은 희망을 키우는 데 중요합니다. 어려운 시기에도 포기하지 않고 노력하면 희망을 이룰 수 있습니다.

자기 끈기와 자기 동기부여 : 자신의 목표와 꿈을 위해 끈기를 갖고 노력하며, 자기 동기부여를 유지하는 것이 중요합니다. 자신을 계속해서 동기부여하고 끈기 있게 노력하면 희망을 실현할 수 있습니다.

내부 자원 활용 : 어떤 상황에서도 내부에 있는 자원을 활용하려 노력하세요. 자신이 갖고 있는 능력과 잠재력을 최대한 활용하면 희망을 더 쉽게 이룰 수 있습니다.

긍정적인 환경과 지원 : 주변 환경과 지원 시스템도 희망을 뒷받침합니다. 긍정적인 사람들과의 관계를 유지하고, 필요하다면 지원을 받아 희망을 키우세요.

노력과 투지를 가지고 희망을 추구하는 것은 우리가 원하는 목표와 꿈을 달성하는데 중요한 요소입니다. 실패와 어려움을 극복하면서도 희망을 잃지 않고 노력하면, 언젠가는 원하는 것을 이룰 수 있을 것입니다.

성공하는 사람 VS 실패하는 사람

성공하는 사람은 힘든 일이 발생하더라도 포기하지 않고 인내심을 가지고 문제에 차근차근 접근하는 사람입니다. 그들은 어떤 어려움이든지 극복 가능하다고 믿으며, 인내와 노력을 통해 원하는 목표를 달성할 수 있다고 강하게 믿습니다. 이러한 믿음과 인내심은 그들을 목표 달성으로 이끌어주며, 어려운 상황에서도 긍정적인 태도를 유지할 수 있게 합니다.

실패하는 사람들은 힘든 일이 생기면 쉽게 포기하는 경향이 있습니다. 그들은 어려움을 마주하면 자신의 한계를 느끼고, 빠르게 포기하며 다른 기회나 목표로 넘어갑니다. 이로 인해 가치 있는 기회를 놓치며, 성취하지 못하고 실패의 연속을 경험할 수 있습니다.

성공과 실패 사이의 차이 중 하나는 힘들거나 어려운 상황에서도 인내심을 가지고 끈질기게 노력하고 목표를 향해 나아가는 데 있습니다. 성공하는 사람들은 어려움을 이기고 목표를 달성하기 위해 노력하며, 이러한 노력과 인내가 그들의 성공을 가능하게 합니다. 실패하는 사람들은 어려움을 마주할 때 쉽게 물러나고 포기하며, 이로 인해 목표 달성에 실패하는 경우가 많습니다.

긍정의 명성, 부정의 명성
내 인생을 빛내주는
명예의 힘

어느 날 미국의 한 위스키 회사 간부가 헤밍웨이를 찾아왔습니다. 헤밍웨이는 사냥과 낚시를 좋아했지만 술은 좋아하는 편이 아니기에 자신을 찾아온 손님을 조금은 의아해했습니다. 비서를 따라 들어온 손님은 헤밍웨이의 턱수염을 보고는 매우 감탄했습니다.

"선생님은 세상에서 가장 멋진 턱수염을 가지셨습니다. 우리 회사에서는 선생님의 얼굴과 이름을 빌려 광고하는 조건으로 파격적인 대우를 해 드리겠습니다."

그 말을 들은 헤밍웨이는 잠시 생각에 잠겼습니다. 이 정도의 조건이면 훌륭하다고 생각한 위스키 회사 간부는 기다리기 지루한 듯 대답을 재촉했습니다.

"무얼 그리 망설이십니까? 얼굴과 이름만 빌려 주면 그만인데…."

그러자 헤밍웨이는 무뚝뚝하게 말했습니다.

"유감이군요. 전 그럴 수 없으니 그만 돌아가 주시기 바랍니다."

헤밍웨이의 완강한 말에 당황한 손님이 돌아가자 비서는 왜 승낙하지 않았는지를 물었습니다.

"얼굴과 이름을 대수롭지 않게 생각하는 회사에 내 얼굴과 이름을 빌려 준다면 어떤 꼴이 되겠는가? 맛없는 위스키를 마시며 나를 상상한다는 것은 도무지 참을 수 없는 일이네."

헤밍웨이의 이야기는 명예와 인생 가치에 대한 강력한 메시지를 전달합니다. 그는 자신의 명예와 이미지를 가치있게 여기고, 그 가치를 실현하지 않는 대가로 적절하지 않은 광고 제안을 거부했습니다. 이러한 행동은 그의 명예와 인간적 가치를 지키려는 결단력을 보여주며, 자신의 명성을 부정적인 방향으로 이용하지 않고 있습니다.

나를 변화시키는 스위치

어네스트 헤밍웨이. 그는 훌륭한 문학작품뿐만 아니라 이렇게 자신의 이름과 얼굴에 자부심을 가지고 있었습니다. 지금 유명연예인들이 대부업체의 광고에 출연했다가 큰 곤욕을 치르는 일들이 생겼습니다. 그래서 계약금을 물어주고 계약을 취소하는 연예인들도 생겨났습니다. 이름을 알리고 돈을 버는 것도 좋지만 함부로 했다가도 이득보다는 실이 크게 됩니다. 이름을 알리려고 연연하지 말아야 합니다. 좋은 방향으로 알려줘야지 그렇지 않으면 손해일 뿐입니다.

희망을 이루기 위해서는 노력과 인내가 필요합니다. 이야기에서 파블로 카잘스와 제임스 콜베트가 보여준 노력과 투지는 희망을 실현하는데 중요한 역할을 합니다. 여기에서 몇 가지 희망을 이루게 해주는 노력과 관련된 원칙을 생각해볼 수 있습니다.

지속적인 연습과 발전 : 카잘스와 같이 예술가들은 끊임없는 연습을 통해 자신을 발전시킵니다. 어떤 분야에서든 성공을 이루기 위해서는 노력과 연습이 필수입니다.

긍정적인 마음가짐 : 제임스 콜베트의 말처럼, 어떤 어려움이든 "1라운드만 더 싸우면 된다."는 긍정적인 마음가짐을 갖는 것이 중요합니다. 어려움을 이겨내고 계속해서 희망을 품을 수 있습니다.

고난과 인내 : 고통과 어려움을 이겨내고 인내를 갖는 것은 희망을 키우는 데 중요합니다. 어려운 시기에도 포기하지 않고 노력하면 희망을 이룰 수 있습니다.

자기 끈기와 자기 동기부여 : 자신의 목표와 꿈을 위해 끈기를 갖고 노력하며, 자기 동기부여를 유지하는 것이 중요합니다. 자신을 계속해서 동기부여하고 끈기 있게 노력하면 희망을 실현할 수 있습니다.

내부 자원 활용 : 어떤 상황에서도 내부에 있는 자원을 활용하려 노력하세요. 자신이 갖고 있는 능력과 잠재력을 최대한 활용하면 희망을 더 쉽게 이룰 수 있습니다.

긍정적인 환경과 지원 : 주변 환경과 지원 시스템도 희망을 뒷받침합니다. 긍정적인 사람들과의 관계를 유지하고, 필요하다면 지원을 받아 희망을 키우세요.

노력과 투지를 가지고 희망을 추구하는 것은 우리가 원하는 목표와 꿈을 달성하는데 중요한 요소입니다. 실패와 어려움을 극복하면서도 희망을 잃지 않고 노력하면, 언젠가는 원하는 것을 이룰 수 있을 것입니다.

성공하는 사람 VS 실패하는 사람

성공하는 사람은 자신의 이름을 알리는 데 연연하지 않는 사람입니다. 그들은 당장에 자신의 이름을 알리기보다는 자신의 능력을 먼저 키워서, 그 결과로 자연스럽게 자신의 이름이 알려지는 것을 추구합니다. 그들은 이름이 알려지는 것을 좋은 의미로만 생각하며, 타인에게 긍정적인 영향을 주고 싶어합니다.

반면에 실패하는 사람들은 어떤 식으로든 자신의 이름을 알리려고 연연하는 경향이 있습니다. 그들은 이름이 알려지는 것을 급하게 원하며, 자신의 명성을 구축하는 데 과도한 에너지를 쏟습니다. 이로 인해 때로는 부정적인 방식으로 이름이 알려지기도 하며, 긍정적인 목표보다는 단기적인 명성에 집착하는 경향이 있습니다.

성공과 실패 사이의 차이 중 하나는 자신의 이름을 알리는 방식과 동기에 있습니다. 성공하는 사람들은 먼저 자신의 능력을 키우고 노력하여 자연스럽게 이름을 알리며, 그 과정에서 긍정적인 명성을 얻습니다. 실패하는 사람들은 단기적인 명성을 얻기 위해 연연하고 자신의 명성을 부정적인 방식으로 빠르게 확보하려는 경향이 있으며, 이로 인해 오히려 자신의 명성을 손상할 수 있습니다.

내면의 평화를 가져오는 행동
나의 마음에 안식을 주는
용서의 힘

한 농부가 있었습니다. 그 농부는 다른 사람에게 도움을 청하는 법이 없었습니다. 자신의 일은 자신이, 다른 사람의 일은 다른 사람이 해야 한다고 생각을 갖고 살았습니다. 그래서 결코 게으름을 피우는 법이 없었습니다. 그날도 밤늦게 논에다 물을 대었습니다. 그리하여 단잠을 자고 다음날 이른 아침에 나가 보았더니 논에 물이 다 빠져 나가고 없었습니다. 밤새 힘들여 끌어올린 물을 뻔뻔하게 빼간 사람이 있었습니다. 화가 몹시 났지만, 어금니를 깨물고 참기로 했습니다. 다음 날도 땀을 뻘뻘 흘리며 물을 끌어 올렸습니다. 그런데 밤새 또 같은 일이 벌어졌습니다. 몇 번이나 같은 짓이 되풀이 되었습니다. 그래도 참을 인자 세 번은 살인도 면한다는 말을 가슴에 새기며 용서하기로 결심했습니다. 문제는 이렇게 해를 끼친 사람을 용서해 주었는데도 마음에 평화가 생기지 않았습니다. 그래서 농부는 지극히 현명하다는 사람을 찾아가 간곡하게 물었습니다.

"저는 제게 해를 끼친 사람에게 보복을 한 일도 없고, 오히려 다 용서해 주었는데도 왜 저는 기쁘지 않습니까?"

그 때 현명한 사람은 입을 열어 이렇게 말했습니다.

"당신이 그의 논에 물을 대주면 마음의 평화가 올 것입니다."

이 이야기에서, 농부가 논의 물을 다른 사람에게 털리고도 용서하는 데에는 중요한 교훈이 있습니다.

나를 변화시키는 스위치

용서는 종종 용서 받는 사람을 위한 것보다 용서하는 사람 자신에게 더 큰 이점을 제공할 수 있습니다.

용서는 내면의 평화를 가져옵니다 : 논의 물을 털린 농부가 용서하는 것은 마음의 평화를 찾는 데 도움이 되었습니다. 분노와 원한을 품는 것은 자신에게만 해로운 것이 아니라 정신적 건강에도 해를 끼칠 수 있습니다.

용서는 자유로움을 주며 삶의 질을 향상시킵니다 : 원한과 보복은 오히려 무거운 짐이 되어 우리를 자유롭게 살게 하지 않습니다. 용서는 이러한 짐을 내려놓고 미래를 살아가는 데 도움을 줍니다.

용서는 건설적인 관계를 세우는 데 도움을 줍니다 : 다른 사람을 용서함으로써 건설적인 대화와 관계를 구축하는 데 도움이 됩니다. 분쟁을 끝내고 상호 존중을 증진시킬 수 있습니다.

용서는 자신의 성장을 촉진시킵니다 : 자신의 불완전한 면을 인정하고 용서하는 것은 개인적 성장을 촉진시키며, 자기 인식을 높여줄 수 있습니다.

요약하면, 용서는 우리 스스로에게 이로운 일이며, 다른 사람에게도 긍정적인 영향을 미칠 수 있습니다. 그것은 우리의 내면 평화와 삶의 질을 향상시키며, 건설적인 관계를 구축하고 개인적 성장을 촉진시키는 데 도움이 되는 강력한 도구입니다.

성공하는 사람은 부당한 대접을 받았을 때, 처음에는 분노를 표현할 수 있지만 그 감정을 금방 풀어버리고 잊어버리는 경향이 있습니다. 그들은 쓸데없는 보복심을 품지 않으며, 자신의 육체와 정신을 부당한 대접으로 망치지 않도록 합니다. 이러한 태도는 그들이 자신의 에너지와 시간을 보다 생산적인 방향으로 사용할 수 있게 도와주며, 긍정적인 관계를 유지할 수 있도록 합니다.

반면 실패하는 사람들은 부당한 대접을 받았을 때 처음에는 분노를 드러내지 않을 수 있지만, 나중에는 앙심을 품고 보복하려는 경향이 있습니다. 그들은 자신의 분노와 보복심으로 인해 자신의 육체와 정신을 손상시키는 경우가 많습니다. 이러한 부정적인 감정과 행동은 관계를 악화시키고, 실패의 연속을 초래할 수 있습니다.

성공과 실패 사이의 차이 중 하나는 부당한 대접을 받았을 때의 대처 방식에 있습니다. 성공하는 사람들은 분노를 표현하더라도 금방 풀어내고, 보다 건강한 관계를 유지하며 자신의 목표에 집중합니다. 반면 실패하는 사람들은 보복심과 앙심을 품고 자신을 손상시키며 부정적인 관계를 유지하고, 이로 인해 자신의 성공을 방해하는 경우가 많습니다.

단점을 장점으로 바꾸는 마법
노력으로 바꿀 수 있는
단점의 힘

거대한 보석상을 하는 부호가 해외여행을 하다가 갖고 싶었던 진귀한 보석을 발견하여 거액을 아끼지 않고 보석을 샀습니다. 그는 돌아온 후 보석을 자세히 살펴보았습니다. 한참을 이리저리 살펴보던 그는 살 때는 보지 못했던 작은 흠집이 있는 걸 발견했습니다.

"아! 이런 흠이 있었다니."

그 보석은 제값을 받기는커녕 작은 흠 하나로 인해 한없이 가치가 하락하고 있었습니다. 보석상 주인은 자기가 속아서 샀음을 너무 속이 상했지만 그렇다고 이렇게 주저앉아만 있을 수는 없었습니다. 어떻게 하면 이 보석을 다시 원래의 가치로 되돌릴 수 있을 지에 대해 며칠을 밤을 새며 생각했습니다. 그는 오랜 노력과 고뇌 후에 한 가지 결정을 내렸습니다. 보석의 작은 흠에 장미꽃을 조각하는 것이었습니다. 그 결과는 장미꽃 조각 하나로 보석의 가치는 몇 배 이상으로 올라갔습니다.

이 이야기에서는 단점을 장점으로 바꾸는 힘과 노력을 강조하고 있습니다. 보석상 주인은 처음에는 보석의 단점인 작은 흠집 때문에 실망하였지만, 그 단점을 활용하여 노력과 창의적인 아이디어로 보석의 가치를 대폭 높였습니다.

나를 변화시키는 스위치

제 아무리 아름다운 꽃도 벌과 나비가 찾지 않는 꽃이 있습니다. 벌과 나비가 찾지 않는 꽃은 꽃나무에게는 꽃으로의 가치가 없습니다. 꽃의 가치가 없는 꽃은 바로 떨어져 말라버린 꽃입니다. 살아있는 꽃은 벌과 나비가 찾습니다. 살아있다는 것은 새로운 가능성을 내포하고 있기 때문입니다. 즉, 새 생명을 만들 수 있습니다. 꽃은 살아 있느냐 죽었느냐가 중요하지 이쁜 꽃이냐 미운 꽃이냐는 중요하지 않습니다. 이쁘냐 밉냐는 사람들의 관점에 보는 것이고 꽃나무의 관점에서는 벌과 나비를 불러 모으느냐 그렇지 않느냐에 달려 있습니다. 같은 꽃나무에도 사람들의 눈에만 이쁜 꽃과 못난 꽃이 존재할 뿐입니다. 사람도 마찬가지입니다. 다른 사람이 보는 당신의 장단점은 중요하지 않습니다. 당신이 장점을 장점으로 또는 단점을 장점으로 살릴 수 있느냐 없느냐가 중요합니다. 이런 살아있는 마음을 갖고 있느냐가 중요할 뿐입니다.

이 이야기에서, 보석상 주인은 보석의 작은 흠을 노력과 창의성을 통해 가치 있는 특징으로 변화시켰습니다. 이것은 우리가 가지고 있는 단점이나 약점을 노력과 긍정적인 태도로 극복하고, 실제로 장점으로 바꿀 수 있다는 중요한 교훈을 제시합니다. 이것으로부터 얻을 수 있는 몇 가지 교훈은 다음과 같습니다.

노력은 변화를 만든다 : 노력과 헌신은 어떤 단점이나 어려움도 극복할 수 있는 힘을 제공합니다. 보석상 주인은 보석의 가치를 향상시키기 위해 노력했고, 이를 통해 보석의 가치를 높였습니다.

창의성을 발휘하라 : 상황을 개선하기 위해 창의적인 방법을 찾아보세요. 보석 상점 주인은 장미꽃 조각을 만들어 보석에 추가함으로써 보석의 가치를 높였습니다.

긍정적인 태도 : 단점이나 약점을 긍정적인 관점에서 바라보세요. 당신의 단점을 어떻게 활용하여 더 나은 결과를 얻을 수 있는지 고민해 보세요.

새로운 가능성 : 단점이나 약점을 극복하고 변화시키는 것은 새로운 가능성을 열어줄 수 있습니다. 이것은 성장과 발전의 시작점이 될 수 있습니다.

자기 존중 : 다른 사람들의 시선이나 평가에 너무 의존하지 마세요. 자신의 노력과 성과에 자부심을 가져야 합니다.

이야기에서와 같이, 우리는 노력과 긍정적인 태도를 가지고 가치 있는 특징으로 단점을 변화시킬 수 있습니다. 이를 통해 개인적인 성장과 성공을 이룰 수 있을 것입니다.

성공하는 사람 VS 실패하는 사람

성공하는 사람은 다른 사람들에게 대한 선입견을 가지지 않으며, 평판이 나쁜 사람들에게도 단점보다는 그들의 좋은 점을 찾아내려 노력합니다. 그들은 다양한 사람들과 조화를 이루며, 다른 사람들로부터 협조를 잘 이끌어냅니다. 이러한 태도는 긍정적인 인간관계를 구축하고, 협력과 팀워크를 통해 목표를 달성하는 데 도움이 됩니다.

한편 실패하는 사람들은 평판이 나쁜 사람뿐만 아니라 좋은 사람들로부터도 나쁜 점을 찾아내고, 다른 사람들과의 협력을 거부하는 경향이 있습니다.

이로 인해 다른 사람들과 어울리기 어려워지며, 협조를 얻어내지 못하면서 삶을 더욱 어렵게 만들 수 있습니다.

성공과 실패 사이의 차이 중 하나는 다른 사람들과의 관계에 대한 태도에 있습니다. 성공하는 사람들은 긍정적인 인간관계를 유지하고 협력을 통해 성취를 이루는 데 주력하며, 다른 사람들의 장점을 인정하고 활용합니다. 반면 실패하는 사람들은 부정적인 태도로 다른 사람들을 거부하며, 협력을 거부하는 경우가 많습니다. 이로 인해 자신의 목표 달성을 방해하는 경우가 많습니다.

지금은 나를 변화시키는 순간!!

나를 변화시키는 스위치
The switch that changes me

초판발행일 ㅣ2023년 11월 15일
초판인쇄일 ㅣ2023년 11월 15일

지은이 ㅣ이정순
펴낸이 ㅣ장문정
펴낸곳 ㅣ도서출판 그림책
디자인 ㅣ이정순 / 정해경
출판등록 ㅣ제2010-000001
주소 ㅣ경기도 수원시 영통구 원천동 광교호수공원로 45
　　　　경기도 광주시 남한산성면 검복리 126-1
연락처 ㅣTEL(070)4105-8439 HANDPHONE 010 2676 9912
E-MAIL ㅣkhbang21@naver.com